THE PUSH

在所有母親之間

艾希莉・歐娟
ASHLEY AUDRAIN

王娟娟 譯

獻給 Oscar 和 Waverly

推薦序

聖母的起點，女人的終點——在所有母親之間

吳曉樂（小說家）

作家李維菁寫過一篇文章〈隔壁家的小孩更適合當我媽的女兒〉，描述一女同學，舉止儀度都合於她母親的心水，「她的婚姻觀是我媽喜歡的，她的衣服是我媽喜歡的，她的髮型是我媽喜歡的，功課好又做家事，只微笑不大笑，不發表意見、不強出頭，也是我媽喜歡的」。《在所有母親之間》，女主角布萊絲深深願夢，「隔壁家的女人更適合當我媽」，她把自己畫進鄰居艾靈頓一家的故事裡。布萊絲的母親瑟西莉雅發現女兒把自己畫入黑人家庭，狠砸女兒頭頂。

故事倏地大步橫跨至數十年前，讀者恍然大悟，暴佞的瑟西莉雅也有個壞童年。她的母親艾塔個性寡淡，看似對瑟西莉雅的存在惴慄不安。據瑟西莉雅的看法，艾塔「設法學會讓自己看起來像是個符合母親形象的人」，而其他人早已放棄期待艾塔像個母親。由此可知，艾塔的「表演」並沒有說服誰，瑟西莉雅還沒成年時，艾塔選擇與女兒永別。瑟西莉雅及長，竟也「克紹箕裘」地在布萊絲差不多抵達她失去母親的年紀，拋下一切，遠走高飛。

布萊絲很早就懷疑自己的生命有個大麻煩，與弗克斯墜入情網以後，深埋在體內的警鈴於焉大作：人如何給予自己不曾擁有的事物？沒被母親愛過的我，怎麼愛自己的孩子？

數十年來，心理學者戮力研究孩童與父母的關係如何對他日後的人際發揮影響，二者之間確有關聯。不識母愛的布萊絲，質疑自己是否能模擬出近似母愛的感情？弗克斯做了跟艾塔、瑟西莉雅的丈夫，並無二致的反應：相信眼前這名女子會自然而然地成為一位好母親。弗克斯的語言並不讓人陌生，自工業革命後，性別分工趨向明確二元，男人外出工作從事有償勞動，女人待在家中進行無償付出。資本主義、異性戀霸權等意識形態攜手編寫母愛神話，維持女人在家庭內給予同情、關懷，與孩童保持親密，以維持整個體系立於不墜，經過時間流轉，「母愛」這個社會建構出的名詞，成了許多人心目中的自然生態：一旦生下孩子，母親自會懂得如何給予關懷。

每逢布萊絲陷入瓶頸，弗克斯就會策動母親二字來激勵布萊絲。他一廂情願地認定自己為家庭擘劃完美分工，他出外工作，源源供給經濟資源，布萊絲專注哺育女兒薇奧列忒。諷刺的是，布萊絲成為母親以前，曾坦承自己的作家志願，弗克斯竭誠支持，宣稱「我無法想像妳做其他事」，而在薇奧列忒出生以後，弗克斯態度驟變，處處執意育兒至上。布萊絲恍然大悟，弗克斯諾言裡的「妳」已隨著女兒的誕生而消失於世上，她只能以母親的臉孔活下去。讀者越是深入布萊絲的心聲，越能意識到「父母」二字作為一組名詞是如此投機取巧，雙方從中所領受到的責任是如此雲泥之別，卻在多數場合被並列，彷彿意義相近。歐娟細工描繪親職的懸殊落差，有一段讓人心痛，「你用腦發揮創意，創造空間、視線與視角，你的日子關乎照明、立面圖與完工。你讀的字句都是為成人而寫。你圍著上好質料的圍巾。你有洗澡的理由」。布萊絲在陳述弗克斯生活之完好、她境遇之破碎時，使用機械、抽離的聲腔，像是她也學習了對自己的苦痛置身事外。

世人往往迴避承認，身為母親，有時是一創傷經驗。曾不只一次聽到女人形容她們的育兒過程「這個孩子簡直是來討債的」。對布萊絲而言，薇奧列忒不僅阻斷了她實踐寫作願景，同時她也是個磨娘精（difficult child）。薇奧列忒只渴望父親，頑強拒斥布萊絲的接觸，布萊絲屢屢發出求援訊號，卻被弗克斯置若罔聞。出身幸福家庭的弗克斯心目中對於「完美母親」有具體的擘劃，他以削足適履的策略要將布萊絲鑲入母親海倫的樣版，試圖複製出同樣燦爛的家庭。

走投無路的布萊絲亦很快地辨識出，「從哪裡失去，就從哪裡尋回」的簡單道理，她刻意忽略薇奧列忒的需求，試圖重建出弗克斯自她身上剝奪的權力感。布萊絲因冷落薇奧列忒而獲得重新掌握人生的狂喜，書中出現了不只一次，歐娟似乎遙指出寬諒艾塔跟瑟西莉雅的蹊徑：若世人把孩子跟母親的關係塑造成「此消彼長」的零和遊戲，我們也一併抹消了皆大歡喜的可能性。

另一方面，布萊絲的遭遇也讓人看見神話的結構如此結實，在一望無際的玉米田，在鋼鐵叢林拔地而起的大都會，布萊絲沒有得到比瑟西莉雅和艾塔還充裕的諒解與援助。所有個人的掙扎與吶喊依舊被高於一切、運轉不休的聖母形象所湮沒。

聖母的起點，何嘗不是象徵了女人的終點？

此書的另一懸念在於薇奧列忒是否天生邪惡？威廉馬奇（William March）的《壞種》（*The Bad Seed*）一書於一九五四年出版，裡頭壞得要命的八歲女童蘿達，形象深刻，啟發後續無數文本。若我們採信布萊絲的觀點，薇奧列忒之狠毒程度絕不亞於蘿達。她啟動一樁又一樁的事件，讓母親布萊絲最終步上外婆瑟西莉雅的後塵，與家庭長久隔絕。另一方面，我們也應對布萊絲的陳述保持警覺，考慮她敘事殘破、心智搖晃，我們也能臆想為布萊絲墜入自證預言（Self-fulfilling prophecy）的陷阱，自始至終，她不曾懷疑自己有逃離家族宿命的機緣，薇奧列忒感應到布萊絲身為一個人（而非身為一名母親）對自己的拒斥，進而有意無意地延續株連四代的人性輓歌。歐娟精描故事輪廓，內裡卻有心留白，間接開展思想迴盪的空間。

《在所有母親之間》罕見地使用第二人稱，布萊絲嘗試對仳離的前夫弗克斯解釋她作為兩人孩子的母親，一路上有多麼地孤獨且質疑滿斥。你很難說自己沒有從布萊絲悲傷的呢喃裡品嚐到驚人的苦澀，布萊絲仍想說服弗克斯，以母親而言，她做到最好了。也是在這些黯淡無光的告白中，我們聽見了，布萊絲始終沒有忘記，當初身為女兒的感覺有多麼疼痛。

推薦序

在所有的恨之間

劉心蕾（諮商心理師）

＊本文可能透露關鍵情節

這是一本你讀著讀著可能會漸漸發現不太容易消化的小說，它不只是典型的驚悚片，作者艾希莉以一種幾乎像是躺在精神分析躺椅上囈語的風格，大膽碰觸幾乎可說是禁忌的主題：親子之間的恨。

二十多年前我在紐約求學，當時曾去到美國大學女籃賽現場觀賽，即使已經過了那麼久，當時場上球員勇猛衝撞帶給我的震撼感直到今日仍然能清晰感覺到。她們的肢體動作帶著一種剽悍感，整個人彷彿被憤怒燃燒，在幾近失控的邊緣成功地把最大的能量給爆發出來。當年臺灣的籃球賽風格還相當保守溫和，相較之下實在一點也不精彩，這樣的文化衝擊讓我不禁開始思考攻擊性在人生中的價值。

在精神分析線上論文資料庫裡十三萬多篇的學術論文中，最常被瀏覽的第五名是英國知名分析師溫尼考特的「反移情當中的恨」。撇開論文中專業艱澀的部分不談，溫尼考特想要說明的是，精神分析師（應該也適用於一般心理治療師）在面對充滿破壞攻擊性的病人時，心中被激起的恨意是具有客觀正當性的。看到這兒你可能會想，分析師不是應該要無條件地同理病人、接納病人嗎？但就像新手媽媽們常常被折騰到喊著想把寶寶塞回肚子裡，一個人真實經驗到被折磨而卻感覺不到恨才是奇怪的事。當然，恨意是件很難消化的事，照顧者可能會自責、自我懷疑，但被激起恨意有時候是人性上的一種必然，這是成長歷程裡關係互動中的魔王關卡。照顧者不僅得要感覺得到自己的恨意，不因為罪惡感而一味潛抑否認，更要承擔得住心裡的強烈情緒，確保在遭受攻擊下還能夠存活下來。作為照顧者的精神分析師是如此，作為照顧者的母親也是。

但媽媽真的會恨她的寶寶嗎？身兼小兒科醫師身分的溫尼考特相當熟悉母子間各種細微的情感，在他的文章中洋洋灑灑列出了十八條媽媽恨寶寶的理由，像是寶寶咬她、抓傷她、生產撕裂她、她失去了自己的世界、得為寶寶付出一切、得清他的大便、寶寶吃飽了就不要她了、她必須像神一般地理解他、滿足他的需要，而他卻視之為理所當然……媽媽無法不恨寶寶，雖然同時她也愛他。

小說中的布萊絲幾乎沒漏掉這一大串理由中的任何一個，而艾塔、瑟西莉雅恐怕也一樣。她們恨寶寶，而這恨更不只是他們當下恨著面前的那個寶寶，她們恨寶寶，一如她們恨自已的媽媽，一如媽媽當年恨她們這個寶寶，一如外婆當年恨她媽媽這個寶寶。她們之中沒有人有辦法消化得了這些恨，她們承擔不了，她們遇到的男人也無法為他們承擔。亨利裝作沒事發生，艾塔上吊了，賽柏軟弱無能，瑟西莉雅逃跑了，弗克斯否定他妻子的感受，而布萊絲也無法肯定自己的感覺，在這代代相傳的恨意之下，沒有人存活。這陳年的恨如是沉重，而當下面前的這個寶寶注定要接棒傳承如此強烈的恨意。

愛與恨其實是根源自人類生命的兩股本能，一邊是結合的力量，小自個別的細胞組織出器官，直到性上面的結合都源於這一股本能；而另一邊則是分離的力量，自最基本的細胞分裂、胎兒離開母體出生，直到成年離家都是這一邊的力量在推動。

小說的英文標題「The Push」簡潔有力的濃縮了關鍵的情緒，媽媽將寶寶推出產道，薇奧列忒把伊萊賈推下滑梯、把山姆的推車推向馬路……這「推」源自於恨，但它的本質是一種分離，而分離原本是成長必須的元素。如同我們常常可以在國家地理頻道上看見的，當小熊長大成熟，熊媽媽會堅定而溫柔的把牠們推開，讓牠們知道不能再賴在媽媽身邊了。小熊之間遊戲打架，溫和的互推，這競爭是學習生存技巧的歷程。恨意不見得是負面的東西，重點在於這「推」必須是溫和的推，而不是真的攻擊。

為什麼這個家族的恨意無法像熊家族一般溫和發揮？為什麼這恨似乎綿延不絕？艾希莉在她的小說一開頭引用了《曾經，鼓手是女人》（*When the Drummers Were Women*）裡面頗具啟發性的描述：曾經作為一個卵子的我們，是從母親還在祖母的肚子裡時，在她還只是四個月大的胚胎時，就在她的卵巢裡開始了我們生命的歷程。我們隨著母親血流的節奏脈動，甚至早在她出生之前。在生理上、在心理上，在我們知道我是「我」之前，「我」已經開始了漫長的旅程。

不過，我並不是在說小說中的所有這些母親只是被命運決定了而已。我們人生裡的每一個當下，我們在關係中的每一個經驗，都像是一幅自我創作的圖畫，差別只是在於你是否知道你畫筆上的顏料來自何處！普魯斯特在《追憶似水年華》中寫道：「我對著阿爾貝蒂娜說話，某個片刻就像是還在貢布雷的那個兒時的我在對著媽媽說話，另一刻又像是我祖母過去對著我說話一般。過了某個年紀之後，我們自己兒時的靈魂與那些孵育我們糾纏我們的家族亡靈，都將隱晦地執著重現於我們現下原創的嶄新情緒中。」我們每個人手中的畫筆就像是沾染了這些靈魂的顏料，但最終那幅畫依然是你本人的創作。

如果在這個故事裡出現了一個人，能打破這恨意無法被消化的循環，事情也許有機會不同。艾靈頓太太似乎差一點辦到了這件事，她有一點像是溫尼考特所說的「夠好的母親」，不是完美的，而是夠好的。夠好的母親能將這個不夠美好的世界慢慢介紹給她的孩子，她不能完全隔絕現實的稜角，她必須能帶來一些可以被忍受的挫折。現實裡不完美的母親具有一種重要的能力，她要可以真心感受對寶寶的恨，但同時又不把恨表現出來真的傷害寶寶，那麼這恨要往何處去？溫尼考特在他的文章末尾提及了一首英國的搖籃曲，他說也許在哼唱這樣的歌謠時，既讓媽媽的恨意得到了釋放的機會，而寶寶又幸運地還沒能聽懂歌詞的意義：

Rock a bye Baby, on the tree top,
When the wind blows the cradle will rock,

When the bough breaks the cradle will fall,
Down will come baby, cradle and all.[1]

1 筆者註：「寶寶搖啊搖，高高掛樹梢。風兒吹啊吹，搖籃搖啊搖。樹枝斷，搖籃掉。寶寶、搖籃往下掉。」為英國兒童心理學家溫尼考特在「反移情當中的恨」一文所引用的一首英國搖籃曲，一七六五年的《鵝媽媽童謠》即收錄有這段歌詞。

人們常說，我們在子宮裡最初始聽到的聲音是母親的心跳。事實上，最早振動我們剛剛萌芽的聽覺器官的，是我們母親血液流過脈管的搏動。我們早在耳朵成形之前就已經隨著這個原始節奏脈動。在精卵結合之前，一部分的我們以卵子型態存在於我們母親的卵巢裡。將伴隨女人一生的所有卵子，早在她還是母胎裡的四月大胚胎時，就在她的卵巢裡形成了；這意味著，我們作為卵細胞的生命歷程始於我們祖母的子宮內。我們每個人都曾經在祖母的子宮裡待過五個月、而我們的祖母則始於她們祖母的子宮。我們隨著我們母親血流的節奏脈動，甚至早在她出生之前……

《曾經，鼓手是女人》（When the Drummers Were Women）

蓮恩・雷德曼（Layne Redmond, 1952-2013）

你的房子在夜裡發亮，亮得像裡頭所有東西都著了火。

她為窗子挑的窗簾看似麻料，昂貴的亞麻。透光度夠我判讀你的心情了。我看著女孩邊玩馬尾邊做功課。我看著小男孩朝十二呎高的天花板扔網球，而你的妻子穿著緊身運動褲在客廳裡四處走動、整理一天累積的雜亂：玩具回到簍子裡，靠枕回到沙發上。

不過今晚你們卻沒拉上窗簾。也許是為了看降雪。也許是要讓你女兒找尋麋鹿的蹤影。她早就不相信耶誕老人了，卻願意為你假裝。為你，她什麼都願意。

你們全都特別打扮過。孩子們穿著成套的格子呢，坐在大皮凳上讓你的妻子拿手機拍照。女孩牽著小男孩的手。你在客廳另一頭搞不定黑膠唱機，你的妻子正在跟你說話、而你舉起一隻手指——你馬上就好了。女孩跳起來、你妻子抱起男孩，所有人開始搖擺轉圈。你端起一杯飲料，蘇格蘭威士忌，啜了一口、兩口，然後躡手躡腳走離唱機，當它是好不容易哄睡的嬰兒。你向來是這麼開始跳舞的。你接過男孩。他頭往後仰。你手一鬆，把他頭下腳上放倒。你的女兒踮起腳尖跟爹地索吻，而你的妻子接過你的威士忌。她轉向耶誕樹，調整一條燈串的位置。然後你們全都停了下來，朝向彼此異口同聲喊出同一個字，分秒不差，隨而又恢復動作——這是一首你們都很熟悉的歌。你的妻子溜出客廳，她兒子的臉自動追隨著她。我記得那種感覺。被需要的感覺。

火柴。她回到客廳，點亮裝飾著冷衫樹枝的壁爐架上的蠟燭；不知道那些樹枝是不是真的？聞起來還帶著林場氣味嗎？我放任自己想像，就一下下，想像那些樹枝在今晚你們入睡後熊熊燃起。我想像你的房子原本溫暖的奶油黃光變成一團伴隨爆裂聲的紅色火光。

小男孩拾起撥火棒，女孩在你或你妻子發現之前便溫柔地拿走了鐵棒。好姊姊。幫手。保護者。

我通常不會看這麼久，但今晚的你們好漂亮，我捨不得走開。雪，能黏結成團的雪，能讓她明早堆雪人取悅小弟弟的那種雪。我啟動雨刷，調整暖氣，注意到時鐘從七點二十九分跳到七點半。這時你通常已經為她讀了《北極特快車》。

你的妻子坐在沙發上，看著你們三人在客廳裡蹦蹦跳跳。她笑了，把一頭長捲髮撥到一側。她聞了聞你的酒杯，放在一旁桌上。她微笑。你背對著她、看不到我看到的。我看到她一手護著肚子，看到她輕撫肚子、然後低頭注視，我看到她想著肚子裡正在成長的小生命想到出了神。還只是細胞，卻已經是一切。你轉身，把她的思緒拉回眼前。拉回到她所愛的人們身上。

她打算明早告訴你。

我還是這麼懂她。

我低頭戴手套。再抬起頭來時，女孩已經站在你敞開的大門前。你門牌號碼上方的燈把她的臉照得半亮。她手上的盤子堆滿紅蘿蔔和餅乾。你晚點會在玄關地磚上撒些餅乾屑。你會配合把戲演下去，她也會。

她注視著坐在車裡的我。她冷得打顫。你妻子買給她的洋裝有點太小，我看得出她的臀部變寬了、胸部也正在發育。她伸手把馬尾撥到胸前，這動作屬於女人更勝女孩。

自她出生以來第一次，我感覺我們的女兒像我。

我放下車窗，舉起手算是招呼，祕密的招呼。她把盤子放在腳邊地上，然後再次站直轉身回到屋內。回到她家人身邊。我等著看到窗簾拉上，等著看到你開門走出來，質問我為什麼會在這樣的夜裡出現在你家門外。而我能怎麼說？說我寂寞？說我想她？說你發亮屋裡的母親應該是我？

但她只是腳步輕快地回到客廳，此時你已經說服你妻子離座起身。你倆相擁而舞，你一隻手隔著襯衫輕撫她的後背，我們的女兒則牽起男孩的手走向客廳大窗正中央。演員就舞臺定位。這一景框得精準完美。

他和山姆好像。尤其眼睛。波浪捲的深色頭髮，那捲起的髮梢是我曾一次又一次用手指圈繞把玩過的。

我一陣反胃。

我們的女兒隔窗看著我，雙手放在你兒子的肩膀上。她彎腰，親吻他的臉頰。一吻。再一吻。男孩享受這樣的寵愛，也習慣受到寵愛。他指著落下的雪花，但她不願把目光從我身上移開。她搓揉他的肩頭，彷彿在為他取暖。像一個母親會做的那樣。

你走到窗邊，在男孩身旁蹲跪下來。你往外看，再往上看。我的車沒有引起你的注意。你指向雪花，和你兒子一樣，然後用手指在天空劃出一道軌跡。你講起雪橇、講麋鹿。他搜尋夜空，想要看到你看到的。你輕搔他的下巴。她的目光依然鎖定我。我往後靠坐，吞了口口水，終於望向一旁。贏的人總是她。

等我再次往窗子看，她還在那裡，凝望我的車。

我以為她會拉上窗簾，但她沒有。我這回不會移開視線。我拿起副駕駛座上那疊厚厚的紙，感覺自己字句的重量。

我來是為了把這交給你。

這是從我看過去的，我們的故事。

一

你坐在椅子上滑過來、用鉛筆一頭敲敲我的教科書，而我盯著書頁，不知道該不該抬頭。「哈囉？」我像接電話似地回應你，把你惹笑了。於是我們就坐在那裡，咯咯傻笑，兩個素昧平生的人在學校圖書館裡，為同一門選修課苦讀。這堂課大概有幾百個學生——我之前從沒見過你。你幾綹捲髮掉到眼前，讓你用鉛筆捲著玩。你的名字好特別。那天下午你陪我走回宿舍，我們一路沒說話。你毫不隱藏對我的著迷，不時衝著我微笑。我從來不曾得到來自任何人的這種關注。你在宿舍門外吻了我的手，我倆就這麼又笑開了。

很快，到你我二十一歲那年，我們已經形影不離。離畢業只剩不到一年。我們擠在那張宿舍窄床上睡，醒時各據長沙發一端四腿交纏地K書，就這樣度過了一年。我們也會和你朋友去酒吧，但最後總是早退，回到家、在床上享受充滿新鮮感的彼此體溫。我幾乎不喝酒，而你則是玩夠了——你只想要我。我的世界裡倒沒人在乎。我只有一小群說不上是朋友的朋友。我專心維持好成績以免丟了獎學金，沒時間也沒興趣發展典型大學社交生活。在遇到你之前，我想我那幾年從不曾和誰真的親近過。你提供我不一樣的選擇。我們脫離社交常軌，心滿意足地活在兩人世界裡。

我在你身上找到的安適感如此鋪天蓋地——我遇到你時一無所有，於是你輕而易舉成為我的一切。這並不是說你不值得——你值得。你溫柔體貼、總是支持鼓勵我。你是我第一個吐露作家志願的人，而你的反應是：「我無法想像妳做其他事。」我陶醉於女孩們的目光，彷彿我擁有什麼值得嫉妒的東西。我在夜裡嗅聞沉睡的你的油亮黑髮、在清晨輕觸你的毛渣下巴喚醒你。你令我沉迷。

你為我的生日寫下了你愛我的一百件事。十四，我愛妳剛入睡時淺淺的鼾聲。二十七，我愛妳優美的文字。三十九，我愛用手指在妳背上寫下我的名字。五十九，我愛在上課途中和妳邊走邊分食一個馬芬糕。七十二，我愛妳星期天起床時的好心情。八十，我愛看妳讀完一本好書後把書緊擁在胸口的模樣。九十二，我愛妳將會是個好母親。

「你為什麼覺得我會是個好母親？」我放下清單，片刻間感覺你或許一點也不了解我。

「妳為什麼不會是個好母親？」你笑著戳戳我的肚子。「妳有愛心，又體貼。我等不及要和妳生小寶寶了。」

我別無選擇，只能擠出微笑。

我從不曾見過像你這樣滿腔熱忱的人。

「總有一天妳會明白，布萊絲。我們這家的女人……和別人不同。」

一切還歷歷在目。我母親沾在香菸濾嘴上的橘紅唇膏。菸灰掉進杯子裡、在我喝剩最後一口的柳橙汁裡浮沉。我的吐司烤焦的氣味。

關於我母親瑟西莉雅的事，你只問過我幾次。我的回答僅止於事實：一，她在我十一歲那年離開了；二，那之後我只見過她兩次；三，我不知道她現在在哪裡。

你知道我有所保留，卻從未追問——你也怕自己會聽到什麼。我了解。我們都有權對彼此與自己有所期許。對關於母親的一切也是。我們都期許自己擁有好母親、娶個好母親、成為好母親。

一九三九—一九五八

艾塔出生在第二次世界大戰爆發那一天。她有一雙大西洋般的藍眼睛，打一出生就臉紅而矮胖。

她愛上她認識的第一個男孩，鎮上醫生的兒子。他的名字叫做路易斯。他和其他男孩不一樣，他彬彬有禮而談吐文雅、也不在意艾塔生來就不是個美人。他每天陪艾塔走路上學，從開學第一天到學期最後一天，一隻手始終放在背後。這樣的舉動打動了艾塔。

她的父親擁有好幾百畝玉米田。十八歲生日後，艾塔告訴父親想要嫁給路易斯，而她父親堅持新女婿必須學會務農。他沒有兒子，因此希望路易斯能接手家族事業。但艾塔認為父親只是想跟年輕人證明一點：經營農場一點也不容易，是份可敬的工作，更不是人人做得來，讀書人尤其不是這種料。艾塔選擇了和父親完全不同的人。

路易斯原本計畫步父親後塵成為醫生，也已經申請到醫學院獎學金。但他想與艾塔共度一生更勝取得醫師執照。艾塔的父親不顧女兒求情，對路易斯操練嚴苛，要求他每天清晨四點起床，進入露水濃濃的田野。艾塔總不忘強調：從清晨四點到日落黃昏，卻一次都不曾抱怨過。

路易斯賣掉自己父親傳給他的醫生包與教科書，把錢放進廚房流理臺上的一只玻璃罐裡。他告訴艾塔，這是為他倆未來子女所存的第一筆大學基金。艾塔認為這舉動說明了他是哪一種無私的男人。

一個日出前的秋日清晨，路易斯被芻料搬運車的攪拌葉片絞斷了腿。他躺在無人的玉米田中流血至死。艾塔的父親發現他，回頭吩咐艾塔去穀倉拿塊油布遮蓋屍體。她把路易斯的斷腿帶回家，扔到父親頭上——他原本正忙著拿桶子裝水好清洗搬運車上的血跡。

她還沒讓家人知道肚子裡的小生命。她身形圓胖，超重七十磅，根本看不出來懷孕。四個月後的一個暴風雪日，瑟西莉雅出生在廚房地板上。艾塔抬眼盯著流理臺上那只玻璃錢罐，一邊把小女嬰推送出產道。

艾塔與瑟西莉雅待在農場主屋裡安靜度日，很少去鎮上。偶爾去了倒不難聽到鎮民交頭接耳，說這女人「神經衰弱」。那時日沒人多想，所以也沒什麼好多說。路易斯的父親定期供應鎮定劑，交由艾塔的母親按情況給藥。於是艾塔整天躺在從小住的房間裡，那張小小的銅架床上，而瑟西莉雅則由艾塔的母親照顧。

但艾塔很快明白，像這樣每天吃藥暈沉沉地躺在床上是永遠遇不到下個男人的。她振作起來，終於開始照顧瑟西莉雅，用推車推著尖叫著找外婆的可憐小女嬰在鎮上到處走動。艾塔宣稱自己因為長期不明腹痛、幾個月食不下嚥，所以才會瘦了這麼多。這說法沒人相信，但艾塔才不在乎這些閒言閒語。她剛剛認識了亨利。

亨利剛搬來鎮上，和她上同一間教堂。他是一家糖果工廠的經理，負責管理六十名員工。他打一開始就對艾塔很體貼；他喜歡寶寶，瑟西莉雅長得尤其可愛——到頭來，人人口中的拖油瓶並不是個問題。

沒多久，亨利就為母女倆在鎮上買了一幢有著薄荷綠飾框的都鐸式小屋。艾塔永遠離開了那張銅床，也把失去的體重全都補了回來。她全心投入佈置新家。蓋得結實牢固的前廊垂著鞦韆，每扇窗子都掛上蕾絲窗簾，廚房烤箱時時烤著巧克力碎片餅乾。一回，艾塔訂購的客廳家具給送錯了地址，鄰居太太也老實不客氣讓送貨員把家具搬進地下室擺放妥當。艾塔發現後，顧不得一身家居服和滿頭髮捲便衝出門追卡車，一路高聲咒罵髒話。這事後來讓眾人傳為笑談，到最後連艾塔本人都忍不住笑了。

她非常努力做個符合期望的女人。

好妻子，好母親。

一切看來都不會有問題了。

二

回想最初的我們，幾件事浮上心頭：

你的父母。這對別人來說或許沒這麼重要，但你和你的家人密不可分。於是他們也成了我唯一的家人。大方的禮物，送我飛去某個陽光普照的地方和你們共度假期的機票。你父母家永遠散發著剛洗過床單的溫暖氣息，讓我去了就永遠不想離開。你母親輕碰我髮梢的撫觸令我直想窩到她懷裡。我有時甚至覺得她愛我就跟愛你一樣深。

他們對我父親住在哪裡、對他拒絕一起過節的邀請一句話也沒多說，只是接受而毫不評斷，這樣的善意我感激不盡。當然，瑟西莉雅的名字從不曾被提起；你在你第一次帶我回家前就體貼地交代過他們了。（**布萊絲很棒，真的很棒。不過有件事……**）我母親不是你家人會聊起的那種人物。你們聊的從來不會是不愉快的事。

你們全都如此完美。

你叫你小妹「小可愛」而她崇拜你。你每晚打電話回家，我站在走廊聆聽，好想知道你母親跟你說了什麼讓你笑得這麼開心。你每兩個週末回家一趟，和你父親一起打理粗重家務。你們擁抱。你照顧年幼表弟妹。你熟記你母親的香蕉蛋糕食譜。你記得你父母的結婚紀念日、每年都給他們寄卡片。我父母甚至不曾提起過他們的婚禮。

我父親。我打電話留言告訴他我那年感恩節不回家，他沒有回電，但我卻騙你說他很高興我遇到好對象，騙你說他祝你們一家感恩節快樂。事實是，我認識你後就很少跟他講到話了。我們主要靠彼此的答錄機互通訊息，但內容不脫基本問候，千篇一律到我不好意思讓你聽到。我至今不明白我和他怎麼會走到這步田地。感恩節的謊言有其必要，一如我後來零零星星撒的謊；我不能讓你知道我家一塌糊塗什麼程度。家人對你太重要了——一旦讓你發現關於我家人的真相，你對我的看法很難不改變，而這是你我都冒不起的險。

第一間公寓。我最愛在那裡的清晨時光。你拉被單遮住頭臉企圖賴床的模樣，你在我們枕頭上留下的濃濃的大男孩氣息。我那時多半日出前即起，跑到冷得要命的長廊形廚房一頭寫作。我穿著你的浴袍，用我在陶瓷彩繪工坊畫給你的馬克杯啜飲熱茶。再過一會，等地板暖起來、而透過百葉窗光線足以讓你看清我的肌膚紋理時，你就會輕喊我的名字。你會把我拉回床上，然後我們一起實驗探索——你大膽堅持，比我還明白我身體的能耐。你令我著迷。你的自信、你的耐心、你對我的原始需索。

葛蕾絲來訪的夜晚。她是我畢業後還保持聯繫的大學朋友。我從沒讓你知道我有多喜歡她，因為你似乎對她和我共度的時光有些嫉妒，也覺得我們喝太多了；雖然以女性友誼的標準來說，我給她的時間一點也不多。但你卻在她和男友分手那年的情人節，為我們兩人都買了花。我大約每個月邀請她過來晚餐一次，你總是坐在翻過來充當第三張椅子的垃圾桶上加入我們，也總會在下班回家路上去買瓶好葡萄酒回家。當聊天進入八卦話題而葛蕾絲拿出香菸，你會禮貌地告退，讀起自己的書。一晚，我倆在屋裡抽菸（很難想像吧？）聽到你在陽臺上和你妹妹講電話。她剛和男友分手，打電話給她的哥哥、也是她最好的朋友訴苦。葛蕾絲問我你到底哪裡有毛病。床技不佳？脾氣壞？一定有哪裡不對，因為世上沒有這麼完美的男人。但你確實沒有哪裡不對。當時沒有，就我瞭解沒有。我只能稱之為運氣；我很幸運。我擁有的不多，但我有你。

我們的工作。我們不常談起這件事。我羨慕你的成功，你也清楚這點——你對我倆事業與收入的差異心照不宣。你在賺錢我卻在作夢。我畢業之後除了零星接案外幾乎沒有收入，你慷慨承擔所有開銷，甚至給我一張信用卡，只交代我：「有需要就用。」當時你已經進入建築師事務所，並且在我寫出三篇短篇小說的時間內就兩次升職。三篇不曾發表的小說。你出門上班的模樣讓你看來彷彿屬於別人。

退稿信如常寄來——**這只是過程的一部分**，你不時體貼地提醒我。你無條件的信心彷彿有魔力，我盡全力想要證實自己確實有你想的好。「今天寫了什麼都讀給我聽吧，求求妳！」我總是故作惱怒狀、讓你求我，然後才在你的咯咯笑聲中勉強同意。這是我倆傻氣的固定戲碼。晚餐後的你蜷縮在沙發上，一身上班服還沒換下卻已經精疲力竭。你閉上眼睛聆聽我朗讀，聽到好句嘴角便泛開微笑。

我讓你看我第一篇獲得刊登的短篇小說時，你接過厚磅印刷雜誌的手微微顫抖。你是如此地以我為榮。幾年後我會再次看到那雙顫抖的手、捧著她那顆小小頭顱，上頭還沾有我的血。

但在那之前：

你在我二十五歲生日那天跟我求婚。

你獻上的那只戒指我仍時而戴在左手上。

三

我始終沒問過你喜不喜歡我的新娘禮服。我在一家二手服飾店的櫥窗裡看到它，後來和你母親一起逛那些昂貴的精品禮服店時還一直念念不忘。你不像其他站在紅毯彼端、緊張得冒汗身體搖晃的新郎，你不曾像他們一樣被震懾住，然後在我耳邊低語：妳好美。當賓客在中庭啜飲香檳聊起酷暑、一邊打量下一道開胃小菜何時才會端過來，而我們躲在那堵紅磚牆後方等著步入婚宴現場時，你也不曾提起過我的禮服。你的目光幾乎無法自我發亮的粉紅色臉龐上移開。你凝視我的雙眼，幾乎無法動彈。

那天的你帥氣得前所未見，我只消閉上眼睛就可以看到二十六歲的你，膚色明亮、前額掛著綹綹捲髮。我發誓你頰上還有尚未褪盡的嬰兒肥。

我們整晚緊捏彼此的手。

我們對彼此、對我們將成為什麼樣的人全都一無所知。

我們可以拿我捧花裡的雛菊花瓣來細數我們的問題，只是我們很快就會被淹沒在花瓣海裡。

「不必為新娘家人留桌子，」我聽到婚禮企畫師低聲對負責擺放桌椅與座位名卡的男人說道。他朝她輕輕點頭。

你父母在婚禮開始前把婚戒交給我們。盛裝婚戒的是一只銀貝殼，那是來自你曾祖母深愛之人的禮物。男人後來離鄉參戰一去不回。貝殼內部鐫刻著男人對你曾祖母的愛的宣言：薇奧列忒，有妳我永不迷失。你說過：「她的名字好美。」

妳母親披著一條貴氣的青灰色披巾，在婚宴上舉杯祝福我們：「婚姻一不小心就會漸行漸遠。有時我們不曾察覺，再回首已經身在汪洋、感覺再也靠不了岸。」她暫停，直直望向我。「在急流中聆聽彼此的心跳聲。你們一定可以找到彼此，一定可以再回到岸邊。」她握住你父親的手，而你起身舉杯。

那晚，我們照規矩做了愛。我們都累壞了。但一切感覺如此真實：手上的婚戒、婚宴的帳單、腎上腺素褪去後的頭痛。

你，我最好的朋友與靈魂伴侶，將與我共度此生，共同經歷一切美好、一切艱困、以及介於中間不好不壞的千千萬萬個日子。你，弗克斯．康納是我衷心所愛。我在此允諾於你。

很多年後，我們的女兒眼睜睜看著我把禮服塞進後車廂。我把它送回到我發現它的地方。

四

我清清楚楚記得接下來的那段日子。

在我們的薇奧列忒到來前的歲月。

我們總是很晚吃晚餐，坐在沙發上邊看新聞節目邊吃。夜夜都是安德森．庫柏，味道辛辣的外帶菜就放在那張四角尖銳無比的黑色大理石矮桌上。我們在週末下午兩點啜飲一杯杯氣泡酒然後昏昏入睡，直到我倆其中一人被外頭往酒吧走去的雜沓人聲給吵醒。做愛。互剪頭髮。我讀報上的旅行專欄感覺像在做研究，為我們下一個要去的地方做的行前研究。我手握浮著鮮奶油泡泡的熱飲逛精品店。我在冷天裡戴上昂貴的義大利皮手套。你和朋友打高爾夫球。我關心政治。我們擠坐在一張單人椅上，覺得這樣熱和在一起多好。我看電影，讓電影把我的心思帶離眼前。日子輕鬆單純。想法多。寫作靈感來得快。我的經期短而量少。你把音樂放得全屋子都聽得到，沒聽過的新作品，某位成熟人士在把酒言歡時跟你提到過的。洗衣精不是有機產品，於是我們的衣服全都飄散著人工的山林清香。假期踏青。你關心我的寫作進展。我再也不會看著其他男人、暗想他幹起來是什麼模樣。你每天開著輛毫不實用的車上班，直到那一年下過第四或第五場雪後才停止。你想養狗。我們留意路上的狗，不時停下來搔搔牠們的脖子。公園不是我唯一喘口氣的地方。我們讀的書裡沒有圖片。我們不會去想電視螢幕對大腦的影響。我們不知道孩子們最愛玩專門製造給大人使用的東西。我們以為我們了解彼此。我們以為我們了解自己。

五

我二十七歲那年的夏天。兩張小陽臺上歷盡日曬雨淋的折疊椅，俯瞰著我們與隔壁樓房之間的窄巷。我掛上的那排白色紙燈籠不知怎麼讓樓下蒸騰的垃圾氣味愈發具體清晰。就是在那裡，你隔著兩杯清涼白酒對我說：「今晚就開始試吧！」

我們之前就談過了，談過很多次。每回我抱著別人的寶寶或是蹲下來陪他們玩時，你總是樂得合不攏嘴。**妳真是個天生好媽媽**。但我需要想像。成為母親：那會是什麼情景，什麼感覺。**妳看起來好棒**。

我不會重蹈覆轍。我會像其他女人一樣母性天生。我會成為我母親從來不是的那種母親。

那時日我盡力確保她鮮少浮現在我腦海。偶爾不請自來也會讓我吹拂驅趕。彷彿她是掉進我柳橙汁裡的菸灰。

那年，我們趕在入夏前換了大一點的公寓，多了間臥房和一座慢吞吞的電梯。原先的樓梯公寓不適合嬰兒推車。看到寶寶相關事物時，我們總是無言地用手肘輕推對方一起看。櫥窗裡成套的小號潮服。乖乖牽手的年幼手足。有期待，也有希望。我幾個月前便開始更加留意自己的經期，追蹤排卵。我在日誌上圈出排卵期。一天，我發現我的圈號旁多了張小小的笑臉。你興奮得好可愛。你會是個很棒的父親，而我會成為你孩子的好母親。

如今回想，不禁讚嘆自己當時的自信。我不再感覺像我母親的女兒。我只覺得自己是你的妻子。多年來我一直假裝自己是你的完美伴侶。我想要你快樂。我想要成為和我母親完全不一樣的人。於是我也想要一個寶寶。

六

艾靈頓一家。他們家和我長大的家之間只隔著其他三戶鄰居，他們家門前草皮是附近唯一在乾燥酷熱的夏天還維持得綠油油的一戶。艾靈頓太太在瑟西莉雅離開整整七十二小時後敲上我家門。我父親還躺在他過去一年來充當睡床的沙發上呼呼大睡，而我一小時前才剛領悟到我母親這次不會回來了。我翻找過她的梳妝臺、浴室抽屜，還有她藏了一條條香菸的地方。她在乎的東西全都不見了。當時的我已經懂得不要去問我父親她去了哪裡。

「要不要過來我家吃頓週日烤肉特餐，布萊絲？」她密密的捲髮油亮緊實，看來像剛從美髮沙龍出來，我忍不住不客氣地點點頭道謝。我走去洗衣間，從洗衣機裡撈出我最好的一套衣服——藍色背心裙和彩虹條紋的套頭毛衣。我考慮過要問她我父親可不可以也一起去，但艾靈頓太太是我見過最得體的人，如果她一開始就沒邀他一定有她的理由。

小湯瑪斯．艾靈頓是我最好的朋友。我不記得我是什麼時候給了他這個頭銜，但還不到十歲的我就已經只跟他玩了。其他同齡的女孩只會讓我很不自在。我的生活和她們的很不一樣——她們的小烤箱、她們的手作蝴蝶結髮飾、她們漂亮的襪子。她們的母親。我很早就明白一件事：和她們不一樣的感覺並不好。

但艾靈頓一家人讓我感覺很好。

艾靈頓太太的晚餐邀約時機這麼巧，她想必從哪裡聽說了我母親離開的事。因為我母親早已不准我再去艾靈頓家晚餐。她後來規定我每天下午四點四十五分之前得回到家，雖然家裡並沒有東西在等我：烤箱是冷的，冰箱是空的。在那之前，我父親和我就幾乎天天吃即食燕麥粥充當晚餐了。他會把醫院自助餐廳的小包裝紅糖塞在口袋裡帶回家，好撒在燕麥粥上。他那時負責管理那家醫院的清潔工。就當地標準來說他的收入算不錯，只是我們似乎並不那麼過日子。

我不知從哪裡學到應邀去別人家晚餐時最好帶上禮物，於是從前院樹叢剪了幾支繡球花；雖然白色花瓣到九月底都有些乾枯了。我用橡皮髮圈把花綁成一束。

「好一位體貼的小淑女。」艾靈頓太太說道。她把花插到一只藍色花瓶裡，然後小心翼翼地安放到擺滿熱騰騰美食的餐桌正中央。

湯瑪斯的弟弟丹尼爾很喜歡我。我們放學後在他家客廳玩火車，湯瑪斯則由他母親陪著做功課。我把功課都留到八點以後做，那時瑟西莉雅要不已經上床，要不就是進城去，整晚不會回來了。她常常這樣——進城去，隔天早上才回來。我用做功課來打發這段睡前的時間。小丹尼爾是個神奇的孩子，說話口氣像大人，才五歲就會算乘法。我們趴在艾靈頓太太那條刺人的橘色地毯上玩的時候，我會一邊考他九九乘法表，對他聰明的程度感到不可思議。艾靈頓太太不時會來看我們玩，離去前總不忘摸摸我倆的頭。**不錯喲，你們兩個**。

湯瑪斯也很聰明，不一樣的聰明。他超級會編故事。我們會把這些故事寫在一本他母親從雜貨店買給我們的線圈筆記本裡，然後為每一頁畫上插圖。每一本故事書都會花上我們好幾星期的時間——我們會鉅細彌遺地逐頁討論要畫什麼，然後好整以暇地把整盒彩色鉛筆都削尖了才動手。有一回，湯瑪斯讓我把其中一本故事書帶回家。那是我非常喜歡的故事。故事主角一家美麗善良的媽媽得了罕見的水痘病得很重，這家人決定一起前往遠方小島度最後一次假；他們在小島的沙灘上發現一個名叫喬治的神奇小矮人，小矮人說話每句都押韻。喬治允諾為他們實現一個願望，交換條件則是他們得把他裝在行李箱裡帶到他們在世界另一頭的家。他們同意了，喬治也實現了他們的願望——**你們的媽媽將長命百歲直到時間盡頭。悲傷的時候只管唱這小曲一首！**小矮人後來就住在這家人媽媽的口袋裡，幸福快樂直到永遠。我在筆記本裡悉心畫出這家人的模樣——他們看來就像艾靈頓一家，只不過多了一個長相和他們迥然不同的第三個孩子：一個和我一樣有個蜜桃色蠟筆膚色的女兒。

一天早上，我看到母親坐在我的床腳，低頭翻閱這原本讓我藏在抽屜深處的故事書。

「這哪裡來的？」她頭也不抬地問我，目光停在我把自己畫進黑人家庭那一頁。

「我和湯瑪斯在他家做的。」我伸手想要拿回她手中的書，我的書。她手臂往後一抽，然後把書直直砸在我頭上，彷彿線圈筆記本和裡頭的一切都讓她反感至極。筆記本一角撞到我的下巴，掉落在我們之間的地板上。我盯著地上的故事書，感到無地自容。為了她不喜歡的那些插畫，也為自己把書藏起來的舉動。

我母親站起來，細長的脖子打得筆直，抬頭挺胸。她悄然關門離去。

我第二天把書送回湯瑪斯家。

「妳不想要嗎？妳這麼以你們兩個一起完成的作品為榮！」艾靈頓太太從我手中接過故事書，留意上頭有不少折損。她輕輕撫平封面。「沒關係，」她搖搖頭，示意我不必回答。「妳可以把書保存在我家。」

她把書放在客廳書架上。我那天要回家的時候，發現她把書翻到最後一頁，面向客廳展示——包括我在內的一家五口，彼此搭肩，站在正中央的媽媽微笑著冒出漫天小愛心。

我母親離去當晚的週日晚餐後，我自告奮勇和艾靈頓太太一起清理廚房。她放了音樂卡帶，整理餐桌和擦拭流理臺時偶爾跟著輕聲哼唱。我一邊洗盤子，一邊有些害羞地用眼角偷瞄她。一會兒後她停下動作，拾起流理臺上的一只隔熱手套。她對我淘氣地微笑，看著我，然後戴上手套，把手舉到與頭同高。

「布萊絲小姐，」她用好笑的尖聲說道，手套人偶也跟著一起動。「我們通常會問應邀上艾靈頓餐後脫口秀的特別來賓幾個個人問題。麻煩妳告訴我們——妳有空時喜歡做什麼？看過電影嗎？」

我笑得有點僵，不確定該怎麼配合。「呃，看過。偶爾去，」我其實沒看過電影。我也沒跟人偶說過話。我低頭，隨手挪動水槽裡的碗盤。湯瑪斯跑進廚房，一邊興奮地大叫，「媽媽脫口秀又來了！」丹尼爾緊隨在後。「問我隨便什麼事，問我！」艾靈頓太太一手叉腰，一手嘰嘰喳喳開講，捏著嗓門用嘴角說話。艾靈頓先生也探頭進來湊熱鬧。

「我問你，丹尼爾，你最喜歡吃的東西是什麼——不准說冰淇淋！」人偶說道。丹尼爾跳上跳下想答案，湯瑪斯幫忙出主意。「派！我知道你最喜歡派！」艾靈頓太太的隔熱手套倒抽一口氣。「派！不過大黃派例外，對吧？吃了讓我猛放屁！」男孩們競相尖叫大笑。我靜靜聆聽。我從不曾感受過這樣的感覺。即興，傻氣，自在。艾靈頓太太發現我淨站在水槽前看，勾勾手指示意我過去。她把隔熱手套放在我手上，說道，「歡迎我們今晚的特別來賓主持人！」她接著在我耳邊低聲說道，「換妳上！問他們寧可吃蟲還是吃別人的鼻屎！」我咯咯笑了。她微笑著翻翻白眼，彷彿在說，**相信我，他們愛死了，這兩個傻蛋男孩！**

那晚她陪我走路回家，這是她之前不曾做過的事。我家裡的燈都關了。她看著我開鎖推門，確定我爸的鞋子在。她從口袋裡拿出那本魔法小矮人的故事書，遞給我。

「我想妳現在可能想把它收回去了。」

確實。我用拇指撥弄紙頁，當晚第一次想起了我母親。

我再次謝謝她的晚餐招待。她在車道盡頭轉過頭來，大聲說道，「最晚下星期同一時間再見囉！」我猜她知道我們會更早見到面。

七

你進到我身體裡那一剎那我就知道了。你的溫暖充滿我而我知道。我不怪你當我胡思亂想——我們已經試了好幾個月了——然而不到三星期後我們躺在浴室地板上，笑得像兩個喝醉的傻瓜。記得你那天後來就不進辦公室了嗎？我們擠在床上看電影，三餐都叫外賣。我們只想在一起。你和我。還有她。我知道是個女孩。

我無法寫作。每回試著動筆，我的腦袋就飛到九霄雲外。幻想她的模樣，幻想她會是什麼樣的寶寶。

我開始參加準媽媽運動課。每堂課開始的時候，我們會伸展肢體圍成大圈，自我介紹並說明自己懷孕月數。教練帶領眾人做著那不痛不癢的有氧體操時，我看著鏡中其他女人隆起的肚腹，對自己即將經歷的變化感到神奇不已。我的腹部依然平坦，卻已經等不及想看到她為自己爭取空間。在我的身體裡。在這世界上。

日常在城市裡走動的感覺也都不一樣了。我有了祕密。我半期待人們以不一樣的眼光看我，我想要輕觸我依然平坦的肚腹，說道，**我即將成為母親了。這是我的嶄新身分**。我是如此深深著迷。

一天，我在圖書館的懷孕與生產書區流連了幾小時。我的腹部才剛開始隆起。一個女人走過來，在架上搜尋某本特定的書。她最後抽下來的是一本有關睡眠訓練的書；書本略顯疲態，看來借閱率不低。

「幾個月了？」

「六個月。」她用手指掃過目錄頁，然後抬頭先看了我的腹部才看我的臉。「妳呢？」

「二十一週。」我們互相點點頭。她看似曾是會在家裡養紅茶菌自製康普茶，還會去上清晨六點的飛輪課的人，如今卻只能滿足於吃掉剩下的蔬果泥與走路去買尿布。「我還沒想過睡眠訓練的事。」

「頭胎？」

我點頭微笑。

「這是我的第二胎。」女人舉起書本。「老實說，搞定睡眠訓練就天下太平了。其他都沒什麼大不了。我上回真是他媽的搞砸了。」

我乾笑一聲，謝謝她的提醒。圖書館另一頭傳來幼童的哭嚎聲。她歎口氣。

「我家的。」她頭往一邊肩頭輕點示意，然後從架上抽下另一冊同一本書。她把書遞給我，我留意到她雙手上都有粉紅彩色筆塗鴉。「祝妳好運。」

她離去的背影豐滿而十足女人味，她的寬臀，她那頭被有限睡眠弄亂的齊肩中長髮。對我而言，她感覺如此明顯是個母親。是她的外表？還是她的動作？或者是她看似比我有更多事得掛念的模樣？我呢？我何時會跨過這條線？我會有什麼樣的改變？

八

「弗克斯，來看。」這是你母親得知我們懷孕後寄來的第三箱大型包裹了。她止不住興奮之情，每星期打電話來關心我好不好。我從箱子裡拿出幾條漂亮的包巾、手織新生兒帽，和迷你純白睡衣。箱子底部有一個包裹，上頭是她的字跡寫著「弗克斯的嬰兒用品」。包裹裡有一隻縫著鈕扣眼睛的破舊泰迪熊，一條毛幾乎已經掉光、依稀看得出原本是象牙白色的絲邊法蘭絨毯子。一只坐在月亮上的小男孩陶瓷人偶，上頭以精美金字鐫寫著你的名字。我拾起泰迪熊嗅聞，然後湊到你鼻子前。你陷入回憶。我聆聽你說話，大半心思卻已經飄走，在我的過去中搜尋類似的紀念品，毯毯、熊熊、心愛的故事書。我一無所獲。

「你覺得我們可以嗎？」當晚晚餐我推弄著盤中的食物，一邊這麼問你。我自從懷孕後就對肉類敬謝不敏。

「可以什麼？」

「為人父母。養兒育女。」

你微笑著伸長手臂，用叉子叉走了我的牛肉。

「妳會是個好母親，布萊絲。」

你在我手上畫了顆愛心。

「你知道的，我自己的母親……她不是……她離開了。她和你母親完全不同。」

「我知道。」你陷入沉默。你可以要我再多說一點。你可以握住我的手，看著我的眼睛鼓勵我說下去。但你只是把我的盤子收到水槽裡。

「妳和她不一樣，」你終於開口，從背後抱住我。然後，你以出乎我意料的憤慨口氣說道：

「妳和她完全不同。」

我相信你。相信你讓日子容易許多。

那晚稍後，我倆相倚在沙發上，你用雙手捧住我的肚子，彷彿世界就在你手中。我們喜歡一起等待她踢動，一起盯著我緊繃的皮膚和底下宛如地球色彩的藍綠色血管。有些準爸爸會對著妻子的肚子說話——據說胎兒聽得到。但你只是靜靜等待她存在我肚皮底下的跡證，滿心敬畏，彷彿她是你不敢相信已經成真的夢想。

九

「說不定就是今天了。」

寶寶一早感覺格外低垂沉重，我整晚夢見我的羊水浸濕了我們的床。恐慌瞬時來襲，把我拉到那個我四十週孕期以來始終刻意避開的地方。我煮水泡茶，同時不斷對自己喃喃低語。**沒事的，讓她來。沒事的，如果就是今天。一切都會沒事的。**我坐在廚房桌前，在紙上一遍一遍寫下這些字句，直到你走了進來。

「安全座椅裝好了。我今天整天都會把手機帶在手邊。」

我把紙藏到餐墊底下。你吻過我，出門上班。我知道就是今天了。

當晚七點半，我們已經跪坐在臥房地上，老式拼木地板的溝槽把我的膝蓋壓出橫豎條紋。你按住我的臀部，而我試著把呼吸放深放緩。我們練習過。我們一起上過課。但我卻怎麼也感受不到理應隨之而來的平靜感和理應介入主導的直覺。你用潦草的字跡一邊記錄陣痛長度與間隔，我一把搶過來揉成一團扔回去給你。

「我們現在就去醫院。」我無法忍受再待在我們的公寓裡。她來勢洶洶，我奮力把她留在我體內。之前的練習與準備感覺都是不可能的任務。我放不開，我還沒準備好。我無法想像她下降到我張開的骨盆裡，無法哄誘自己如河口開展。我緊繃而恐懼。我不知所措。

傳說分娩劇痛痛過就忘是真的——我已經記不得那是什麼感覺了。我記得灌腸。我記得產房好冷。我記得陣痛之間在裝飾著聖誕金蔥彩條的走廊上來回走動時曾在一臺推車上看到產鉗。護士的手粗壯有如伐木工人。她把那雙手塞進我體內檢查子宮頸擴張程度時，我不住嗚咽而她把頭轉開。

「我不想要了，」我對著空氣低語道。我精疲力竭。你站在兩呎外，喝著護士帶給我的水。我喝了就吐。

「妳不想要什麼？」

「寶寶。」

「妳是說分娩？」

「不。我是說寶寶。」

「妳要不要打無痛分娩？我覺得妳有需要。」你伸長脖子尋找護士，然後在我頸後墊了濕毛巾。我記得你抓住我的頭髮彷彿是馬鬃。

我不要用藥。我想要感覺這到底能痛到什麼程度。**懲罰我吧**，我對她說道。**撕爛我**。你親吻我的頭而我狠狠甩開你。我恨你。為了你想要我成為的一切。

我哀求他們讓我在馬桶上分娩——那是我最舒服的地方，而我在那當下已經神智不清了。

我聽不懂任何人說的任何話。你哄勸我回到床上，他們要我把雙腿放到腿架上。一切是如此地不對勁。火燒。我一手探向下身，非常確定那裡有團熊熊烈焰。有人把我的手推開。

「操你媽。」

「妳可以的，」醫生說道。「妳辦得到的。」

「我不行。我不要，」我厲聲回應。

「妳得開始用力，」你冷靜道。我閉上眼睛。我只希望事情出錯。死亡。我期盼死亡。我的或寶寶的。早在當時我就已經知道妳我無法共存。

她終於出來後，醫生把她抱到我眼前，然而強光照得我幾乎睜不開眼睛。我痛得猛烈搖頭，只說得出我快要吐了。你現身在我腿邊，和醫生並肩，他於是轉向你，告訴你寶寶是個女孩。你一隻手托住她濕滑的頭，小心翼翼地把她捧到眼前。你對她說話。我不知道你說了什麼——打從她來到世界的第一分鐘，你們就有了屬於你倆的祕密語言。然後，醫生用雙手托住她的腹部，彷彿她是隻濕淋淋的小貓，把她交給護士。他繼續完成接生工作。我的胎盤和羊膜嘩地滑落到地上。他著手縫合我的傷口，而我凝望白光，對自己剛剛完成的一切感到敬畏不已。我成為她們其中一員了——母親。我從不曾感到如此充滿生氣、如此強烈靈動。我的牙齒劇烈打顫得幾乎要碎裂了。然後我聽到她了。那嚎啕大哭。那聲音如此熟悉。「準備好了嗎，媽咪？」什麼人說道。他們把她放在我裸露的胸脯上。她感覺像條尖叫不已的溫暖麵包。她身上來自我的血跡已經被清理乾淨，整個人被裹在醫院的法蘭絨包巾裡。她的鼻頭有許多小小黃點。她的眼睛黏糊糊的，深色眼珠直直望進我眼底。

「我是妳的母親。」

在醫院的第一晚我整夜沒睡。我在圍著隔簾的床上靜靜凝望著她。她的腳趾是一排迷你荷蘭豆。我掀開她的包巾，用手指滑過她的皮膚，看著她反應抽動。活生生的她。來自我的她。聞起來就像我的她。她不肯喝我的初乳，即便她們把我的乳房當成漢堡似地壓扁，還試圖撬開她的嘴。她們要我有耐心。護士說我如果想好好睡一覺她們可以把她移出房間，但我必須看著她。我看到她臉上的水滴才發現自己在掉淚。我用小指自她皮膚上揩去一顆顆淚珠放進嘴裡嚐。我想嚐她的味道。她的手指。她的耳尖。我都想放進嘴裡嚐。止痛藥麻痺了我的感覺，但催產素卻在我的內部點燃一把火。有些母親或許會稱之為愛，對我來說卻更像愕然。像驚奇。我沒想下一步，沒想返家後的事。我沒去想撫育她、照顧她、她將來會成為什麼樣的人。我只想和她單獨在一起。在那個超現實時空裡，我想感覺每一個脈動。一部分的我知道，我們此後再也不會像這樣了。

一九六二

艾塔打開浴缸水龍頭，準備要洗瑟西莉雅那頭糾結的長髮。她五歲了，沒什麼人要求她梳頭髮。她的手肘探入酪梨綠的浴缸。

「往後靠，」艾塔命道，用力一扯。她把瑟西莉雅的頭往下再拉幾吋到冰冷水瀑的正下方。她又咳又嗆、奮力掙扎，終於擺脫艾塔的箝制。瑟西莉雅喘過氣來，抬頭迎上艾塔直視的目光。艾塔瞪大眼睛。瑟西莉雅明白事情還沒完。

艾塔揪住她兩邊耳朵，強迫她回到水柱下。冷水灌入她的鼻腔，她漸漸失去意識。然後艾塔放開她。她拔掉排水孔發霉的塞子，離開浴室。

瑟西莉雅動也不動。她在掙扎中拉了一褲子屎，就這樣渾身發臭地躺坐在原地，瑟縮發冷直到昏睡過去。

終於醒來後，艾塔已經上床，而剛下班回到家的亨利坐在客廳電視前，熱了盤烤牛肉正在吃，用過的錫箔紙摺得工整放在桌上，等待隔天回收使用。

瑟西莉雅披了條浴巾走進客廳，嚇了亨利一跳。他顧不得滿嘴食物，直問搞什麼都要半夜了還沒睡。瑟西莉雅告訴他自己尿床了。

他臉色一沉。他伸長手臂撈起她，把她帶去她母親的床邊。她依然渾身屎味，但亨利隻字未提。他搖醒艾塔。

「親愛的，可以幫瑟西莉雅換個床單嗎？她尿床了。」

瑟西莉雅屏息。

艾塔睜開眼睛，以五小時前差點殺死她的同樣力道握住瑟西莉雅的手。她帶她走回到她的房間，為她套上睡衣，然後把她按坐在床上。瑟西莉雅心臟砰砰跳動，和艾塔一起聆聽亨利的腳步聲往樓下去。瑟西莉雅隨時留意著亨利的腳步聲——他可以像電燈開關似地改變艾塔的情緒。

艾塔不發一語，也沒有碰她，只是走出房間。

瑟西莉雅明白自己說謊的直覺是對的。她和她母親之間的事是祕密，別人不必知道。

接下來幾年，艾塔「神經衰弱」的問題不時浮上檯面。她會把放學返家的瑟西莉雅鎖在門外。前門上閂、後門緊鎖、窗簾全部拉上。但瑟西莉雅聽得到屋裡傳來收音機或是廚房水龍頭的聲響。她只好往主街去，在商店裡閒晃打發時間，看看那些她母親不再有興致購買的東西，比如說水果香味的肥皂，或是她曾經很愛吃的薄荷巧克力。

天黑後一小時，瑟西莉雅再次回家。那時亨利已經到家，晚餐也已經上桌。她會跟亨利說她在圖書館做功課，而他會摸摸她的頭，說她繼續努力下去很快會成為班上最聰明的學生。艾塔則完全忽視她，彷彿她不曾開口。

也有些日子，瑟西莉雅一早下樓吃早餐看到艾塔已經就座，垂頭盯著自己的大腿，豐腴的雙頰蒼白如紙，看似整夜沒睡。瑟西莉雅不知道她是怎麼打發無眠的夜晚的，只知道在那些早晨裡艾塔看來尤其疏離。尤其哀傷。她直到聽到亨利下樓的腳步聲才會抬起頭來。

十

「妳太焦慮了。她感覺得到，」你說道。她哭了五個半小時。其中四小時我跟著一起哭。

我要你去其中一本育嬰書裡查清楚腸絞痛的定義。

「連續三星期，每星期三天，每天連續哭超過三小時。」

「她早就超過了。」

「她才剛回家五天，布萊絲。」

「我是說時數。她哭了不只三小時。」

「我覺得她只是脹氣不舒服。」

「我需要你去跟你父母說，請他們不要來。」我辦不到在幾週後的聖誕假期面對你的完美母親。她常常打電話來，開場白千篇一律：**我知道年輕一輩有自己的想法，不過相信我……**腸痛水、包巾包緊緊、奶瓶裡加米糊。

「他們可以幫上大忙，親愛的。幫妳，幫我們。」你就是想要你的完美母親來。

「我還在排惡露。我聞起來像一團爛肉。我的乳房脹痛到連襯衫都穿不住。看看我，弗克斯。」

「我今晚打電話給他們。」

「你可以看一下她嗎？」

「都交給我。妳去好好睡一覺。」

「寶寶恨我。」

「噓。」

我知道開頭幾天不會太容易。我知道我的胸部會硬得像水泥塊。餵不完的奶。陰道沖洗罐。該讀的書我都讀了。卻沒有人提到闔眼四十分鐘後就被叫醒，躺在血污床單上百般不願面對現實的感覺。我感覺自己是舉世唯一無法熬過這一切的母親。唯一無法自從肛門延伸到陰道的會陰縫合傷口復原的母親。唯一無法咬牙忍過新生兒牙齦如刀鋒嵌入乳頭的劇痛的母親。唯一無法在極度睡眠剝奪下還能假裝正常運作的母親。唯一會在低頭看著懷中女兒時心想「請妳走開」的母親。

薇奧列忒只在我懷中哭；我感覺遭到背叛。

我們該要想望彼此的。

十一

夜間保姆有雙最柔軟的手。她幾乎擠不進嬰兒房的搖椅。她身上飄散著柑橘與髮膠噴霧的氣味而且她永遠不慌不亂。

我好累。

每個新手媽媽都會經歷這一段，布萊絲。我知道很不容易。我還記得。

但你母親顯然放不下心，因為她沒問過我們便雇用她，連費用都付清了。已經三星期了，但寶寶卻從來睡不過一個半小時。她整天除了哭嚎就是喝奶。我的奶頭看來像一坨生的牛絞肉。

你幾乎沒見過夜間保姆——她來的時候你通常已經睡了。她每三小時抱她過來讓我餵奶，分秒不差。我聽到她往主臥房來的沉重腳步聲，霎時從甜美的深度睡眠中驚醒過來，眼睛還來不及張開就急忙把乳房從睡衣裡掏出來。餵完後，我把寶寶還給她。她會抱她回到嬰兒房，為她拍嗝、換尿布、搖她哄她睡。我們沒講過幾句話，但我愛她。我需要她。她來了四星期後，你母親在電話中以她堅定不失優雅的聲音對我說道，「親愛的，已經一個月了。妳必須開始學著自己來。」

最後那個清晨，保姆離開前最後一次把寶寶抱來我們房間讓我餵奶。她沒有如往常那樣默默退出房間，而你在我身旁打鼾熟睡。

「她真是個可愛的寶寶，」我對保姆低聲說道。我調整姿勢以減輕痔瘡造成的不適，再扯扯寶寶口中的奶頭。老實說我不知道她算不算可愛，但這感覺像是新手媽媽會用來形容自己推送進世界那團溫暖的粉紅小肉球的話。

她站直俯視，看著薇奧列忒掙扎著試圖再次含住我脹大的深棕色奶頭。我們還是搞不定親餵，奶水噴了寶寶滿臉。她沒有應聲。

「妳覺得她是個好寶寶嗎？」也許她沒聽到我的話。我皺眉。寶寶終於叼住了奶頭。保姆退後幾步，若有所思地凝望著我們。

「她有時候會睜大眼睛瞪著我看，就像……」她愈說愈小聲，最後搖搖頭把話吞回去。

「她是個好奇寶寶。她很機警，」我搬出從別的母親聽來的形容詞澄清道。我不確定她到底想暗示什麼。

我繼續餵奶，她只是靜靜地站著。又一會，她終於點點頭。我不知道她是不是其實有別的話想說。寶寶喝完奶後，她不發一語地抱起薇奧列忒，然後拍拍我的肩膀。她帶寶寶回房睡覺，而我從此不曾再見過她。

嬰兒房裡的髮膠噴霧氣味花了幾星期才完全散去，你對此頗有微詞。但我有時會單為那個味道而走進房裡。

十二

夜間保姆在的那個月確實有幫助。薇奧列忒和我終於在迷霧中找到了我們的作息規律，而我努力維持。我們的一天始於你出門上班、終於你再次返家，我唯一的責任是在那期間確保她安好無恙。一天一件事——這一直是我的目標。採購雜貨。帶她健檢。去店裡退換她來不及穿到就太小的包屁衣。喝咖啡配馬芬糕。我會在大冷天裡坐在公園長凳上，一邊挑掉馬芬糕上乾掉的麥麩、一邊盯著裹在羽絨兔寶寶裝裡的她，等待她下一段小睡時間到來。

我在準媽媽運動課上認識了一小群女人，預產期都在我前後。我和她們不熟，但也被加進電郵群組裡。她們不時邀我一起散步，或是找家容納得下我們的嬰兒推車大隊的餐館午餐。你很喜歡我和她們出去——你喜歡看到我和其他媽媽一樣。我去多半是為了你，好讓你看到我很正常。

如同與會每個人的日常，我們的對話也有固定流程。寶寶什麼時候在哪睡、睡得怎麼樣，什麼時候喝奶、喝了多少，副食品規畫，托嬰中心還是保姆，買了什麼超好用的神級母嬰用品大家千萬不要錯過。最後一定會有某個寶寶的小睡時間到了，且非得回家睡在自己的嬰兒床上、以免打亂了好不容易建立的作息。眾人於是收拾包包走人。偶爾，在等待結帳的時候，我會鼓起勇氣吐露一絲心聲。我通常這麼試探起頭：

「當媽媽有時還真不是件容易的事，是不是？」

「有時確實。但這會是我們一輩子做過最值得的事，妳懂我的意思嗎？每天早上看到那張小臉蛋，我就感覺一切都值得了。」我仔細研究她們的表情動作想要找出破綻。但她們就是不動聲色。她們從不透露口風。

「沒錯。」我只能簡單附和。但我會在回家一路上凝望推車裡薇奧列忒的臉，納悶為何她就是沒法讓我有今生最美好的事的感覺。

有一回，在停止參加媽媽聚會幾星期後，我路過一家咖啡館，看到面街的吧檯座位上坐著一個盯著自己寶寶看的母親。寶寶大約三、四個月大，比薇奧列忒小一點點。寶寶癱軟的身子被母親架起來，一雙眼睛也直直回盯著母親看。女人的嘴巴沒有動。她的口中沒有透露任何足以解釋這一幕的話語：**你是媽咪的寶貝，你是我最可愛的小寶貝。你是最乖的小寶寶，對不對？**她只是把寶寶微微翻向一側、然後另一側，彷彿在檢視一件黏土藝品、尋找不完美之處。

我在窗外徘徊，觀察他們，搜尋著愛或懊悔的跡象。我想像她之前的生活，終至讓寶寶把她困在這唯二選擇間：瀰漫母奶酸味的凌亂公寓，或是孤獨的咖啡店窗。

我走進店內點了一杯我不想要的拿鐵，坐在她旁邊的高凳上。薇奧列忒睡著了，我前後推動推車以免她醒來。掛在把手上的尿布袋滑了下來，奶瓶順勢滾到一邊。我撿回奶瓶，決定不拿出消毒紙巾擦拭奶嘴頭。每回私下做出這樣的決定時，我總會覺得充滿權力感。那些其他母親因為不該所以不會做出的決定，比如說尿布濕了遲遲不換，或是該幫寶寶洗澡卻一天拖過一天、沒有原因只是不想。女人轉頭面對我，和我交換眼色。不是微笑而是某種確認——確認彼此都曾經歷轉化變形才成了現在這個版本的自己，然而新版本的感覺卻遠不如別人形容的好。她的寶寶溢了一口半凝結的奶，她抓起粗糙的紙巾隨手擦掉。

「不怎麼順利的一天，是吧？」我說，下巴朝她的寶寶挪了挪。寶寶動也不動，毫無表情，依然死盯著她看。

「俗話是怎麼說的？度日如年，一年卻轉眼就過。」我點點頭，望向自己的寶寶。她不安地蠕動身子，下巴皺了起來。「走著瞧吧，」她不帶情緒地說道，彷彿她也不相信這種度日如年感會有改變的一天。

「有的女人說當媽媽是她們最大的成就。不過難講，我不感覺自己成就了多少。」我淺笑，因為話題一下進展太快太深入了。但我需要這個女人。她和午餐會的朋友完全不同。

「女孩？」

我告訴她寶寶的名字。

「哈利，」她告訴我她寶寶的名字。「十五週大。」

我們沉默了幾分鐘。然後她再次開口，「他就這樣突然發生在我身上。闖進我的世界裡、把家具撞得東倒西歪。」

「沒錯，」我放慢口氣，望向她的寶寶、彷彿那是一件武器。「妳想要他們、懷上他們、把他們推擠出來，但他們確實就這樣發生在我們身上。」

她把哈利從吧檯桌上放下來、送回到推車裡。她草草為他蓋上毯子，像張隨意鋪出來的床。她始終沒有像其他母親那樣，用半像唱歌的哄逗語氣對她兒子說話。我感覺她從來不曾這麼做過。

「我先走一步，」她說道，而我的心一沉。我擔心我們從此不會再相遇。我結巴，想開啟別的話題把她留下來。

「妳住在這附近嗎？」

「不算是。我們家靠北邊。來這只是看醫生。」

「我給妳我的電話號碼，」我說道，臉紅了。我向來不擅結交朋友。但我卻突然快馬加鞭，直接進展到深夜的簡訊，相互吐露最誠實的心聲、悲嘆眼前的人生。

「好喔，我直接記在手機上。」她看來有些不自在，我一邊報上號碼一邊後悔開口。她始終沒有跟我聯絡，我再不曾遇見過她。

我不時還會想起這個女人。我不知道她最後是否覺得自己成就了什麼。她會不會看著哈利，明白自己終究是個好母親，教養出了一個好人。我不知道那是什麼樣的感覺。

十三

她先對你微笑。你當時戴著眼鏡，宣稱她一定是看到了鏡片上自己的映像。但你我都心知肚明，她從一開始就最想要你。我從來沒法像你一樣輕易安撫哭鬧的她——她融化在你皮膚上，彷彿只想待在那裡、成為你的一部分。我的溫度與我的氣味對她來說似乎毫無意義。人們總說起母親的心跳與子宮裡的熟悉聲響，但我之於她卻有如陌生國度。

我聆聽你輕聲細語哄她入睡。我研究你，我模仿你。你跟我說一切都是我的想像——說我想太多，說她只是個寶寶、而寶寶根本不知道怎麼不喜歡一個人。但我就是揮不去二對一的孤立感。

我們幾乎整天在一起，所以她有時難免得讓步，在我的懷裡或胸前睡著。你指出這點作為證據，證實我錯了——看到沒，親愛的？妳只管盡量放輕鬆，她就乖乖了。我相信你。我必須相信你。我用鼻子刷過她頭上的細軟髮絲，嗅聞她的味道。我需要她的味道。她的味道提醒我她確實來自我體內。提醒我我們確實曾一度以一條鮮活悸動的血的繫帶相連結。我會閉上眼睛回想她出生那晚。搜尋著，想感到那份聯繫感。那最初的幾小時。我知道那份感覺存在過。在裂傷流血的奶頭、在極度的疲倦、在致殘的懷疑、在可怖的麻木、在這一切一切發生之前。

妳做得很好。我以妳為榮。你不時對著在黑暗中餵奶的我這麼耳語道。你會摸摸我倆的頭。你的妻女。你的世界。你離開房間時我不住哭泣。我不想成為你倆繞著旋轉的軸心。我已經一無所有、對你對她都無法再給了，但我們一起的人生才剛剛開始。我做了什麼事？我為什麼想要她？我憑什麼以為自己會和我自己的母親有所不同？

我想過脫身的方法。在漆黑的房裡，在搖椅上，母奶溢流的我不停想著。我想過把她放進嬰兒床裡，深夜出走。我想過去哪裡把護照找出來。想過機場大廳離境看板上列出的千百條航班資訊。想過我一次最多可以從提款機提領多少現金。想過要把我的手機留在床頭桌上。想過母奶要多久才會停止分泌、我的乳房要多久才會放棄她曾經出生的跡證。

我的雙臂為這一切可能而顫抖。

這些是我從不曾說出口的念頭。這些是絕大多數母親不曾有過的念頭。

十四

我八歲。很晚了，不是我該醒著的時間。我穿著睡衣站在走廊，聆聽我父母在客廳裡爭吵。

我聽到玻璃碎裂聲，明白應該是那只撐陽傘的南方佳麗人偶。我不知道人偶是哪來的——可能是結婚禮物吧。他們在吵他在她外套口袋裡發現的某樣東西、然後是她老是往城裡跑的事、然後是某個叫做藍尼的人。我父親覺得我愈來愈沉默、愈來愈內向；他認為她偶爾也該多關心我一下。

「他不需要我，賽柏。」

「妳是她的母親，瑟西莉雅。」

「她沒有我只會更好。」

我母親開始啜泣，當真哭了起來——除了幾乎每晚對彼此的酸言酸語外，我從來不曾聽她真的哭過。我轉身回房，雙頰火熱、胃部因為她激動的哭聲而緊緊糾結。我突然聽到我父親提起外婆的名字。他說，「妳遲早落到跟艾塔同樣下場。」

父親的腳步聲往廚房去。我聽到兩只玻璃杯厚重底部撞擊流理臺的聲音，然後是威士忌咕嚕聲。酒精讓她平靜下來。他們吵完了。我熟悉這部分的流程。她把自己搞到精疲力竭，而我父親則把自己灌醉睡覺。

但那晚她想說話。

我靠著走廊牆壁往下滑坐在地板上。接下來一小時我就坐在那裡，聆聽她對他說話，來自她過去的片段頭一次烙燒我的腦海。

那晚，我父親和她同睡臥房，這是很少發生的事。我早上起床的時候，他們的房門還緊關著。我為自己做了早餐然後去上學，那天晚上他們沒有吵架。他們很平靜、客氣。我做了功課。我看到我母親把一盤過熟的雞肉放在他面前的桌上時還輕碰了他的背。他謝過她，還喊她親愛的。她在努力，而他在原諒。

那晚過後接下來幾年間，這成了我固定會做的事。艾塔的名字偶爾自樓下傳來，什麼事情顯然再次觸發了我母親的情緒。躺在床上的我心跳即刻開始加速。我甚至不敢用力呼吸，就怕漏聽了她對我父親說的任何一字。那樣的夜晚少有，對我來說都是禮物，雖然她永遠不會知道。我多麼想要知道她在成為我母親之前曾是什麼樣的人。

在無數無眠的夜裡，我在腦中一次一次重演聽到的話語，從而瞭解到：我們每個人都其來有自。我們把種籽傳續下去，而我是她花園的一部分。

一九六四

瑟西莉雅沒有她的娃娃貝絲安就睡不著，即便她已經七歲了。她愛她的娃娃勝過一切——那味道，那讓她纏在手中沉沉入睡的絲柔細髮。一晚，她焦急地尋找娃娃、試著回想最後一次是在哪裡看到它。艾塔的怒吼聲自通往地下室的樓梯底部傳來，瑟西莉雅知道自己惹惱了她，過了上床時間還在屋裡踩著咚咚腳步到處奔走。

「她在這裡，瑟西莉雅！」

地下室有一個狹小的醃黃瓜儲藏地窖，大約一般狗舍大小。艾塔已經很多年不曾醃黃瓜，之前做的也已經所剩無幾。她蹲在地窖門口，臀部朝外對著女兒。

「就在最裡面。一定是妳放的。」

「我才沒有！我討厭那裡！」

「隨便妳。反正我擠不進去，妳得自己把它拿出來。」

瑟西莉雅嚶嚶泣訴說著自己會弄髒睡衣、說她不喜歡那裡面。但她看得到貝絲安就躺在角落裡。

「不要像個膽小鬼似的，瑟西莉雅。如果妳還想要她就自己進去拿。」

瑟西莉雅趴跪在地上，艾塔把她往前推。她手臂不支、上身整個趴倒，不住抽噎了起來，但她太想要貝絲安了，於是慢慢往前爬、朝狹小黑暗洞穴的底部前進。兩邊棚架上的醃黃瓜罐看似沼澤水，她開始有些喘不過氣來。

她身後傳來嘎吱聲，但狹窄空間不容她轉身。她發現原本可以從玻璃瓶身上看到的微弱反射光線此時已經消失了。她無法呼吸，高聲呼喚艾塔。她膝蓋下的碎石隨著每次動作愈發深深刺入她的皮膚裡。她緩緩朝門口倒退、試著用腳跟踢門，但門顯然卡住了。

她聽到客廳的電話響起。外頭傳來艾塔踩在樓梯上的沉重腳步聲。「哈囉？」她聽到她說道，接著便安靜片刻，直到電視被轉開、傳出晚間新聞主播的熟悉聲響。瑟西莉雅再次聽到艾塔對著電話筒的悶悶話聲。那是一九六四年九月，華倫委員會剛剛公佈調查結果報告。艾塔和所有人一樣，對甘迺迪刺殺案極為關注。

艾塔沒有回到地下室。亨利上完夜班回家才設法撬開地窖門。他抓住瑟西莉雅的腳踝、把她拖了出來。她握拳的雙手滿是擦傷。他們為了要不要帶她去醫院檢查起了爭執。他認為她呼吸有些急促、眼神也不太對勁，但艾塔贏了。他們留在家裡。

亨利在瑟西莉雅的床邊守了整夜，在她額頭上放冷毛巾，隔天早上也沒去上班。三人持續沉默了好幾天。亨利拆掉地窖門，把剩下的醃黃瓜罐搬到廚房櫥櫃裡放好。

「那個門一直都有問題，」他邊說邊搖頭。

一星期後，瑟西莉雅正要清掉晚餐盤上的殘渣，而艾塔突然靠過來、在她耳邊低聲說了句話。亨利還沒下班。廚房收音機正播放著新聞。瑟西莉雅沒聽清楚，但覺得艾塔說的應該是：「我其實打算回去救妳，瑟西莉雅。」她嘴唇貼在瑟西莉雅的臉頰上，停留片刻。瑟西莉雅沒有要求艾塔再說一次。

十五

時間過得飛快，要珍惜每一刻。

當母親的人總這麼說，彷彿時間是她們僅知的貨幣。

妳能相信嗎？妳能相信她已經六個月大了嗎？其他女人對我這麼說道，口氣輕快，站在人行道上一邊來回推送她們的推車，裡頭的寶寶安睡在昂貴的棉紗毯下、口中奶嘴上下抽動。我低頭望向薇奧列忒，她躺在那裡直直回瞪著我，小手握拳揮舞、雙腿蹬直，需索、需索、需索。我不知道我們是怎麼撐過來的，整整六個月。感覺像六年。

這是全世界最棒的工作，不是嗎？為人母？這是薇奧列忒某次打預防針時醫生對我說的話。她是三個小孩的媽媽。我告訴她我那顆葡萄大小且不時發作的痔瘡，告訴她我們有多久沒有行房、我甚至有多久不曾想起你的陰莖。她微笑地挑眉——嗯哼。我懂。我真的了解。彷彿我終於加入俱樂部、知曉了其中不能說的祕密。我對她說不出口的是，自從薇奧列忒出生後，我感覺自己老了一百歲。她讓我們共度的每個小時感覺像沒有盡頭。一個月一個月彷彿鍋牛慢爬，白日漫長到我不時得用冷水潑臉、看看自己是不是在作夢——看看這是不是我失去了時間感的原因。

感覺才一眨眼，她們怎麼就變成大女孩了。她們就在妳眼前長成了一個個甜美的小人兒。薇奧列忒長得好慢。我從來察覺不到任何變化，直到你在我面前指出來。你會告訴我她的衣服太小件了，說她小肚子從上衣底下跑出來、說她的長褲幾乎要變成及膝褲。你會收起她的嬰兒玩具，在下班回家的路上買回會發光出聲的新玩意，那些為正在發育、學習、思考的迷你小人設計的東西。而我只是努力讓她好好活著。我的心力都放在她的飲食睡眠、以及那我永遠記不得的益生菌滴劑上。我的全副心力都用在把日子撐過去——那宛如沉重巨石緩慢滾動的日子。

十六

我們。沒有一對伴侶能夠想像有了孩子後他們的關係會變成什麼樣子。但不變的期待是，你倆將共同經歷共同經營，在可以合作的部分你們就是一個團隊。我們的孩子吃飽、洗澡、散步、哄睡、穿暖、換過尿布，你能做的都做了。我整天和她在一起，但從你下班回家進門那一刻起，她就是你的了。耐心、疼愛、呵護。她拒絕我給的一切，我感激有你全都給了她。我看著你倆，不禁嫉妒起來。我想要你們擁有的。

這樣的失衡是有代價的。我們漸漸遠離了你我曾經珍惜共有十年的那份舒適自在。而今我的在場讓你有所保留，你的看法讓我焦慮不已。薇奧列忒從你那裡得到愈多，你給我的就愈少。

你見到我時依然以親吻代替招呼，偶爾有機會兩人上館子時我們也聊天自若。散步快到家、快回到我倆一起建立的愛巢時，你總會一手輕按在我的腰後。我們先前養成的習慣動作還在。但有些細微的事卻悄然消失了。我們不再一起玩填字遊戲。你沖澡時不再任由浴室門開著。你我之間出現了先前不存在的空間，而空間裡充塞怨懟。

我努力做得更好。為人父讓你變得更好看了。你的臉變了。溫暖。柔軟。你更常挑眉、你的嘴巴總是合不攏——只要有她在你身邊。你變得更放鬆，更傻氣。一個更開朗版本的你。

我渴望同樣的改變。但我卻變得更麻木冷酷了。原先滿溢生氣的高聳顴骨與晶亮藍眼如今只剩怒氣與倦意。我看來就像我母親離開我之前的模樣。

十七

在我們一起度過的第七個月裡，薇奧列忒終於能在白天一次小睡超過二十分鐘。我開始重拾寫作。我沒有告訴你——你總是堅持要我趁她午睡時自己也睡一會、下班回家時也總會探問我的午睡情況。這是你唯一在乎的事。你要我保持清醒而充滿耐心。你想要我好好休息才能善盡母職。你曾經在乎我這個人——我的快樂、能讓我生氣蓬勃的一切。如今我只是個服務供應者。你不再視我為女人。我只是你孩子的母親。

於是為了讓事情更容易，大多日子我都對你撒謊：有，我睡了。有，我有好好休息。但事實是，我正在寫一則短篇小說。我靈感勃發。我從不曾這般下筆從容如有神助。這和我原本的預期完全相反；其他有孩子的女作家描述至少第一年的精疲力竭與拒絕紙上作業的大腦並沒有發生在我身上。電腦螢幕亮起，我也隨之活了起來。

薇奧列忒總是在兩小時後準時醒來，那時我毫無例外正是文思泉湧時——我的身心早已遠遊。我漸漸習慣放任她哭，告訴自己再一頁就好。有時我會戴上耳機。有時一頁會變成兩頁，甚或更多。有時我會再寫上一個小時。當她嚎哭的聲音狂亂到一定程度，我方才蓋上筆記電腦的螢幕，彷彿剛剛才聽到哭聲似地急急奔向她。噢，哈囉寶寶！妳醒了呀！媽咪來了！我不知道自己為何要演出這場戲。我試著安撫卻讓她推開時，我只感到深深難堪。我怎能怪她拒絕我呢？

你提早下班回家那天。

隔著哭嚎與耳機播放的音樂，我並沒有聽到你走進來的腳步聲。你猛地把我的椅子轉過來。我心跳驟停，幾乎跌下椅子。你衝進嬰兒房的模樣彷彿寶寶著了火。我屏息聆聽你安撫她。她哭得歇斯底里。

「對不起，爹地對不起妳，」你對她說道。

你對不起她，因為她的母親是我。這就是你真正的意思。

你沒有把她抱出嬰兒房。我跌坐在走廊地板上，明白你我之間永遠不會回到從前了。我失去了你的信任。你對我的默默懷疑如今全都成真。

我終於走進房裡，看到你抱著她坐在搖椅上，雙眼緊閉、頭往後仰。她嘴裡含著奶嘴，輕輕打嗝。

我走向搖椅想要接過她，但你舉臂擋住我。

「妳他媽的搞什麼鬼？」

我沒有蠢到找藉口開脫。我不曾看過你憤怒到雙手顫抖。

我走進淋浴間，哭到熱水轉冷為止。

等我走出浴室時，你一手抱著她、一手正在炒蛋。

「她每天午睡到三點醒來。我到家的時候已經四點四十五分了。」

我盯著鍋鏟刮過鍋壁。

「妳讓她哭喊了超過一個半小時。」

我不敢看你，也不敢看她。

「每天都是這樣嗎？」

「不，」我口氣堅定。彷彿這樣就能挽回些許尊嚴。

我們依然迴避彼此目光。薇奧列忒開始不安。

「她餓了。餵她。」你把她遞給我。我乖乖照做。

那晚上床後，你滾離我遠遠的、對著打開的窗子開口。

「妳到底有什麼問題？」

「我也不知道，」我應道。「我很抱歉。」

「妳需要找人談談。找醫生。」

「我會去找。」

「我擔心她。」

「弗克斯。求求你。你不必這樣。」

我永遠不可能傷害她。我永遠不會置她於險境。

之後很多年，在她早已能睡過夜之後許久，我不時還會在她的哭聲中驚醒過來。我緊揪胸口，想起自己做過的事。我想起糾結的內疚與刻意忽視她的壓倒性滿足。我想起在音樂與淚水中振筆疾書的高昂情緒。火速填滿一頁又一頁，心跳也隨之加速再加速。我想起了被揭穿的深深羞辱感。

十八

我母親不能待在狹小空間裡。小時候家裡的食物儲藏室從來不用，裡頭的架子積滿灰塵以及銜著架上陳年花生與一袋白糖而來的鼠輩所留下的老鼠屎。後院的棚屋長年深鎖。至於天花板低矮的地下室，瑟西莉雅則是從車庫找來幾個鏽釘，親手用木板條封死了入口。

我八歲那年八月某個酷熱的夏日，屋裡窒悶難耐，我只能坐在屋外，看著那片枯黃鋼硬、讓鐵網圍籬圈起來的雜草，以及靠在草地上一張塑膠桌旁抽菸的母親。空氣中瀰漫某種沉靜感，彷彿來自街坊的噪音也無法穿透這層我幾乎擠不進肺裡的凝滯空氣。那天稍早我在艾靈頓家玩，艾靈頓太太把我們送進涼爽潮濕的地下室避暑，假裝我們要去那裡野餐。她為我們送來毯子與水煮蛋，蘋果汁則裝在丹尼爾生日派對剩下的氣球圖樣紙杯裡。我問我母親我們可不可以也去地下室。我們可以把木板條拆掉，像爹地上週末修理前廊那樣、用榔頭另一頭把釘子撬起來。

「不，」她斷然答道。「不要再問了。」

「求求妳，媽，拜託，我覺得很不舒服。到處都熱得要命，只有地下室比較涼。」

「不要再問了，布萊絲。我警告妳。」

「我熱死在外面都是妳害的！」

她一巴掌甩過來，卻因為我頰上的汗水滑開。她於是再次出手。只是這回她手握拳且正中我的嘴巴。不偏不倚、著著實實的一拳。斷牙飛進了我喉頭，咳出的血滴噴灑在我的汗衫上。

「那是乳牙，」她對著盯著掌中斷牙的我說道。「遲早要掉的。」她把菸頭在一小角光禿土地上按熄了。但我從她緊抿扭曲的橘紅嘴唇看出了她的自我嫌惡。她從不曾打過我。所以我從不曾體會過這種混雜羞辱、自憐與心痛的感覺。我回到我房間裡，用一張超市寄來的傳單摺了把折扇，穿著內褲躺在地板上。一小時後，她來到我房裡，從我手中拿走紙扇攤平，說她需要上頭的折價券買雞腿。

她坐在我床上，這是她很少做的事。她受不了在我房裡久待。她清了清沙啞的喉嚨。

「我在妳這個年紀的時候，我母親對我做了一件很殘忍的事。在地下室裡。所以我不能下去。」

我躺在地板上沒有動。我想起了我在深夜裡偷聽到的、她對我父親哭訴的那些事。我的臉因為她的祕密而漲紅了。我看著她磨蹭兩隻光腳丫，腳指甲剛剛塗了鮮豔的櫻桃紅指甲油。

「她為什麼對妳這麼殘忍？」她應該可以看到我血污上衣底下的激烈心跳。

「她有些問題。」她的口氣暗示我應該要猜得到。她撕下雞腿折價券，把缺角的傳單摺回紙扇狀。我伸手碰碰她的指甲，想要感覺那層光滑的指甲油、想要感覺她。我從不曾主動碰觸她。她縮了一下，卻沒有抽開腳。我倆同時盯著我放在她指甲上的手指。

「妳牙齒的事我很抱歉，」她說完起身。我緩緩挪開我的手。

「那顆牙本來就已經鬆了。」

那是她第一次親口告訴我艾塔的事。我猜她後來後悔了，因為接下來幾星期她對我格外冷淡。但我記得我還想多碰碰她，多靠近她。我記得自己清晨站在她床邊，用手指輕輕滑過她的顴骨，然後在她開始轉醒時悄悄溜走。

十九

我決定接下來幾個月暫停寫作。我決定把全副心力放在薇奧列忒身上。

我的醫生認為我應該沒有患產後憂鬱症，於是我也這麼想。我在她的候診室裡做了一份問卷：

妳是否曾經毫無理由地焦慮或擔憂？不曾。

妳是否曾經逃避或拒絕以前喜歡或期待的事物？不曾。

妳是否曾經因為心情不好而難以入睡？不曾。

妳是否曾經有過傷害自己的念頭？不曾。

妳是否曾經有過傷害妳的寶寶的念頭？不曾。

她建議我為自己保留更多時間，重拾有寶寶之前喜歡做的事。比如說寫作。我知道你不會喜歡這樣。於是我告訴你醫生建議我多運動多花點時間待在戶外，六星期後再回診。我開始在你每天離家上班後馬上帶著薇奧列忒出門散步。我們一出門就是好幾小時。我會帶她一路進到市區、到你的辦公室找你出來喝杯咖啡。你最愛看到薇奧列忒一見你走出電梯就興奮得尖叫，也喜歡看到我紅撲撲的臉頰，看似很享受這散步行程的模樣。她那時將滿一歲，似乎對周遭世界充滿興趣，我為她報名了媽咪與我音樂課以及游泳班。你對我的態度也回暖了——你喜歡這樣的我，而我喜歡這樣的感覺。在你面前，我還有待證實我自己。我們於是維持忙碌，而我保持沉默。

我們當然有過真正的好時光。一晚，我收拾廚房時放了音樂。到處都是食物殘渣——我的衣服上、臉上、地板上。我手握打蛋器隨音樂翩翩起舞，她坐在自己的椅子上笑了。她朝我伸長手臂。我一把抱起她、繞廚房轉圈圈，她頭往後仰，尖聲大笑。我突然明白我們不曾一起有過這些經驗——我們從不曾同享這樣的自在、傻氣與樂趣。艾靈頓太太有她的人偶。也許我們也可以這麼做。我一直以來只顧找出我們之間問題到底出在哪裡。我對著她一陣狂吻，而她轉開頭盯著我看——她只習慣從你那裡得到這樣的熱情疼愛。她靠向我的臉，張開濕潤的小嘴，發出啊啊啊的聲響。

「這就對了。我們很努力的，對不對？」我對她耳語道。

你清清喉嚨。你站在門口看了我們好一會了。你微笑。我可以從你放鬆的肩膀看出你的寬心。廚房裡的我們完美得有如一幅畫。你換好衣服回來後倒了兩杯葡萄酒，在我頭上輕啄一吻，說道：

「我在想，也許妳該重拾寫作了。」

我通過了你的考驗。我們盡全力想把日子過好；我們確實曾都抱持希望。我把鼻子埋進薇奧列忒黏糊糊的頸間，從你手中接過那杯酒。

二十

「她說了。我發誓。再說一次。」你蹲下去，撥弄她的嘴唇。「乖，說媽媽。」

「親愛的，她才十一個月大。還不到時候吧？」我手拿兩杯剛買來的咖啡，回到公園和你會合。我們四周盡是其他陪孩子來玩的年輕父母，孩子們各個看來受寒愛睏的程度不一。我對一個手裡捏了團鼻涕衛生紙的媽媽微笑。「我是說，我每天都和她在一起，也沒聽她說過。」

「媽媽，」你再次引導道。「說媽媽，乖。」

薇奧列忒噘嘴，搖搖晃晃朝鞦韆走去。「不嗚嗚嗚。」

「我不敢相信妳竟然剛好沒聽到。妳前腳走開去買咖啡她就說了。她指著妳的方向說媽媽。媽媽。說了三次，事實上。」

「噢。好吧——那真是太棒了。哇。」你沒必要說這種謊，但這實在難以相信。你抱起她、放進寶寶鞦韆座裡。

「早知道就錄影。真希望妳有聽到。」你搖搖頭，用敬畏的眼光看著她，你的天才寶寶。

她在鞦韆座裡興奮搖晃，你用力把她推得更高。我把你的咖啡遞給你，然後把一隻手插進你牛仔褲背後口袋、就像我以前常做的那樣。在其他和我們一樣的年輕家庭中，我們感到如此正常，打發週日早晨時光、享受咖啡因。

「媽媽！」

「妳有沒有聽到？」你往後蹬一大步。

「天啊！我聽到了！」

「再說一次！」

「媽媽！」

我行動笨拙地走進鞦韆下方的沙坑、咖啡都灑了。我抓住鞦韆座、把她拉近我，對著她濕漉的嘴巴狠狠一吻。「是的！媽媽！」我對她說。「就是我！」

「媽媽！」

「就跟妳說吧！」

你從後方摟住我的肩膀，我們目不轉睛看著她、一邊在鞦韆盪過來時假裝要搔她的腳。她大笑不止，一遍又一遍喊著我、欣賞我們的反應。我被她迷住了。我倆輕緩地搖晃身體，我伸手輕觸你下巴的鬍渣。你轉過我的臉，吻了我；蜻蜓點水般、快樂、無憂。薇奧列忒看著我們，又說了一次。我們就這樣站著，彷彿過了好幾個小時。

回家的路上她在推車裡睡著了。我已經好久不曾感覺和你倆如此同步。我緊抓住這份喜悅——同行時的輕盈腳步、深深大口呼吸時的心滿意足。你把她抱到嬰兒床上、小心翼翼沒吵醒她，而我則輕手輕腳脫掉她的小靴子。我轉進走廊往廚房走，打算去清理還待收拾的早餐殘局。但你扯住我的手臂。你把我拉進浴室，打開淋浴間的水龍頭。我靠在洗手臺前，看你脫衣服。

「來嘛。和我一起洗。」

「現在？」我想到流理臺上那半顆酪梨和平底鍋裡已經硬掉的炒蛋。我們已經很久沒有親熱過了。

「來嘛，媽媽。」

我才踏進淋浴間，走廊另一頭便傳來她微微轉醒的乾咳聲。我伸手探向水龍頭、以為你會想要在她哭出聲前趕到她床前。

「不要走，我們很快就好，」你低語道，已經硬了。於是我留下來。她的乾咳聲愈發急切，不讓我們忘記她在那裡，但你沒有停。你想要我勝過她。這讓我在我們互肏的時候獲得無比滿足，同時卻又厭惡自己竟會因為這念頭興奮至此。我透過水流聲聆聽她的動靜。我想要聽她哭嚎，想像你就像我有時那樣忽視她。我們在微弱的蓮蓬頭水流下很快雙雙高潮。

我們一完事你隨即關水。她靜下來了。她沒有如我期待地開始尖叫，就像只有我在家的時候。你扔了條毛巾給我，宛如我是你球場更衣室裡的隊友——你以前總會悉心為我擦乾身體，這曾是我們會一起做的事。薇奧列忒的咿啊聲傳來，隱約而不帶任何特定訊息；我想像她揮舞雙腿仰躺著，雙手拉扯汗濕的腳趾頭。彷彿她知道你很快就會趕去她身邊。你腰間圍了條浴巾，在我的裸肩上一吻，然後往嬰兒房走去。

回到廚房，你為我們做了烤起司三明治，而我則收拾早餐碗盤。你一邊哼歌，每回與我錯身都不忘輕碰我一下。她坐在寶寶餐椅上、雙腿踢個不停，為了看你的反應而一次又一次重複：媽媽。媽媽。

一九六八

艾塔並非總是無法捉摸。也曾有過幾段時間，她設法學會讓自己看起來像是個符合母親形象的人。瑟西莉雅感覺得到這對她來說並不容易——其他母親上門打招呼或是瑟西莉雅央她為自己編辮子時，艾塔都會緊張到雙手發抖。但那時早已沒人對艾塔還有任何要求或期待。事實是所有人都放棄了。是艾塔內心似乎還有點什麼、讓她還會想嘗試。她的努力有時行得通有時則否，但瑟西莉雅每一回都堅定支持她。

瑟西莉雅六年級那年，學校計畫在耶誕假期結束後舉辦舞會。她沒有適合的衣服——他們不上教堂，也很少慶祝任何事。瑟西莉雅既不在乎也沒有怨言，但艾塔說要為她做一件洋裝好穿去參加舞會。瑟西莉雅說不出話來——她不曾看過自己母親親手做過任何東西。隔天，艾塔從布料店回到家，朝樓上喊話。

「瑟西莉雅，快來看！」

她攤開一組短裙洋裝的版型紙樣與幾碼深黃色棉布。瑟西莉雅挺直與艾塔迥然不同的瘦長身子，讓她母親為她量身。瑟西莉雅任由她母親的手滑過她的大腿內側、繞過她纖細的腰肢、然後回到她的肩膀，感覺是個陌生人在碰觸自己的身體。艾塔用一張餐巾紙寫下量得的數字，宣布洋裝一定會很漂亮。

走廊衣櫥裡有一臺古老的縫紉機，是前屋主留下來的；艾塔把它搬到廚房餐桌上。她一連五晚不眠不休，老舊馬達發出的噠噠聲響吵得瑟西莉雅直到清晨才終於睡著。一早的廚房桌上到處都是大頭針與線頭。然後艾塔會下樓來，睡眼惺忪地抓起布料在瑟西莉雅身上比畫。這件事給了艾塔努力的目標，這是瑟西莉雅從不曾看見她母親有過的。她知道，這也讓她母親心裡少了一些憤怒與哀傷的空間。

舞會當天，早起的艾塔帶著洋裝往瑟西莉雅的房間走去。完成且熨燙過的洋裝垂掛在她手臂上。她把洋裝舉到與瑟西莉雅肩膀齊高，手一路往下拂過低腰設計與打摺的裙擺。她還在領口與袖口縫上漂亮的打結緞帶作為裝飾。

「妳覺得怎麼樣？」

「我好愛！」這確實是艾塔想聽到的回答，卻也是瑟西莉雅的真心話。這是她擁有過最漂亮、也是唯一有人專為她製作的東西。她想像穿著它走進教室，看著其他女孩轉頭看她、嫉妒得難以置信。

瑟西莉雅轉身脫下睡衣。洋裝的拉鍊不太順，但她設法拉下來，兩條腿跨進去。她拉起洋裝，感覺粗糙的接縫摩擦皮膚。腰很緊，壓扁她小小的屁股，然後就拉不上去了。她扯動洋裝、設法再拉高一點。但洋裝已經完全卡死。

「把手伸進去，快。」

她彎腰駝背想把自己塞進洋裝，也嘗試把手臂伸進袖洞，但洋裝就是太緊了。她倆都聽到了布料繃裂聲。

「過來。」艾塔一把拉近她，使勁又拉又扯，彷彿在幫娃娃穿衣服。她把洋裝拉下瑟西莉雅的腿，改從頭上往下套。艾塔沒有說話。瑟西莉雅任由她扯弄洋裝、對自己推推搡搡。艾塔滿頭大汗、臉頰比平常更紅了。瑟西莉雅死命緊閉雙眼。

艾塔終於放開她站了起來。

「妳反正就是給我穿去學校，瑟西莉雅。」

她的心一沉。她怎麼可能穿。她連拉都拉不上來。

十五分鐘後，瑟西莉雅穿著平常的米色便褲和藍色套頭毛衣下樓到廚房。她沒看艾塔。她在餐桌前坐下，拿起湯匙。

「回樓上換洋裝。」

「妳也看到了。根本穿不下。」瑟西莉雅的心臟怦怦跳。

「想辦法穿上去。現在就給我上樓。去。」

她不知道亨利有沒有聽到。她放下湯匙，決定要怎麼辦。

「現在。」

瑟西莉雅可以聽到艾塔濃濁的呼吸聲自身後傳來。她可以感到艾塔的怒意爬上她的脊椎。

她聆聽亨利的腳步聲，希望他趕緊下樓。

「現在！」

有史以來第一次，瑟西莉雅明瞭自己也有某種足以操控艾塔的能力。她可以讓她生氣。她可以讓她失控。她大可以假意上樓，但她想看看自己能跟艾塔僵持多久。她們算是正面交火了。

「現在，瑟西莉雅。」

艾塔開始發抖嘶吼。去！去！隨著每記嘶吼，怒火彷彿某種毒品流竄她全身，而瑟西莉雅也看得到藥效褪去後艾塔臉上的羞愧。

許多年之後，瑟西莉雅自己終將體會同樣的感受。

艾塔再次開口之前，亨利終於走進廚房。她設法讓自己冷靜下來，為他倒了杯咖啡。瑟西莉雅穿著一身便服衝出家門。

當晚她等到天全黑了、亨利已經到家後才回家。艾塔沒有看她。她上樓，發現洋裝已經被艾塔拿走了。幾分鐘後，艾塔手裡拿著一疊黃色布料走進瑟西莉雅的房間。她坐在她床上，舉起洋裝。她把洋裝拆了，在兩側各接了一塊布。洋裝如今變得像件歪斜的布袋，但她盡力了。

「等下回有舞會穿。」

瑟西莉雅接過了洋裝，手指輕輕撫過絲質飾邊，給了艾塔一個擁抱，艾塔在她懷中僵直了身子。

幾個月後，她穿著洋裝參加學校的期末舞會。她尷尬地坐在禮堂舞臺邊緣，努力想遮掩洋裝有多麼不合身的事實。瑟西莉雅回家後沒有換下洋裝，直接穿著上了晚餐桌。艾塔沒有提起，亨利也沒有。瑟西莉雅再也沒穿過那件洋裝。

二十一

派對與其說是為她辦的，實則為我們辦的成分居多。我訂了一大把粉色系氣球、中間夾著一個巨大的「1」字形金屬氣球，還買了扇形飾邊的漂亮紙盤。連吸管都有小圓點花樣。妳母親為薇奧列忒買了一件奶油色背心裙搭配小屁屁上裝飾著波浪摺邊的菱紋褲襪。她像隻小鴨子，搖搖擺擺地在客廳四處走動，對著客人咿呀兒語時紅潤的小嘴巴還不斷吐出口水泡泡。你父親不顧自己膝蓋不好，緊跟在她身後記錄她的一舉一動。

我從我們一起散步時經常光顧的糕餅店買了蛋糕。香草奶油糖霜上頭撒了五顏六色的糖珠。我把蛋糕放在她那張寶寶餐椅的托盤上時，她興奮得尖叫拍手，眼睛緊盯著上頭小小的單一燭光。

「開心！」她說道，口齒清晰無比。

「我錄下來了！」你寵孫的父親說道，舉高手裡的數位相機。你母親對著她一陣狂吻，你那位我們不常見到、但這回飛了五小時來參加派對的妹妹則不斷把包裝紙揉成一團逗她笑。帶了瓶龍舌蘭酒與會的葛蕾絲負責分切蛋糕。我坐在你的大腿上，和你一起舒舒服服地從客廳沙發上觀看這一切，你的雙臂環住我的胸部。

「我們辦到了，」你低語道，鼻子埋在我的頸背深緩地嗅聞、騷弄著我。我低下頭去喝一口你的啤酒。坐在餐椅上的薇奧列忒宛如小天使，讓那些被她迷倒的觀眾們簇擁著，臉上滿是糖霜。你的鼻子又湊上來了。我再喝一口酒，然後把你拉起身。

「來拍全家福吧。」

我們站在公寓窗子映射進來的自然光線底下，我抱著薇奧列忒，讓她靠在一邊腰側、擠在你我中間。她乖順得出奇。我拉近她、在她甜滋滋的頰上一吻。我們微笑，任由他們拍照。你發出鴨子聲逗得她咯咯笑不停。我把她舉高過頭，我們張大嘴巴對彼此歡呼尖叫。我們三個，完美如預期。

二十二

一歲生日過後不久，薇奧列忒又開始睡不過夜。

你從來不會馬上聽到，甚至根本沒聽到，但我感覺自己可以在她從走廊另一頭的嬰兒床裡發出第一記聲響前幾秒就睜開眼睛。每兩小時醒來哭喊要喝奶。幾星期後，我在她嬰兒床護欄前排好六個裝滿牛奶的奶瓶，希望她可以自己找到奶喝。她從來不曾。

我辦不到，每回被她吵醒時我總是這麼想道。**我活不過再來一次**。

我推開嬰兒房房門，把一個奶瓶塞到她手裡，轉身離開。

「這樣不會孳生細菌嗎？把牛奶放在那裡一夜，不會危險嗎？」你發現我的做法後問我道。

「我不知道。」或許吧，但我不在乎。我只想要她回去睡覺。

這情況持續了幾個月，我幾乎不成人形。我早上起床時頭痛欲裂、整天揮之不去導致我思緒凝滯反應遲緩。我盡量避免和成人說話，深怕自己胡言亂語。我對你倆的埋怨日深。我痛恨在深夜回到床上時聽到你平緩的呼吸聲，我有時會用力拉扯床單、想要把你從那個我很想去的地方擾醒過來。

我一星期裡總有好幾天跟你提起送薇奧列忒去日托中心的事。你早在薇奧列忒出生之前就說過，你不喜歡日托中心這檔事。你母親在家把孩子帶到五歲才送去學校，你希望自己的孩子也能這樣。當初的我盲目而真心地同意了。只要是你認為完美母親會做的事，我都願意做。

但那是之前。

我找到一家日托中心，離我們的公寓三條街，秋季還有一個名額。我偶然聽到有人對它讚譽有加、還說有攝影機可以讓父母隨時遠距監看。其實我常常覺得那些日托寶寶很可憐——像盒子裡的雞蛋似的被裝在長型推車裡，讓身心俱疲又薪水過低的職員推著在城裡到處走逛打發時間。但也有研究報告指出日托中心的寶寶比較容易適應群體生活、接受到更多刺激、發展狀況超前等等等等。我不時傳送此類文章給你。在晚餐桌上，我會不經意地表達出你希望我有的猶豫與掙扎：也許薇奧列忒需要更多的刺激？也許是時候了？雖然她可能還是在家比較好，可以好好午睡什麼的。你覺得呢？我假裝有所顧慮，但你我都知道我需要的答案是什麼。

「等到她睡眠狀況改善之後再決定吧，」你分析道。「妳現在帶她帶得很累。我知道不容易，但這情況會過去的。」你竟膽敢這麼說，說的時候一邊穿衣服準備上班，容光煥發、頭髮才剛剪過。那天早上我還聽到你在淋浴間裡唱歌。

我很痛苦。她和我都是。只有我在她身邊時她明顯非常不開心。她不要我靠近她。我們獨處時她幾乎總是乖戾而拒絕合作、什麼也安撫不了她。她不再讓我抱她。我不得不抱起她時，她的尖叫聲淒厲得我想像隔壁鄰居都會驚呆。在超市或公園之類的公共場所裡，其他母親有時會以同情的口吻問我需不需要幫忙。我感覺受辱——她們要不同情我生到薇奧列忒這種孩子，要不就是可憐我是那種治不了自己孩子的軟弱母親。

我們開始盡量待在家裡，雖然你每天下班後一邊讓她開心地爬上你的大腿、一邊詢問我今天的行程時，我總是撒謊。被關在我們公寓裡的她像尾小蠍子四處亂竄，尋找可以塞進嘴裡的東西——盆栽裡的土、我皮包裡的鑰匙，甚至是她設法從我們枕頭裡挖出來的棉絮。她好幾次把自己噎到臉色發青。我抓著她掏嘴巴時她又踢又蹬、掙扎得像條離水的魚，隨後整個人癱軟。彷彿死了。我的心臟驟停。她雙眼圓瞪，從體內深處發出尖叫，那種嫌惡之情逼得我眼眶刺痛充淚。

我好失望我的孩子竟是她。

我知道她的一些行為其實在這年紀算是正常。你歸之為階段性表現，小孩子的難搞時期，是大腦快速發育的徵狀。這解釋夠合理，我努力說服我自己。但她缺少同年紀孩子的貼心與柔情。她很少展現柔情。她看起來不快樂——不再快樂。我看到她內在似乎有某種鋒利嚴苛的東西，甚至足以造成她肉體上的痛苦。我從她臉上看得到。

我們和其他有孩子的夫妻聊起家有幼童的甘苦談，一如所有父母，藉以確認自家狀況皆屬正常。我們到提供黏答答幼兒餐椅的餐廳吃早鳥戰鬥晚餐時，會和鄰桌類似處境的父母同病相憐一下。我會盡量輕描淡寫她的情況，因為我知道這是你想要我做的。我會按照常理同意混亂中偶有的美好片刻讓一切都值得了。但她像一場暴風。我愈來愈懼怕她。

我極度渴望時間獨處。我想要有喘息空間。這些對我來說都是合理要求，但你讓我感覺自己還有待證實值得信賴。你那揮之不去的懷疑雖然無聲，有時卻沉重得讓我在你身邊無法呼吸。

我只能在她睡著時寫作，但她卻睡不久，於是我們漸漸重拾之前的祕密日程，即便我曾對自己立誓絕不再犯。我一星期中只有幾天這麼做。之後也總會補償她——下午散步時的餅乾、加長的泡澡玩水時間。

我知道這樣的日子不多了——她很快就會學著講話、跟你報告她一天的活動，屆時我將失去這個令我羞慚不已的權力。也許我藉此合理化自己的行為。病態的行為。但我就是無法停止為她的存在處罰她。何等容易啊，只消戴上耳機假裝她並不存在。

有一天狀況尤其糟。她不讓我靠近她，憤怒地踢蹬揮拍死命抗拒。她拿自己的頭去撞牆，然後停下來看我打算怎麼辦，接著又撞一次。她整天沒吃東西。我知道她一定很餓，但她就是不讓食物入口，只因食物是我給的。她午睡的時間我都在哭，上網搜尋行為偏差的早期徵狀，然後刪除所有搜尋紀錄。我不想讓你看到，我不想成為那種孩子的母親。

她在你進門前幾分鐘終於放棄反抗，彷彿聽得到你走出電梯的腳步聲。我單手抱著她整理客廳。她身體僵硬，默不作聲。她身上味道不太好聞。她的睡衣摩擦我的手臂，洗過太多次的棉料佈滿毛球。

我把她交給還穿著上班好毛衣的你。我跟你解釋她額頭上的紅色斑痕。我不在乎你相不相信我。

「親愛的。」你和她在地毯上玩搔癢遊戲，試著以笑聲輕置評斷。「她真的有這麼糟嗎？我還以為情況已經好轉了。」

我癱倒在沙發上。「我不知道。我真的好累。」

我無法告訴你真相：我相信我們的女兒有問題。你認為問題是我。

「妳抱她。」你把她遞給我。她捏著一塊你給的起司舔得正專心。「她很平靜。她好好的。妳就是抱抱她，讓她感受妳的愛。」

「弗克斯，這和愛無關。我一直都愛她。」

「抱她就對了。」

我抱她坐在我的大腿上，等著她把我推開。但她只是心滿意足地坐著，啃食那塊濕答答的切達起司。我看著你打開公事包。「巴巴，」她說。「ㄋㄟㄋㄟ。」

你拿起茶几上的奶瓶遞給她，她躺回我懷中。

「我覺得你沒搞清楚狀況，」我靜靜說道，不想驚擾到她。她壓在我身上的重量安撫了我。我感覺像個迷失在大海裡的人終於再次接觸人類。我輕撫她的額頭，順平那幾綹瀏海。她讓我親吻她。她拔出嘴裡的奶瓶、輕輕喟嘆——我們都厭倦反抗彼此了。

「她睡的時候妳睡了嗎？」你低聲問道，端詳我倆。

「我要怎麼睡，」我厲聲回應，平靜心情霎時蕩然無存。她扭動身體把自己扯離我。「有那麼多事情要做。洗衣服。我試著想寫點東西。我的腦袋轉個不停，怎樣都停不下來。」

我用力把奶瓶放回桌上，幾滴牛奶噴灑在我列印出來的紙頁上。我本想晚上拿給你看的——你已經很久不曾問過我的寫作進展了。我看著奶珠自橡膠奶頭一滴滴滲流到我的字句上，模糊了墨水。

你進房間換衣服，然後回到客廳落坐在我身邊的沙發上。你拍拍我的大腿。我曾經會問你今天過得怎麼樣。你我之間在過去幾個月裡再次拉開了距離，我們卻不曾討論這份悲哀。我可以就讓它在背景裡自生自滅，看來你正有此打算。

「那是什麼？」你比了比沾濕的紙頁。

「不重要。」

「去跟日托中心把名額要下來，如果妳想的話。不過一星期三天就好，可以嗎？這筆錢不在預算內。」你揉揉自己的額頭。

那星期剩下的日子裡，我盡了最大努力。但我們之間的爭戰依然每日上演。隔週的星期一是她去日托中心的第一天，而我到現在還記得，在我把她放在報到地氈上那一刻沖刷過我全身的巨大解脫感。她盯著自己的黃色雨鞋看，直到老師過來牽起她的手。我跟她說再見的時候她沒有看我，我一路穿過潮濕的草坪走出大門也沒有回頭。

二十三

你母親送給薇奧列忒人生第一個娃娃。

「母性本能開始得很早，」她說道，一邊打開從市場買來的鮮魚包裝、朝地板上的薇奧列忒點點頭。薇奧列忒把塑膠娃娃夾在腋下，從收到後還不曾放下過。貝比咿，薇奧列忒哼唱過一次又一次，戳弄那雙睫毛比我還濃密且眨個不停的眼睛。娃娃穿著連身睡衣，散發爽身粉的人工氣味。

我啜飲葡萄酒，看你母親做晚餐——她堅持要做杉木板烤鮭魚佐楓糖醬，雖然我提議叫外送省麻煩。薇奧列忒把娃娃放到我大腿上。「媽媽，貝比。」

「嗯哼，親愛的。她好可愛。」她看著我輕搖娃娃還送上一吻。「換妳。」她探身，開大嘴巴對上娃娃光禿的頭。我從不曾看她展現這樣的柔情，除了和你在一起的時候。但我當然不想讓你母親有機會這樣說。

「好乖。親親。」

公寓裡瀰漫烤魚味。你父親找你去看曲棍球賽。他們會在城裡的旅館待三晚。因為我們的公寓太小了，我是這麼說的，雖然我們剛搬進來時就為他們刻意挑了沙發床。雖然薇奧列忒的睡眠情況改善了，我還是疲倦不堪——你母親要來我們家裡住三晚，我很忐忑。我對她的感覺很複雜。我急需她的幫忙，任何人的幫忙，同時卻又怨恨她的能幹——讓你始終以為事情一點都不難。

「我們的小可愛在日托中心還好嗎？」

「很好，我覺得。她似乎很喜歡那裡的老師。才幾星期，感覺她已經學了不少東西。」

她斟滿我的酒杯，彎下腰去親吻薇奧列忒。

「妳呢？」她問道。

「我？」

「有沒有好好享受自由時光？」

她花了將近二十年的時間在家照顧你和你妹妹。烤派。主持家長會。親手縫製所有枕頭、窗簾、餐巾、餐墊、浴簾。她做菜的時候，我看著她甩動剪成鮑伯頭的金髮，長度與側分彎度都和掛在你老家走廊上的金框相片裡的別無二致。

「我寫了些東西，處理了一些之前沒時間做的雜事。」

「妳每天一定都在期盼放學時間吧。我以前也是這樣。妳想要一點平靜的時間，卻又整天對他們念念不忘。」她顧自微笑，剁著蒔蘿。「弗克斯似乎很享受當爸爸。我一直知道他會是個很棒的父親。從小就看得出來。」

薇奧列忒拿打蛋器敲打爐子，另一手則抓著娃娃的腳。

「他真的很棒。他……是個完美的爹地。」這是她想聽到的話，從一些方面來說也是實話。

她再次微笑，拿起一顆檸檬，低頭看了看自得其樂的薇奧列忒，然後才開始刨皮。我彎腰，打算抱起薇奧列忒帶她去洗澡。我的手碰到她的時候她縮了一下，我當下知道她又要發作了——我胃裡的結狠狠扭曲揪緊。她嚎啕大哭，身體在地板上抽搐扭動。

「別這樣寶貝，只是去洗個澡。」我不想在你母親面前和她鬥起來。我抱起又踢又叫的她往浴室走去。我關門放水。幾分鐘後你母親敲門，為蓋過哭聲而拉高了嗓門。

「需不需要我幫忙？」

「她只是在鬧脾氣，海倫。她累了。」但她還是進來了。那時我已經全身濕透，而薇奧列忒憤怒到全身發紫。我緊緊抓住她的手臂，為她沖掉頭上的泡泡。她死命嘶吼到幾乎喘不過氣。你母親看著我們，遞來毛巾。

「要不要我抱她？」

「她一下就沒事了。」我說道，加把勁把薇奧列忒抱得更緊以控制她。但她突然對著我的臉頰張嘴，我根本來不及閃躲。我痛得咬緊牙關，勉強溢出一記尖叫，試著推開她，但她緊咬不放。你母親倒抽一口氣，用手指掰開孫女的下巴。她從我懷中把薇奧列忒抱過去，只說了一句，「我的天啊。」

我看著鏡中頰上的齒印，扭開冷水。我用濕毛巾壓在受傷的皮膚上。

我覺得好丟臉。我可以看到你母親的臉在我身後，驚駭不已。

薇奧列忒停止尖叫了。她在你母親懷中抽噎哭泣、總算喘過氣來。她抬頭望向你母親、滿臉委屈，彷彿剛剛經歷過一場與行刑者的戰鬥。

「我很抱歉，」我說。對誰也不。

「妳去把烤好的魚拿出來，我來幫她穿睡衣，這樣好不好？」

「沒關係，我可以，」我把她抱過來，難堪卻堅持，但薇奧列忒又開始尖叫，頭不斷往後抽甩。妳母親的臉漲得通紅。我把薇奧列忒還給她，轉身面對洗手臺。她帶她回到嬰兒房，一路在她耳邊發出噓聲安撫，像你常做的那樣。我扭開水龍頭，用嘩嘩的水流掩去我的哭聲。

「謝謝妳的晚餐，海倫。很美味。」

「小事。」

「剛剛的事真的很抱歉。場面有點失控。」

「親愛的，沒事，別掛心，」她舉起酒杯卻沒有喝。「我覺得她只是累了。會不會是午睡睡不夠久？」

「可能是吧。」她睡得很夠。我們都在假裝事情沒有實際那麼糟、假裝薇奧列忒的行為可以用最簡單的理由解釋過去。你們家的人向來喜歡這麼做。我把最後一塊魚在盤中推來推去。

「她最近比較黏爸爸吧，我想。」

「喏，這就怪不了她了。」她眨眨眼，清掉我們的盤子。「我們都很幸運有他在我們生命裡。」那他呢？他有我不也很幸運嗎？在廚房裡她又為我倒了酒。我沒說話。

「一切會愈來愈容易的，」她低聲說道。

我點點頭。眼淚又回來了，我感覺自己兩頰發紅。她半晌沒作聲，再次開口時態度軟化了，彷彿她突然接受事實，接受事情其實遠比她想要相信的糟。她一隻手蓋上我的手，我倆就這樣看著她緊抓著我。

「聽我說。沒有人會說當母親是件容易的事。尤其當一切不如妳原先設想，或是不如——」她緊閉兩片粉紅色的薄唇。她不敢提起我的母親。「但妳會找到出路的。為了所有人。這是妳必須做的事。」

你進門的第一句話就是問薇奧列忒好不好。我的女孩今晚好不好呀？你笑顏逐開。你最愛你母親和我們的女兒有機會相處。

「她大部分的時間都很乖。」你母親親吻你的雙頰，轉身拿皮包。你給我一個長長的擁抱，顯然有點醉了。你身上散發著啤酒辣腸與冷空氣的氣味。我往後靠、脫離你的懷抱，你問我臉上是怎麼回事——你伸手輕觸薇奧列忒的齒痕，我縮了一下。

「沒事。薇奧列忒弄的。」我抬眼望向你母親。

「她睡前鬧了一下，」她對你說道。「小女孩挺有點脾氣的。」

你皺眉，隨而決定放下。你掛好外套。你母親挑眉，繃緊臉對你微笑，彷彿期待你有所反應。我把目光自她身上移開，對她選擇站在我這邊感激不已，同時卻又感到羞愧、自己竟這麼迫切需要她的聲援。

「挺過去，親愛的。」她悄悄對我說道，然後朝外頭等在計程車裡的你父親走去。

二十四

我童年的記憶從八歲那年開始鮮活起來。我希望自己不必僅只倚賴這些記憶，但我別無選擇。有些人可以藉由舊照片、或是愛他們的親友所重複過一千遍的故事來勾勒出自己的過去。我沒有這些。我母親也沒有，而也許這就是問題的一部分。我們只有單一版本的事實。

有一個影像偶爾會出現在我腦海：我幼時推車的白色襯裡、深藍色碎花和網眼緞帶飾邊、包裹編藤的金屬把手中段。我母親裹在淺黃色手套裡的關節在我眼前晃動。我看不到她的臉，只有在她轉過街角閃避直射陽光時的影子不時掩過來。我不太可能擁有這麼早的記憶，我知道。但我聞得到酸掉的配方奶混雜爽身粉與香菸的氣味，也聽得到城裡公車緩速載送人們回家晚餐的聲響。

我有時會在腦中玩這個遊戲，主角是山姆。

他會記得什麼呢？公園小丘上扎人的草地、野餐用的橘色墊被，還有那三張陽傘似在他頭頂晃動的臉孔？也許是薇奧列忒愛烤的南瓜馬芬糕。她遞給他玩的那支拌過麵糊的紅柄大湯匙。你唸著要扔了的旋轉亮光浴缸玩具。也許是嬰兒房裡的那幅畫——畫中天使般的寶寶總能在一早吸引他的目光。

但我真正以為他會記得的是：社區游泳池更衣室牆上的磁磚。我也說不上來，但我就是覺得這些磁磚可以是他的一部分。每星期一天，我把他放在角落小間的木頭板凳上，一手抓穩他再伸長另一手鎖門。他總是以搜尋的目光仰望牆壁，伸出小手輕觸那些不規則排列的彩色方塊、彷彿它們是某種活物。芥末黃、翠綠、某種漂亮的深藍。水手藍。這些磁磚能讓他平靜下來。我為他穿上游泳尿布、然後在自己尚未恢復的腰身圍上浴巾的時候，他只是睜大眼睛張望，發出輕柔的伊呀兒語。每回去游泳，我總是期待讓山姆看到那些磁磚。在他的小小世界裡，它們觸動了他。

我常常回到那個更衣室。在那些磁磚中尋找他。

二十五

她的頭髮長得濃密好看，走在路上常遇到路人和我們盛讚她真是個漂亮的小女孩。她羞澀地微笑道謝，有那麼瞬間我看到這個了不起的小小人兒，溫馴有禮、怎麼看也不可能擁有把我一步步逼到理智邊緣的能力。那些黑暗的時刻愈來愈少出現，她性格的其他部分漸漸浮現。她愛極了她的娃娃，到哪都要帶著它。她還不滿十六個月大就會指認顏色。她堅持了幾乎整整一年，非要在長褲底下再穿上她的聖誕樹褲襪不可。她每餐都要吃被她稱作黃色雲朵的炒蛋。她害怕花栗鼠喜歡松鼠。她喜歡街角花店的老闆娘，我們每個星期六早上都會去買一枝花。她把花放在廁所的小馬桶旁，尿尿的時候一定要握著。她是個難解的小人兒，卻又如此理所當然。

她給我不多不少的空間，足以讓我撐下來並說服自己再加把勁就可以回到岸上。這微小的希望撐了段時間，直到她再次提醒我，在她井然有序的小世界裡屬於我的真正位置。

她三歲那年的某個週末，我們飛去參加朋友的婚禮。回家後我連外套都沒脫就溜進她房裡。時間已經過了午夜。我只是想聞聞她的味道。我在飛機上突然陷入不熟悉的恐慌，覺得一定出事了，覺得她睡到半夜要是噎著了，你母親不會像我一樣即時聽到她的呼救，覺得一氧化碳偵測器可能會失靈，覺得飛機可能會降落失敗把你我轟上天。我需要她。我極少這麼渴望她，尤其在我理應要的時候；但當我渴望起她時，我完全想不起來不想要她是什麼樣的感覺。那個不想要她的母親是誰？那個為我帶來那麼深的羞愧感的人到底是誰？

熟睡的孩子的臉。她眨眨眼睛，看到是我在她上方凝望著她。她闔上眼皮。她的失望如此真切。她翻身，把印著小花圖樣的被單拉到下巴，望向漆黑的窗外。我靠上去親吻她，感覺她的肌肉在我觸碰下緊繃了起來。

我離開房間，在走廊上遇到你。我告訴你她睡熟了。你還是走進房去，而我聽到她落在你臉頰上的響吻聲。她告訴你你母親讓她看了一部有美人魚的電影。她要你陪她躺一下。她一直在等你。

我感覺自己永遠無法擁有你們擁有的。

「都是妳的胡思亂想，」我每回提起你都這麼說。「妳在腦中編造了這個妳倆的故事，無法自拔。」

「她應該想要我。我是她母親。她應該要需要我。」

「她沒有哪裡不對。」

她。她沒有哪裡不對，你說。

隔天早上的早餐桌上，你母親描述了祖孫倆共享的愉快週末。你因為回到了女兒身邊而笑顏逐開，把她抱在大腿上彈跳逗玩。

「一切都還好吧？」稍後，我趁和你母親一起把髒碗盤裝到洗碗機裡時低聲問道。

「她是個小天使。她真的是。」她揉揉我的腰後，彷彿想要撫慰她知道我一直背負的疼痛。

「我覺得她想念你們兩個。」

二十六

三年級那年的母親節前，我們班花了一整個星期製作要送給母親的花束，在粉紅與黃色馬芬糕紙杯裡面黏上鈕扣、用絨毛根條作為花莖。我們把花束黏在厚勞作紙上，用我們最漂亮的草寫字體抄寫黑板上的詩句：玫瑰紅／紫羅蘭紫／妳是天下最棒的媽媽／我好愛妳！我是最後完成的學生。我不記得自己做過勞作作品給她，至少不是這麼細緻費工的。老師從我手中接過我做的卡片，低聲對我說，「做得真漂亮，布萊絲。妳媽媽一定會喜歡。」

老師發下茶會邀請函讓我們帶回家。那天回家前我把我的邀請函扔到學校垃圾桶裡——我不想邀請我母親。或者更精確地說，我不想邀請她以免被她拒絕。我那年九歲，卻已經學會如何預防處理自己的失望情緒。茶會當天早上，母親一如往常還在睡而我獨自吃早餐，我邊吃邊預演到了學校要怎麼跟大家說：我母親身體不舒服，她吃壞肚子了。她不能參加茶會。那天下午，我們趕在母親們抵達前用紙花佈置教室。我站在椅子上，一手拿著圖釘探向公布欄，卻突然聽到：

「我來早了嗎？」

我差點從椅子上摔下來。我母親。老師親切地迎接她，要她別擔心、她只是剛好第一個到。還說她很高興她身體舒服多了。我母親看似沒有猜到我編造的藉口——她看起來有點手足無措。她站在門口很快地對我揮揮手。她穿著一件我之前沒看過她穿的衣服，一套漂亮的粉桃色套裝和一對不可能是真貨的珍珠耳環。我不習慣看她打扮得這麼柔和而女性化。我的心臟砰砰跳。她來了。她不知怎麼發現而且來了。

她要我趁茶會開始前帶她看看教室裡外。我指給她看了天氣臺、算數珠還有乘法表。我用最簡單的方式解釋乘法表給她聽，彷彿她從沒有看過數字似的。她笑了。其他母親一個個走進教室，她們的孩子衝上前去，而我母親則抬頭望向她們、細細打量她們——從她們的服裝、髮型到首飾。我察覺到我母親的緊張不安因而大感意外——她從不曾在乎其他母親的想法。她從不曾在乎任何人的想法。

下一個走進來的是艾靈頓太太，湯瑪斯喊了她。他正忙著把老師從家裡帶來的茶杯與茶碟小心翼翼地擺放在桌上。艾靈頓太太對他揮揮手，卻先往站在教室另一頭的我與我母親走過來。她朝我母親伸出手。

「瑟西莉雅，真高興又見到妳。妳穿這色真是好看。」我母親握住她伸出的手，艾靈頓太太靠過去、輕輕地和她臉頰碰臉頰，就像我看過其他女人、卻不曾見我母親做過的。不知道艾靈頓太太覺得我母親聞起來如何。

「妳也是。」我母親微笑。「謝謝妳。今天的事。」她朝到處都是花邊墊紙與一盤盤小煎餅的教室抬了抬下巴。艾靈頓太太手一揮彷彿沒什麼大不了。彷彿她倆喜歡彼此。我之前還不曾聽她倆講過這麼多話。

「妳媽媽好漂亮，布萊絲，」一個女孩對我耳語道。

「她看起來好像女明星喔，」另一個說道。我再次望向她，想像別人眼中看到的她。那些不像我知道她太多事的別人。我從她腳尖不斷點地的動作看得出來她很想抽菸。不知道她這套衣服是從哪裡來的——是本來就在她衣櫥裡的嗎？還是她特地為今天買的？我看著我的朋友們坐在她們模樣平凡的母親身邊，看著我母親的一舉一動。生平第一次，我感到以她為榮。她看來好特別。她正在嘗試。為了我。

老師發下我們做的花束，讓母親們欣賞我們努力的成果。我把我的花卡遞給我母親，她讀了上頭的詩。我從來不曾對她說過上頭的那些話。她和我都知道她不是最棒的母親。她和我都知道她差遠了。

「妳喜歡嗎？」

「喜歡。謝謝妳。」她挪開目光，把花卡放在桌上。「我想喝水，布萊絲。可以幫我倒些水嗎？」

但我想要她感覺自己是比她實際上更好的母親。我需要她是個比她實際上更好的母親。我拿起她放下的卡片，再次對她大聲朗讀，我的聲音在滿室雜音中顯得顫抖不穩。

「玫瑰紅、紫羅蘭紫、妳是天下最棒的媽媽」——我停頓吞口水——「我好愛妳。」

她目光停留在詩卡上。她從我手中把它抽了回去。

「同學們，再五分鐘！」

「我先回家了，晚點見。」她碰碰我的頭頂，拿起皮包離開了。我看到艾靈頓太太的視線一直追隨著她。

我母親那晚做了牧羊人派，我回到家時她還穿著那套粉桃色套裝。我父親拉開椅子坐下時宣稱自己餓壞了。

「如何？母親節茶會好玩嗎？」

馬鈴薯泥啪地落在他盤中，我母親沒說話。他轉向我，挑了挑眉。「怎麼樣？，布萊絲？」

「很好。」我啜飲一口牛奶。她把一盆熱騰騰的燉菜直接從烤箱裡拿出來端上桌，在旁邊留下一隻湯匙。

「老天爺，小心桌面。」我父親跳起來，抓來一條擦碗布，他抬高盆菜一邊把布塞進去時還燙到自己的手指。他瞪了我母親一眼，但她似乎沒發現。

「我做了一些紙花送給媽。」

「很棒啊。花呢，瑟西莉雅？」他塞了滿嘴馬鈴薯泥，轉向她。「拿來看看。」

我母親站在水槽前抬起頭來。「拿什麼？」

「她做給妳的東西。母親節禮物。」

我母親搖搖頭，一臉不解的模樣，彷彿我沒給過她任何東西。「我不知道。我不知道我放到哪裡去了。」

「東西不會不見。去看看妳的皮包。」

「不，我不知道在哪裡。」她看看我，再次搖頭。「不知道東西去哪了。」她點了菸，扭開水龍頭，注滿水槽等著泡碗盤。她從不和我們一起吃。我從來沒看過她吃東西。

我的心陡然一沉。太多了——我說太多了。

「沒關係啦，爸。」

「不。不。如果妳給妳媽做了什麼好東西，我們一定得找出來。找到貼在冰箱上。」

「賽柏。」

「去把它找出來，瑟西莉雅。」

她把抹布甩在他臉上。啪的一聲讓我嚇到跳起來，叉子同時落地。我父親坐在那裡，濕布掛在身上、雙眼緊閉。他放下刀叉，雙手緊緊握拳直到關節顏色白如馬鈴薯。我希望他能以和她心中積怨同等力道的憤怒吼回去。他動也不動，我甚至不知道他是否還有呼吸。

「我去了，不是嗎？去那個他媽的茶會！我坐在小桌子前配合一切。你到底還想要我怎麼樣？」她抓起菸盒，朝前廊走去。我父親抓下抹布，摺好了放在桌上。他拾起叉子，望向我。

「吃吧。」

二十七

薇奧列忒滿四歲後的那個春天，她的幼兒園老師要求我們星期五放學後去和她見個面。「沒什麼太嚴重的事，」她在電話上這麼說，特別強調嚴重二字。「但我們得談談。」

你從一開始就存疑，雖然我知道一部分的你其實很怕聽到她要說的話。**怎麼，她不肯借給別人膠水？**

我們坐在小椅子上，你的膝蓋幾乎頂到下巴。她用粉紅色塑膠杯為我們倒了水。水嚐起來有洗碗精的味道。

眾所皆知這種場合由好話開場。

「薇奧列忒是個極度聰明的孩子。她在很多方面都有超齡的成熟度。她非常……精明。」但發生了一些事，讓她的同學們不太願意和她共處。她舉例說明，有個小男孩不敢坐在她附近，因為她有時會扭他的手指扭到他哭出來為止。一個小女孩指稱薇奧列忒拿鉛筆刺她的大腿。前一天下午的下課時間，有孩子說薇奧列忒拉下他們的褲子、抓一把小石子塞到他們內褲裡。我臉頰發熱，用手遮住想必一陣紅一陣白的脖子。我困窘不已，我們竟製造出一個做得出這些事的孩子。我望向窗外那片鋪了小石子的遊樂場。我想起她更小的時候曾展現的攻擊性。想起我鮮少在她身上感受到的同理心。我可以輕易想像她做出那些事。

「我們要她說對不起的時候她確實表示歉意，是的，」老師語帶保留地回答你的詢問。「她很聰明。她知道她的行為會傷人、是不對的，但這似乎無法如我們預期地制止她。到這一步來，我認為我們有必要採取適當的處罰。」

我們同意她提出的策略，謝過她。

「沒錯，是有點糟，但所有的孩子都會經歷這段。想試試界線在哪裡。她很有可能只是太無聊了。妳有看到教室裡那些塑膠爛玩意嗎？感覺是給嬰兒玩的。妳說我們一學期付多少學費給他們？」

我看著你杯裡的啤酒泡泡冒上杯緣。我們在我的提議下來喝一杯。我以為這有助於緩解我們之間的緊張情勢。

「我們就跟她聊聊看，」你對自己合理化道。「她顯然是受到刺激還是挑釁才會有這種行為。」

我點點頭。你的反應根本說不通。你向來是個在各方面都非常理性的人。然而只要事關你女兒，你就失去了準頭。你盲目地為她辯解一切。

「妳都不打算說點什麼嗎？」你語帶怒氣。

「我——我很難過。很失望。會的。我會找她談談……」

「但是？」

「但是我其實並不意外。」

你搖搖頭——她又來了。

「她這年紀的孩子最多就是咬人打人，或是扔下一句『我以後不會請你來我的生日派對』。但她做的事聽起來……有點殘忍。有點算計。」我把臉埋入雙掌中。

「她才四歲，布萊絲。她連鞋帶都還不會綁。」

「聽好，我很愛她。我只是覺得——」

「妳真的愛她嗎？」

這種感覺一定很好吧？終於把話大聲說出來了，那些我知道在你腦中已經打轉了好多年的話。你盯著佈滿杯痕水漬的吧臺看。

「我愛她，弗克斯。問題不在我。」我想起老師如何小心翼翼地選詞用句。

我獨自走路回家，給了計時保姆計程車錢。薇奧列忒睡熟了。我悄悄溜上她的單人床、拉起被子蓋住雙腿，在她翻身時屏住呼吸。她不會想要我在這裡，但我卻常常有意無意來到她房裡。我想要在她沉睡時找到某樣東西。某樣我也說不上來的東西。也許是她熟睡時的香甜體味吧，提醒我她確實來自我。她並不完美，也不好帶，但她是我的女兒，也許我該為她盡更多力。

然而。躺在黑暗中的我想起下午那場會面，心中不禁泛起一陣沉冤昭雪的滿足感。我一直活在對自己女兒可怕卻又揮之不去的懷疑中。而今終於有別人也感受到了。

二十八

幾星期後某天送薇奧列忒上學後，我去了市中心的一家藝廊。前天的報紙刊登了一篇關於一件頗具爭議性展覽的藝評，我看你搭配早餐咖啡讀完了。你若有似無地搖頭然後翻到下一頁。

我踏進藝廊，凝望四壁。漆著白色平光漆的牆上掛著一幅幅媒體採用過的孩童大頭照，那些犯下槍擊案的孩童。令人難以想像、甚至造成傷亡的暴力犯案。連青春痘都還沒開始長、連雲霄飛車都還沒資格搭乘的孩童。我想像那些小男孩的下體有多小、多麼青澀，無毛而未經人事。

有兩個女孩。兩人都咧嘴微笑，用力撐得嘴唇幾乎都內翻了。其中一人戴著牙套。她每個月都得和她母親一起去矯正牙醫診所報到，接受定期調整然後挑選鋼線的橡皮筋顏色。之後她會央求要吃草莓冰淇淋，因為其他東西都會讓她痛到吃不下。

牆上的孩童盯著我看了幾小時。他們認得出來我正是那種會生養出他們的人嗎？和他們母親同類的人？一名職員坐在角落的巨型橡木桌的後方，頂著一頭大側分短髮，低頭研讀藏品目錄、幾乎不曾抬頭看我。我觸碰覆蓋在女孩大頭照上的玻璃。她兩邊肩上各垂著一條整齊的辮子。從哪裡開始？何時能察覺？是什麼讓他們轉變？是誰的錯？

走路回家的路上，我告訴自己這是何等不理性的想法、自以為在那些大頭照裡找到了某些熟悉的東西。我真是瘋了才會跑去那家藝廊。

我提早接她放學，帶她去買熱可可和餅乾。我們坐下後，她分給我半個餅乾。

「我覺得妳是個善良的女孩，」我說。她一邊舔她那半個餅乾上的巧克力碎片、一邊思量我的話。

「諾亞說我很壞。不過反正我也不喜歡他。」

「那諾亞就是不認識真正的妳。」

她點點頭，用手指攪拌熱可可上的半融棉花糖。

當晚我們省了晚餐——餅乾把我們都餵飽了。洗澡時她閉眼睛漂浮在厚厚一層泡泡上，像雪地裡的天使。

「我明天要去傷害諾亞。」

她的話讓我心跳驟停。我擰乾小毛巾掛在水龍頭上，小心拿捏反應。她在等我的反應。

「這樣不好，薇奧列忒，」我口氣平靜地說道。「我們不該做傷人的事。妳要不要改成去跟諾亞說一件妳喜歡他的事？比如說他都會大方分享？或者他是下課時間的好玩伴？」

「我不要，」她說道，把頭埋進了水裡。

隔天，我跟你說我要去看醫生、請你去接她放學。其實我只是在超市裡晃了一圈又一圈，什麼也沒買。我走路回家時心跳一路加速。我整天不斷察看電話，以為一定會接到老師電話。

「她怎麼樣？」我幾乎喘不過氣來。

「老師說她今天超乖。」你搔搔正忙著捲義大利麵吃的薇奧列忒的頭。她抬頭看我，從門牙掉落留下的洞裡吸進一條麵。

那晚睡前，我收拾她的衣服打算送進洗衣機時，在她當天穿的洋裝口袋裡發現一大把金色捲髮。我盯著手裡的東西看。掌心裡躺著其他人類毛髮的感覺，叫我心緒不寧。然後我突然明白了這是誰的頭髮。小小個子、害羞、蒼白的小諾亞那頭亂亂的捲髮。我轉進走廊，不知道該拿這把頭髮怎麼辦。

「弗克斯？」

「我有東西要給妳，」你從客廳喊道。你的聲音比平常高亢。我握緊掌心的頭髮。你坐在沙發上，遞給我一只小方盒。我想起來那天是你的年度考核發表日。你升職了。你獲得一大筆加薪。

「妳為我們做了這麼多，」你說道，鼻子輕觸我的額頭。我打開盒子，裡頭是一條細細的金鏈和一個刻著字母V的小墜子。我拿起項鍊抵在頸間。「最近事情並不容易，但我愛妳。妳知道我愛妳吧？」

你脫掉我的襯衫。你告訴我你想要我。

頭髮躺在我脫在地上的牛仔褲口袋裡。完事後，我把那團金髮扔進馬桶裡沖掉。

隔天早晨上學的路上，我問薇奧列忒，諾亞前一天怎麼了。

「他把自己的頭髮剪光了。」

「他自己剪的？」

「對。在廁所裡。」

「老師怎麼說？」

「我不知道。」

「這事情和妳沒有關係？」

「沒有。」

「妳在對我說謊嗎？」

「沒有。我發誓。」

我們在沉默中又走過一條街，然後她開口道：

「我有幫他清理，所以我口袋裡才會有他的頭髮。」

我們走進學校遊樂場的時候，諾亞看著薇奧列忒，轉身跑回到他母親身邊把頭埋在她腿間。他剃了大光頭。薇奧列忒大步走過他身邊，穿過前門。他母親蹲下來問他怎麼了。沒事，我聽到他嗚噎道。她拿了張面紙抵在他鼻子前、要他用力擤。我對她露出同情的微笑。她看起來很累。她努力回我一個微笑、還揮了揮手，手裡還握著擤過鼻子的面紙。我應該要走上前去跟她說，我懂這種感覺。有些日子就是特別難熬。但我膝蓋發軟，必須盡速離開那裡。

回家路上，我想起前日藝廊牆上的照片。那些孩童背後的女人。但她母親看起來很正常，**跟我們沒有兩樣啊**。

那天放學後，我從洗衣間裡走出來，看到她站在廚房流理臺前的一張椅子上，小小的手指在醃黃瓜罐裡的汁液間跳舞似地掏呀掏的。

「妳在做什麼？」我問她。

「我在捕鯨魚，」她回我。我從她肩膀上方望過去，看著她試著想掏出最後幾根醃黃瓜，而黃瓜在漂浮著泡軟蒔蘿籽的罐裡悠游浮沉——你知道嗎？確實像極了鯨魚。她擁有如此聰慧出色的心智，我常常渴望一探內裡。即便我害怕自己可能會看到的。

二十九

你或許不記得他的名字叫做伊萊賈。他的葬禮是在十一月初的一個星期六，之前已經下了兩整天的雨，公寓透著濕氣、寒意鑽骨，我們全都背負著一股沉重感。我們把薇奧列忒留在家裡交給計時保姆。我們不在家的時候薇奧列忒畫了一張圖。兩個孩子，一個微笑一個在哭，哭泣的孩子胸口塗了一團我認為是血的紅線。我拿給你看，你什麼也沒說。你把圖畫放在流理臺上，打電話為保姆叫了計程車。薇奧列忒快滿五歲了。

那晚上床後，我躺到你身邊，問你我們可不可以談談。你揉了揉兩眼中間的痛點——我們剛剛經歷了漫長而難熬的一天，但我就是無法等。你知道我想談什麼。

「媽的，妳今天坐在那個教堂裡真的什麼都沒學到嗎？」你說得咬牙切齒。「不過就是一張畫。」

但絕對不只這樣。我翻過身去仰望天花板，把玩著頸上的金鍊。

「接受她的一切。妳是她母親，妳該做的事總共只有這一件。」

「我知道。我確實是。」說服。說謊。「我一直都是。」

你想要你的女兒擁有一個完美母親。沒有任何轉圜空間。

隔天早上薇奧列忒的畫已經不見了。不在流理臺上也不在垃圾桶裡。我檢查過浴室和我書桌旁的垃圾桶。我沒有問你那張圖畫的下落。

在伊萊賈的葬禮上，牧師說到上帝對我們每個人都有計畫，而伊萊賈的靈魂注定不該變老。我無法以此對自己解釋上星期放學後在公園裡真正發生的事。

我以為我目睹了那可憐男孩自滑梯頂上摔落前的一幕。

我很累——薇奧列忒又開始睡不好，想要喝水、想要燈亮著。我已經好幾星期沒有一覺睡過夜了。或許當時我頭腦不是很清楚。

十秒，我估計。大約有十秒鐘的時間，薇奧列忒看著伊萊賈從整座大型攀爬架的一頭，跑到她所在的滑梯最高平臺。她雙手放在身後，目光停留在男孩身上。他走過吊橋朝她前進，張嘴興奮尖叫、新鮮秋天空氣吹拂他的長髮。

他落地那砰的一聲帶著銳意。砰咚。更像這樣。

她瞥一眼下方的砂礫地面，那具穿著條紋衫與鬆緊帶牛仔褲的破碎身軀，動也不動。然後她低頭望向我，眼中毫無悔意。男孩保母尖叫救命、令人毛骨悚然的驚恐在我耳中嗡嗡作響，但她卻面無表情。救護車趕到現場用小型擔架把他帶走時，在場的母親與保母們呆站一旁驚駭不已，她們孩子害怕的小小頭顱全都埋在她們的頸間。她依然不為所動。

我站在那裡，盯望滑梯最高處，腦中不斷重演剛剛發生的事。

在他跑向她的前一刻，薇奧列忒曾望向陡峭的滑梯平台，彷彿她是個職業跳水選手，正在想像自己入水的完美一幕。**小心啊！**我曾大叫。**那裡太高了！危險！**一個母親的恐慌。如果我夠誠實，我的心思其實去到了那裡：危險。死亡。她的死亡。一個母親的心思總是不由自主往那裡去。她往後，靠在攀爬架的木頭欄杆上。我不知道她為什麼站在那裡等待。

我看到她伸出腳。不偏不倚就在那一瞬間。

我想他是頭部著地。

在救護車警報器聲遠去的回音中，薇奧列忒口氣平靜地問我可不可以去吃點心。她挑眉，顯然期待我有所反應。她是在測試我嗎？我看到了什麼？我會拿她怎麼辦？可能是她出腳絆倒他的事實如此荒謬、如此難以置信，在我腦中閃現隨即又消失。不，不，不是那樣的。我抬頭望向灰色天空大聲說道，「不是那樣的。」**布萊絲，妳看錯了。**

「媽？我們可以去吃點心嗎？」

我搖搖頭，把顫抖的雙手收進外套口袋裡，叫她開始走。

跟著我走。現在。現在！

我們在沉默中走了七條街回到家。

我開了電視給她看，然後走進浴室在馬桶上呆坐一小時，無法動彈，一次次回想以為自己看到的一切。這不是一把別人的頭髮，或是校園裡的口頭威脅。那個高臺離地至少十二呎。我脫下你送給我的V字頸鍊。我的脖子發紅。滾燙。

我的腦海湧現一堆奇怪影像，比如說迷你粉紅手銬、比如說兒福社工、穿風衣的記者敲上我們家的門、轉學所需文件、天價離婚費用、可憐男孩的電動輪椅。我凝望淋浴間磁磚縫的霉斑，腦中反復播放著她的反應。然後我決定了：不。她沒有絆倒男孩。她離他不夠近。不，我不是那種做得出這種事情的孩子的母親。

我精疲力竭。

我為她做了一個花生醬三明治。我把盤子放在客廳桌上時她碰了碰我，她手指碰觸到我皮膚的感覺讓我不禁驚跳。我看著她的手，如此幼小、如此無邪、指關節處還有嬰兒肥的小肉窩。

不。不。她沒有做錯事。

那晚我跟你說了伊萊賈的可怕意外。

意外，我這麼說。

薇奧列忒在廚房另一頭玩拼圖。我的手機在流理臺上響起時，她抬頭看了我一眼。我望著她，接起電話。是白天也在場的一位媽媽，告訴我伊萊賈在醫院過世了。

「死了。我的老天。他死了。」我感覺喘不過氣。你毫不遮掩地瞪著我，彷彿責難我缺乏母性保護本能、竟大聲說出了那個字。你走到薇奧列忒身邊安慰她。但她沒事，只是聳聳肩。她問你可不可以幫忙找一片她正在找的拼圖。

她需要時間消化這個消息。

當然。

也許妳該多想想，布萊絲。她有必要聽到他死了的消息嗎？他摔下去時她正好在場已經夠糟的了。

然後，直到那晚上床後，你終於才想到問我。妳還好吧？過來。遇到這種事一定不好過。難為妳了，布萊絲。你拉近我、一條腿纏住我的腿，沉沉入睡。我凝望漆黑的天花板，等待薇奧列忒再次醒來。

隔天，我在伊萊賈家公寓門外留下裝在保冷袋裡的冷凍鹹派與一杯昂貴的高蛋白奶昔，附上紙條說，我們的心與他們一家同在。我送了一大束白百合到殯儀館。

無限哀思，康納一家悼

警方進行例行性的短暫調查，旋即以意外結案。他們找我問過話，我告訴他們和告訴你一樣的答案：我什麼也沒看到。我聽到他身體撞擊地面的聲響時，薇奧列忒已經從滑梯上溜下來了。滑梯上方的木板老舊，很容易打滑。我一直覺得那個遊戲場不是很安全。我一直掛心孩子可憐的母親。

三十

兒科加護病房位在十一樓。我穿著睡褲，把外套與皮包留在車上。這身造型再加上搭電梯前買的麥當勞兒童餐已經足以說服護理站的護士。沒有人會去跟孩子正在生死邊緣掙扎的父母要求驗看證件。

我坐在長廊底的金屬長凳上，背後是一扇俯瞰員工停車場的窗子。上方的通風口發出類似腸胃蠕動的聲響。我把快樂兒童餐放到一旁。

我對我自己跑到這裡來的行為感到作噁。伊萊賈死去的地方。

過去兩星期的每一分每一秒，我都在想那場意外。每回閉上眼睛我就置身公園遊樂場，時間是事發前一刻，而我正對著高臺上的她呼喊要小心。我看到兩雙孩子的腿，他的在奔跑，她的站定在一旁欄杆。然後就在他經過她面前的剎那，她伸出一條腿。

但我不知道——我無法確定。

我聆聽。幼童被抽過一管又一管的血時發出的無力嗚咽、幼童母親的溫柔語音稱讚他好勇敢。一位父親抱著一個小女孩離開抽血幼童對面的病房。她摟著泰迪熊，兩條穿著舊雨鞋的腿在父親腰間晃呀晃的、一邊對留在病房裡的人揮手說再見。一名護士輕輕地掩上門。我聽到房裡傳來女人轟鳴的啜泣聲。我聽得出來她有多麼憤怒不平。

女人再過去的兩扇門，有一家人正在合唱一首薇奧列忒在幼兒園裡學過的兒歌。樂聲悶悶的，夾雜孩子的歡樂尖叫與桌遊的叮鈴聲。像遊樂園裡的背景噪音。我有那麼一刻希望自己能加入他們。

護士來來去去，用掌心按壓每扇病房門外的消毒液罐。人們暫離去買咖啡。母親按鈴要求毛巾。一個穿著蓬蓬裙的小丑推來一輛滿載玩具的推車，悄悄敲上一扇扇房門，向大家一一問道現在方便嗎。低語聲。咯咯笑聲。拍手聲。**好女孩，你好棒棒呀**。漫長的沉默。廣播系統公告西棟電梯將暫停使用二十分鐘。我凝望粉桃與淺灰相間的雜色地板與護壁板之間那道厚厚的積垢。長廊另一頭厚重的雙道門忽的鏗噹關上，旋即又推開，一次又一次，又一次。

「妳需要什麼嗎？」我沒留意這位穿著綠色制服的女人朝我走來。我試著在開口前先吞口水卻不住皺臉，喉頭彷彿塞了團藥用紗布似的。空氣淤濁。我搖了搖頭，謝過她。我在那裡坐了四小時。

手裡拿著一盒冷掉的薯條離開前，我在先前傳出女人哭聲的房門前駐足片刻。我隔著格子窗玻璃看到她躺在床上，臂彎裡摟著一具癱軟的小小身軀，點滴袋透過無數管線連接到毯子底下，高掛兩人上方彷彿暴雨烏雲。雨滴墜下，一滴又一滴。床邊牆上掛著一塊白板，上頭寫著：

「我的名字是＿＿＿，我最喜歡做的事情是＿＿＿。」有人填了空：**奧立佛**。**和我的朋友踢足球**。

母親不該擁有受苦的孩子。我們不該擁有死去的孩子。

我們也不該製造出壞人。

站在那扇門外時曾有一瞬間，我希望薇奧列忒是被推下滑梯的那個孩子。

我坐在停在醫院停車場的車子裡，在腦中重演替換過內容的那一幕。我必須停止往那裡想。我必須相信我的女兒沒有絆倒那個男孩。

那天晚上我站在爐前炸蝦時，你一手滑過我的肩膀為我按摩頸間。我閃開時你問我怎麼了。我想告訴你，我那天去了哪裡。我想告訴你，我是個怪物，腦袋裡竟裝著那樣的念頭。但我終究只是盯著噴濺的熱油，含糊藉口頭痛。你走開時不住輕輕搖頭。

三十一

「今天恐怕不適合。」艾靈頓先生手裡拿了塊濕布，站在門口說道。我斷斷續續敲了五分鐘門，終於把門敲開了。湯瑪斯和丹尼爾去了阿姨家，他告訴我道。艾靈頓太太身體不太舒服。他一定是看到了我臉上的失落——我轉身正要走，他突然伸手碰碰我的肩膀。

「等我一下，布萊絲。我去問問看她想不想有人陪。」我進門站在門廊等。「上樓吧。她在床上休息。」

我不曾走進他們家的臥房，但我知道是走廊底那個房間。我有點緊張——這是很私人的空間——但我也因此感覺自己很特別。房門半掩著，我悄悄溜進去，艾靈頓太太靠床頭坐著。

「快進來，親愛的。真高興看到妳。」她沒有化妝，頭髮用一條絲巾包了起來。她的眼睛看起來比平常小、眉毛也比較淡，卻還是一樣漂亮。她拍拍身邊的床位，但我不知道該不該靠那麼近，怕她覺得我煩。她又拍了一次，於是我坐上去，雙手規規矩矩地放在大腿上。

「我今天看起來有點糟，對不對？」

我不知道該怎麼回答。我四望打量房間。金色窗簾用絲繩固定在一邊，牆上的立體葉片花紋壁紙和我母親臥房裡的一樣、但顏色不同——艾靈頓太太的是深黃色，我們家的是我從來沒喜歡過、會讓我聯想到醫院的淺綠色。我碰碰和窗簾成套的床罩。這裡所有的東西看起來都好舒適溫暖。我想起我自己母親的床。從來沒鋪過，床單也很少洗過。

「妳會好起來嗎？」

「噢，會的，我會好起來的。其實我也不算真的生病。」

「那妳是怎麼了？」我知道我不該問，但我必須知道。我聞到一股陌生的氣味，濃郁香甜、像其他孩子午餐吃的優格。她旁邊的床頭桌上有一小盒藥丸，不知道和我在我母親房間裡看到的一不一樣。

「我不知道該不該由我來跟妳上這堂健康教育課，但妳是個很成熟的十歲女孩。」我的臉一定紅了。我母親從來不曾跟我講起性或者寶寶是哪裡來的事，但我從同學那裡聽懂了大概。艾靈頓太太撩起蓋在腹部的被毯，拉緊白色睡衣。她的肚子明顯隆起。我從來不曾注意她有小腹，不過她穿著向來得體好看，不會像我母親常常穿著太緊又不合身的衣服。

「妳要生寶寶了嗎？」

「本來是。我懷孕了，但是寶寶沒能留住。」

我聽不懂。我不懂沒能留住是什麼意思，不懂她肚子裡的寶寶能出什麼事。寶寶去哪了？發生了什麼事？她一定是感受到我的不解。她動作輕緩地把被毯蓋回去，彷彿遮住肚子讓她感到痛苦，但她努力強顏歡笑。我看到她手腕上綁著一條醫院的手環，我母親幾年前流感住院回家時手上也有一條。我不知道要說什麼。我指著床頭桌上的藥丸。

「妳還要嗎?」

她笑了。「要,不過我只能每六小時吃一顆。」

「湯瑪斯和丹尼爾會不會很傷心?」

「我還沒有跟他們說過要當哥哥的事。我這幾天就會跟他們說。」

「妳很傷心嗎?」

「是的,我非常傷心。不過妳知道嗎?上帝會把一切都打點好的。」我點點頭,假裝聽懂了、假裝我也信任上帝。

「寶寶是個小女孩。我本來會有個女兒的。」她一隻手指放在我鼻子上,眼眶裡湧進淚水。

「就像妳一樣。」

三十二

老排屋羅列的街道就是別有風味。我們下車時撲鼻而來的忍冬花香。我後來發現後院種了滿叢。屋主下星期才開始接受出價，但我們當場決定了一個數字。我們的仲介在晚餐時間前就把整筆交易都搞定了。我們在附近一家餐廳忐忑地吃披薩時接到她的電話；我們後來成了這家餐廳的常客。房子離薇奧列忒的幼兒園只有十五分鐘。大部分的修繕工作我們都可以自己來。死巷兩旁籃球架林立，而街底的小學是附近評價最好的學校之一。

三間臥房。迅速成交。我開始相信生活終於可以前進。我極度渴望繼續前進。

我們需要改變，雖然我們並不把這兩個字用在新房子上。我們完全不提起需要改變。意外後已經過了三個月，我不再夢到那個公園遊樂場。我不再在倒早餐麥片或關車門時聽到他身體重擊地面的聲響。這是時間賜予我的。時間，以及我想要遺忘的意念。我不再去那個公園。我不再走近公園附近。男孩的名字不再被提起。薇奧列忒終於又開始睡過夜，籠罩我大腦的迷霧終於漸漸散開。

某天你回到家時打開你的筆電，讓我看了房仲網站上的這間待售屋。我甚至不知道你在看房子。

接下來兩個月的每個週末，我們把時間全都花在新房子裡。用借來的工具撬打拆除、僱請工匠做我們做不來的。我們目前還負擔不起全面翻修，但有些工程不能等：新地板、新浴室。在你熱切的建築師眼光中，清單上的項目不斷增加。正式搬家那星期，你父母過來幫忙照顧薇奧列忒，好讓我們專心打包與開箱。交還公寓鑰匙之前，他們特地帶她過來和舊家說再見。你母親喜歡這種儀式性的事，但我不。不知何時，我失去了對我們三人第一個家的情感依戀。即便你也一樣——我從你把鑰匙扔進牛皮紙袋、留在門房桌上的模樣看得出來。

薇奧列忒和你父母一起待在市中心的飯店裡，而我們在新家一直忙到凌晨兩點。我把裝在塑膠箱裡的寶寶時期用品搬到樓上較小的那間臥房。

「這些應該收到地下室去吧？」你問道。

「我們遲早會再需要用到這些。」

你長嘆一口氣。「今晚就到這裡吧。」

我們睡在新臥房地上的床墊上。我們忘了開暖氣，只好在毯子底下穿上連帽厚T和運動褲。

「我們在這裡會很快樂的，」我低聲說道，用穿著襪子的腳摩擦你的腳。

「我以為我們一直都很快樂。」

三十三

她一定在月光中看到了我赤裸的側影。我薄薄的睡衣墜掛在你我身體交接處，我那貓也似拱起的背，那兩只小沙袋似垂晃在你臉孔上方的乳房。

我低緩地呻吟，雙手壓在床頭板上，把房間裡的一切暫時屏除在腦外。衣櫥還沒有門可以隱藏我還沒洗的衣服、從乾洗店領回來還沒拆封的衣物、或是那箱還沒送去回收的舊衣。我被淹埋在無數的「還沒」裡。搬家搬得亂無條理，修繕工程看似沒完沒了。

如今回想，我們當時正處於一團世俗雜務的混亂中。現在的我不時渴望著那樣的狀態。

我沒聽到門開的嘎吱聲或是她的赤腳踩在我們上星期才鋪好的新地板上的啪嗒聲響。我不知道她在那裡，至少在你把我推開、低吼髒話然後拉起床單遮掩自己前，我渾然不知。你驚慌中的一推把我推到床角，我蜷曲身子縮躺在那裡。**回去妳房間，這裡沒事**。我冷靜地告訴她。她問我們在做什麼。沒什麼，我答道。**搞什麼，布萊絲**，你說道，彷彿眼前一幕全是我的錯。

某方面來說，確實是我的錯。我正在排卵。你說你很累，我躺在床上默默流淚。於是你探過手來揉揉我的背、開始親吻的我脖子——你愛我但是不想甭我的那種吻。以後還有機會的，你說。

你不想再要一個孩子，我指控你。**為什麼？**我們靜靜地躺著，一會兒後，你用手指順過我的頭髮。**我確實想再要一個孩子**，你低語道。

你在說謊但我不在乎。

我翻身開始愛撫你，直到感覺你終於屈服。我把你放進我體內，假裝一切都不是眼前的狀態——你、這房間、我所知的為母經驗——然後乞求你不要停。

三星期前某天我們一起刷牙時，我再次提起這件事。你吐掉泡沫、為我倆各扯下一段牙線。**再看看。過陣子。到時再看看。**

你的口氣粗率得不像平常的你，換作其他日子我一定會起疑。但事不關你。這是我。我以為讓我們一家走出現況的唯一方式是再生一個孩子。一個改正所有錯誤的機會。我回想我們最初懷上薇奧列忒的決定——你想要孩子，而我想要讓你快樂。但我也想要證實我的懷疑是錯的。我想要證實我母親是錯的。

布萊絲，我們這家的女人和別人不同。總有一天妳會明白。

我想要再一次機會，證實自己可以是個好母親。

我拒絕承認問題在我。

我陪薇奧列忒走路上學時常常會指出寶寶給她看。很棒對不對？有個弟弟或妹妹？她很少回應我。她愈來愈常待在自己的世界裡；從某個角度來說，我和她之間的這份疏離讓共處的日子變容易了。我們每早都會遇到同一位媽媽，胸前包巾裹著她的新生寶寶、彎腰親吻她的大孩子說再見。

「兩個孩子不容易吧，」我微笑對她說道。

「累壞了，不過很值得。」很值得。又來了。她晃動身子、輕撫寶寶的頭。「他是很不一樣的寶寶。帶老二是完全不一樣的經驗。」

不一樣。

薇奧列忒站在我們房間門口，雙手放在身側。她要求我回答她我們在做什麼，否則拒絕離開。於是我解釋。當兩個人很相愛的時候，他們會用一種很特別的方式抱抱。沉默。昏暗中沒人開口。然後她轉身回房。我們應該要安撫她，我對你說道。我們應該要追上去確保她沒事。「去啊，」你說。但我沒動。我們各自滾到床的兩邊、陷入某種在我看來毫無理由的僵持。

隔天早上我們沒說話。我去沖澡前沒有像平常那樣為你先煮了咖啡。沖完澡下樓往廚房去時，我在樓梯上暫停腳步，聆聽你和薇奧列忒的早餐對話。她告訴你她恨我。說她希望我死掉這樣她就可以只跟你住。她說她不愛我。換作其他母親，這些話語足以穿心。

你對她說，「薇奧列忒，她是你媽媽。」

在千百句可以說的話裡，你選擇了這幾個字。

那晚我不恥再次求你。再試一次就好。而你答應了。

三十四

那位母親每天穿著同一套瑜伽服送孩子上學，看似從洗衣籃裡拉出來的上衣有些皺。她的頭髮依稀看得出前日曾吹整過。她的兒子站在她身旁，扯下自己頭上的棒球帽。校園洋溢著一天之始的蓬勃朝氣：小肚子裝滿早餐穀片，小臉蛋因為充足睡眠而容光飽滿。她蹲下身去。他的小臉埋進她頸窩裡屬於他的角落。從我站立的角度看得到男孩臉上的痛苦。她的雙手花瓣似地拱起男孩的頭。她的雙唇在他的耳畔低緩訴說。他的身子緊緊貼著她。他需要她。他身後的噪音愈發響亮，喊叫、籃球擊打水泥地啪啪作響。

她雙手順著他瘦小的肩膀下滑，而他推開她、挺起小小胸膛，但她把他拉回來。這回換成她需要他了。她的臉埋在他頸間，三秒，或許四秒。她再次開口。他用力眨眼睛。他點點頭，戴上帽子、拉低帽簷，邁步走開。不疾不徐而不帶猶疑、懷抱期望且迫不及待地踩著一雙微微內彎的腿。她不忍看，今早不行。她轉身離去，低頭看手機，迷失在某件不會像她兒子那般叫她心痛的事物裡。

我的肚子傳來一陣蝴蝶振翅般的感覺，是那天早上的第一次。我肚子裡的寶寶醒來了。薇奧列忒忘了帶走一袋切好的柳橙，我吸吮溫暖的汁液，把果皮扔進路邊的垃圾桶裡，一邊跟在那位母親身後走過兩個街口。她走進街角雜貨店買鹽，我隱身在一座番茄小山後方觀察她。我想看她的臉。我想看她是否還掛念著孩子。我想知道和另一個人有著那般深切牽掛，看起來是什麼模樣、什麼感覺。我在下個街口人行道施工的混亂中失去她的身影前都還沒找到答案。

這樣的事情就發生在薇奧列忒和我的周遭，講的是我們不講的語言。所以我急著想學。我想為下一個寶寶做得更好。

回家路上，我經過路邊一處正要開始擺攤的迷你跳蚤市場。女人讓一疊油畫倚著路燈桿、為它們一一貼上標明價錢的彩色圓點貼紙。她抽出一幅框在優雅金框裡的畫作，細細端詳、斟酌定價。我站在她後方一起看畫，不覺揪住胸口。畫裡的母親抱著孩子端坐著，母親低頭俯視孩子，兩頰紅撲撲的孩子一手輕撫母親的下巴。她一條手臂圈住孩子，另一手握住他小小的大腿。母子頭碰頭，籠罩在一種安詳的氛圍裡，溫暖而舒適。女人裙擺披垂的長洋裝是美麗的粉桃底色綴著暗紅花朵。我幾乎無法開口問她價錢。但數字無關緊要——我必須擁有它。

「我要這幅畫，」她把畫放回去時我說道。

「這幅油畫？」她摘下眼鏡抬頭看我。

「對，就這幅。這幅母子圖。」

「這是瑪麗・卡薩特的複製畫。不是原版，當然不是。」她笑得彷彿我也該知道擁有一幅瑪麗・卡薩特真跡是多荒唐的事。

「畫裡是她嗎？畫家本人？」

她搖搖頭。「她本人從來沒有當過母親。也許這就是她總喜歡描繪她們的原因。」

我把畫帶回家，掛在嬰兒房的牆上。你那晚回家時發現我正在嬰兒房裡扶正畫框。你站在房門口發出聲音。一記哼聲。

「怎麼了？不喜歡嗎？」

「這不像妳喜歡的嬰兒房裝飾。你在薇奧列忒房裡掛了動物寶寶的圖片。」

「嗯，我喜歡這幅畫。」

我想要那個寶寶。那張讓手掌拱著的臉孔。那隻胖嘟嘟的小手放在我臉上。那觸手可及的愛意。

三十五

薇奧列忒默默看著我的身體延伸變形。他整天動個不停，一雙小得不可思議的腳來回劃過我的肚皮。我喜歡躺在沙發上解開上衣露出肚腹，提醒我們他的存在。我們即將成為四口之家。

「他又在踢肚皮了嗎？」你從廚房裡喊道，碗盤收拾得差不多了。

「就是啊，」她喊回去，然後我們三個一起笑開。

寶寶對我們的關係造成了改變，雖然我無法明確指出是什麼。我們對彼此更和善寬容了，同時卻也拉出了距離。你以工作填補這個新生的空間，而我轉而向內求。向他。我們心滿意足地成為彼此唯一的世界。即便在那麼早的階段。母與子。

超音波護理技師指著螢幕上一團白色影像說，**妳肚子裡是個男寶寶呢**，而我閉上眼睛，人生第一次感謝上帝。這消息在我心裡放了兩天——你花了兩天時間才想起要問我超音波照得怎麼樣。這並不像你——懷薇奧列忒時的每次產檢你都設法到場。這時期的我們常在夜裡錯身而過。你手頭有好幾個大型計畫正在進行，口袋滿滿的新客戶。我對你所需不多。我有他。

薇奧列忒想幫我一起整理她寶寶時期的衣服。我們坐在洗衣間裡，把剛從烘乾機裡拿出來的迷你睡衣一件件摺好。她會先把衣服湊到鼻子前嗅聞，彷彿在回憶自己穿著它們的那個時空。我讓她把一件毛衣套在她的娃娃身上，她抱起娃娃假裝在哺乳。我對她出乎平常的細心呵護與輕言細語感到滿心驚奇。

「妳以前就是像這樣，」她說道，抱著娃娃往右輕震兩下再往左輕震兩下，如此來回。

我一開始被她搞糊塗了——我不記得自己帶她的時候這麼做過。我從她手裡接來洋娃娃，兜在懷中模仿她剛剛的動作。熟悉的節奏立刻回來了。她說的沒錯。我笑著左右來回輕震懷裡的娃娃，逗得她咯咯發笑、頻頻點頭。

「就跟妳說吧！」

「妳說的完全沒錯。」

我以為她絕不可能記得這件事、不可能這麼多年來一直牢牢記著。她一雙手輪流貼在我巨大肚子的兩側，用她的小手輕輕震搖，為我肚裡的寶寶模仿相同的動作。我們就這麼跳起舞來，我們三個，隨著洗衣機的低沉運轉聲翩翩起舞。

三十六

我的手往下摸去，感覺他的頭通過我火燒般的子宮頸。解脫剎那的狂喜無與倫比。你看著我引導寶寶從我身體的開口往上，小心翼翼地輕輕捧起他、放在那個他曾經待了兩百八十三天的地方之上。**你來了**。他抬眼找尋我，拱起背、開始摸索往上爬，像條沾滿胎脂與鮮血的蠕蟲。他嘴巴張開，無神的雙眼一片黑矇。他抽搐、起皺的雙手看似包覆在過多皮膚裡。它們找到我的乳房，他小小的下巴抖動。他是我的奇蹟。我用我還因催產素而顫抖不已的雙臂把他拉到我的胸前，用奶頭輕觸他的下唇。**在這裡，小寶貝**。他是我見過最漂亮的小人兒。

「他長得和薇奧列忒一模一樣，」你站在我身後說道。

但在我眼裡他和她一點也不像。足足七磅重，如此純潔、如此充滿喜悅；我感覺他彷彿隨時就要飄走，像場夢，某樣我永遠不值得擁有的東西。我抱著他，一連好幾小時，我的皮膚緊貼他的皮膚，直到他們要我起床上廁所。汩汩鮮血自我的體內流進馬桶裡，我低頭查看，卻不知為何想起了我們的女兒。我緩步回到我那躺在透明小床裡的兒子身邊。

除此之外，我對他來到世上那天無多記憶。

但我記得他離世那天的一切。

一九六九

瑟西莉雅十二歲那年來了初經。那時她的胸部已經發育得比班上其他女孩都豐滿了。她駝背縮胸，試著隱藏自己即將成為女人的最新跡證。艾塔早已不太和她說話，更別提和她討論青春期的種種。瑟西莉雅從別的女孩那裡聽來流血的事，但當她看到自己濕濡沾血的底褲時依然驚駭不已。她翻遍母親的櫥櫃尋找衛生棉墊卻遍尋不著。她在浴室裡痛到打不直腰，看到鮮血浸透外褲，決定她必須告知母親。

艾塔沒有回應瑟西莉雅的敲門聲，但這並不出奇——當時是三點，而她下午幾乎都在睡覺。她走到艾塔床邊低喊她的名字，直到她終於醒轉。瑟西莉雅告訴艾塔發生了什麼事，艾塔嘆了口氣——瑟西莉雅分辨不出究竟是同情還是憎惡。

「妳想要我怎麼樣？」

她沒有回答，因為她不知道。她喉頭緊縮。艾塔拉開床頭抽屜，從一個她不讓亨利發現的紅色小化妝包裡拿出兩顆藥丸。她把藥丸遞給瑟西莉雅，另一隻手隨而塞到枕頭底下，閉上了眼睛。

瑟西莉雅盯著那兩顆白色小藥丸，把它們留在床頭桌上，離開房間。她在門廳找到她母親的皮包，搜刮零錢前往藥房。付帳買棉墊時她漲紅了臉，轉開頭不敢看櫃檯後方的年輕男店員。回到家後她放了一缸熱水泡澡，艾塔走進浴室小解，卻始終閉著眼睛。

那天傍晚，瑟西莉雅站在艾塔臥房門外。她的胸口湧上一股陌生的怒意。她衝進房內打開電燈。她雙手緊緊握拳站在她母親的床尾，發現自己想要艾塔傷害她。被她摔一巴掌至少證實自己尚且存在於艾塔悲哀的小世界裡。已經好幾個月了，瑟西莉雅感覺自己在她母親眼裡像死了一般。艾塔醒來，看著她。

「打我，艾塔，」她說道，渾身顫抖。「來啊。打我！」

在那之前，她從不曾直呼她母親的名字。

然而艾塔臉上一片空白。她的視線從瑟西莉雅顫抖的臉龐移到牆上的電燈開關，又嘆了口氣。她躺回枕頭上，閉上了眼睛。樓下傳來亨利從門廊走進廚房的腳步聲。他在找晚餐。沒有晚餐，今晚沒有。艾塔給她的兩顆小藥丸還躺在床頭桌上。瑟西莉雅不知道自己為什麼不想要亨利看到它們。她拿走藥丸沖進了馬桶裡。

「她又不舒服了嗎？」瑟西莉雅走進廚房時亨利正打算燒水。

「頭痛，」她答道。他們全都如此擅於為彼此說謊、擅於假裝事情並沒有那麼糟。他點點頭，再次打開冰箱尋找剩菜。瑟西莉雅扭開收音機讓聲音充塞廚房好讓兩人不必再多說什麼。

三十七

我不知道你是否曾注意到關於他的那些小事，那些我賴以為生的一切。

他在睡夢中像個青少年似地一雙手臂高舉過頭。他一雙小腳在一天終了還沒洗澡之前的味道。他早上一聽到開門聲時撐起手臂透過嬰兒床格柵急切地搜尋我的模樣。所以我不曾要你去給鉸鏈上油。

今天的他沉沉地重壓在我心頭。這樣的日子不時出現。明確、凝重、痛楚的日子，讓我生活中的一切顯得格外苦澀。我只想要他，但真實世界卻威脅著要沖淡他的聲音、他的氣味。

我想要深深吸入他的氣息，然後永遠憋住這口氣。

你有時也會有這種感覺嗎？

最初的日子。奶酸味與體味。奶頭霜沾染床單。床頭桌上擦不完的茶杯印。我沒由來地掉淚、眼淚卻更像是某種愛的釋放。漲奶時我的乳房硬如磐石，而我的日子離不開床。我讓他躺在我裸露的乳房上、搖他入睡。他不時驚醒，舉高一雙瘦小的手臂、隨而又窩回我身上。然後又是下一輪哺乳。我早已日夜不分。光想一會還要餵他我的乳頭就刺痛起來。

然而。我希望這段和他一起的時光永遠不要結束。他是我想要的一切。我們之間的連結是我唯一感受得到的。我渴望他的重量壓在我身上。這就是了，我這麼想。母親與孩子理應如此。我掬飲他如水。

他自我雙乳間搖搖晃晃地抬起頭來，像在搜尋，搜尋他的媽媽、搜尋那個他愛的人。我低下頭去，臉頰貼著他的臉頰；他再次安了心，安全、快樂、飽滿。因為我的母乳而飽滿。因為我而飽滿。

我終究離床，回歸尋常日子。我收拾薇奧列忒的早餐殘局、我蓋遊戲城堡、我把一疊又一疊的衣服放進烘乾機裡。他不在我身邊的時刻，我的心也和他在一起，在樓上的嬰兒房裡。

薇奧列忒一開始對山姆興趣缺缺，只有在我哺乳時會聚精會神地觀看。她會一邊碰碰自己扁平的胸脯，彷彿被女人乳房的功能迷惑住了。山姆一吃飽她就會離開房間，大部分時間都只想獨處。

接下來幾個月裡，山姆瘋狂愛上了她。一起去接她放學時，光是她的聲音自校門內傳來便足以讓他興奮起來。

「姊姊在那裡！」我說，而他踢腿，等不及要靠近她、等不及她的臉孔出現在他面前。她會搖搖他的腳，然後我們一起出發，走路回家，回到一天之中我最害怕的時段。就我們三人，在下午近晚一觸即發的地雷區裡，等待你走進家門的一刻。你是我們的最佳中和劑。

你和我。我們是拍檔、同伴、這兩個小人的創造者。但我們的生活愈來愈不同，和許多為人父母者一樣漸行漸遠。你用腦發揮創意，創造空間、視線與視角，你的日子關乎照明、立面圖與完工。你讀的字句都是為成人而寫。你圍著上好質料的圍巾。你有洗澡的理由。

我是個小兵，日日週而復始操練同一套動作。換尿布，沖泡配方奶。溫奶。倒穀片。收拾潑灑的牛奶。討價還價。哀求。換掉他的睡衣。幫她找衣服穿。她的便當盒呢？為兩人裹上保暖衣物。走路。快。遲到了。擁抱她說再見。推鞦韆。尋找失蹤的手套。揉揉夾到的手指。給他點心。再泡奶。親親、親親、親親。把他放進嬰兒床裡。打掃。整理。找。做。解凍雞肉。把他從嬰兒床裡抱出來。親親、親親、親親。換尿布。把他放進嬰兒椅裡。為他擦臉。洗碗。玩搔癢。換尿布。玩搔癢。點心裝袋。開洗衣機。為他裹上保暖衣物。買尿布。還有洗碗精。趕放學時間。嗨，嗨！快，快。脫下兩人保暖衣物。把洗好的衣服放進烘乾機裡。幫她開電視。處罰。乖。聽我的話。不行！去污劑。尿布。晚餐。洗碗。一次又一次回答問題。放洗澡水。脫掉兩人衣服。擦乾地板。妳有在聽我說話嗎？刷牙。找到小兔班尼。穿上睡衣。餵母奶。睡前故事書。換一本。繼續，繼續，繼續。

記得有天我突然明白我的身體對我們一家有多重要。不是我的智力、不是我的寫作野心。不是我花了三十五年時間成為的這個人。只是我的身體。我脫掉被山姆吐了一大片豆子泥的毛衣，赤裸地站在鏡前。我的乳房枯萎，像廚房那盆我老是忘記澆水的盆栽。我的小腹溢出緊勒的內褲頭、像我那杯涼掉的熱拿鐵上的奶泡。我的大腿像是被竹籤穿了洞的棉花糖。我一團軟糊。但這無關緊要，重要的是我還能繼續推動我們這一家。我的身體是我們的發動機。我原諒鏡中那個面目全非的女人的一切。當時的我怎麼也想不到，我的身體永遠不會再像那時那般有用了：必要、可靠、被珍視。

也是在那個時期，你我的性生活似乎又變了。迅速。機械。我跨坐在你身上時你心不在焉。而我也是，心思遠飄。飄到要趕快去買的濕紙巾上。飄到我一直忘了約的看診時間上。我是在哪裡看到那篇紅蘿蔔咖哩食譜的？夏天洋裝。圖書館借來的書。等會得洗這些床單。

三十八

「我們今早不行，弗克斯，他有游泳課、然後是遊戲約會，我已經跟對方媽媽取消過兩次了。我上星期幫薇奧列忒約牙醫時就跟你說過了。」

「我不記得薇奧列忒以前有這麼忙，」你說道。

我正在準備尿布袋。原本坐在地板上專心綁鞋帶的她抬起頭來看我。我瞪你一眼，暗示你我現在沒空和你吵。這不是你第一次發出這樣的評論。你滿心為我們的女兒打抱不平，但她本人壓根不在乎她母親和新來的弟弟有多親密。我們都很意外她調適得這麼快又這麼好。寶寶緩和了我們之間的緊張關係，彷彿我們都終於可以稍微喘息。在這個新生的空間裡，她對我展現了一絲衡量過的愛意——讀睡前故事時坐離我靠近了點，進校門後很快地舉手對我說再見。

我們的關係在進步中。

你才是我不解的一個。你應該要為我高興的，山姆到來後，我終於成為我想要成為的那種母親。

你母親上星期來和我們住了幾天。她在這裡的最後一晚晚餐後，你們倆在廚房裡喝茶聊天，我則在客廳裡收拾玩具。你們一定以為我上樓去了。你謝謝她來幫我們。她說她很樂意再來。我聽到她提到我的名字時我站定不動——她說我看起來比山姆出生前「有精神多了」。

「她愛死那孩子了。我只希望她對薇奧列忒也能一樣。」

「弗克斯，」她語帶責難卻口氣輕柔。一會後她再次開口，「對一些女人來說，老二容易許多。比較容易調適。」

「我知道，媽。我只是擔心薇奧列忒。她需要——」

我大步走進廚房，把一個裝滿塑膠動物的箱子丟在你面前的地板上。你嚇一跳，瞪看那箱玩具。

「我先去睡了，海倫。」我無法看你。

第二天早上出發前往機場前，她為你的話向我道歉，彷彿她還能為你的行為擔負某種責任。

「你們兩個還好吧？」

我不想讓她擔心。

「睡眠不足罷了，沒事。」

「總之你今早得送她去看牙醫。很抱歉，可以嗎？」我蹲下去為薇奧列忒綁好鞋帶。

「我早上十點有客戶要來。牙醫診所離辦公室太遠了，我不可能趕得回來。」

「喏，你回程先不要送她去學校就來得及——你開會的時候就丟個紙筆讓她畫圖，開完會再送她回學校。聽起來蠻好玩的吧，薇奧列忒？」

「搞什麼，布萊絲。」你猛揉眼睛。山姆搞到我們幾乎整夜沒睡。他正在長牙。薇奧列忒之前不好睡時，你總是能顧自睡好睡滿，但山姆來了之後你倒是常常被他吵醒。「來吧，女孩，我們走吧。」

當晚吃晚餐的時候，她跟我報告她的一天。牙醫診所的百寶箱、在你的辦公室玩打洞器。

「然後我就跟爹地和他的朋友去吃午餐。」

「噢，這麼棒。你們跟誰去？」

「潔妮。」

「潔瑪，」你糾正她。

「潔瑪，」她複述道。

「你同事？」我之前沒聽過這個名字。

「我新來的助理。我開會的時候她跟薇奧列忒處得挺好，就順便邀她了。」

「真不錯。我不知道你來了新助理。你們去哪吃？」

「一個有賣雞塊的地方！她請我吃冰淇淋！還送我一支獨角獸鉛筆和橡皮擦。」

「真棒！」

「她喜歡我的頭髮。」

「我也喜歡。妳頭髮好漂亮。」

「她的頭髮很長，捲捲的，她的指甲是粉紅色的。」

山姆在寶寶餐椅上不安分了起來，拳頭猛往嘴裡塞。薇奧列忒握拳敲桌好分散他的注意力。「山米，夠了！你看，我在打鼓！咚、咚、咚。咚、咚、咚！」

「碗給你洗？」我問道，沒等他回答就抱起山姆上樓洗澡。

我在我們床上為她讀睡前故事，山姆抱著他的小兔班尼被我倆夾在中間。

「還要，」她央求道；我剛為她讀完一本。總是還要一本。我嘆氣屈服。山姆拍打他快要空掉的奶瓶。還要，還要。你站在床邊換上牛仔褲。

「媽，山米還要牛奶。」

「你要出門？」

「去趟辦公室，」你說。「今晚得搞定一個提案。」

「爹地，你今晚要送我上床睡覺！」

你彎腰親吻我們三人。一個一個親。心意已決。山姆高舉他的空奶瓶。

「媽媽會送妳上床，親愛的。我得走了。要乖乖的，好嗎？」

「山米還要牛奶！」薇奧列忒又說一次。

「愛你們，」你說道。

我坐在她的床緣說晚安。她近來表現得這麼好，我卻不曾親口告訴她。我漸漸習慣了我和她之間這份嶄新的平和常態。我幾乎想不起來山姆到來之前的日子。我幾乎想不起來自己以前是哪種母親。為母不外如此——只有眼前。轉眼來，也轉眼去。她的臉孔正在成熟，已經隱約看得出成年後的長相。她的嘴唇圓潤豐滿，我想像她親吻某人。想像她愛上某人。山姆出生後這幾個月她轉變不小。或許轉變的是我。或許我終於可以看清她。

「薇奧列忒？我想要妳知道妳近來表現得有多好。妳對山姆這麼體貼溫柔，常常幫我一起照顧他。妳在學校也和同學相處融洽。我真的好以妳為榮。」

她沉默，忖度著我的話。我關掉她的夜燈，彎腰親吻她，她沒有抗拒。

「晚安，好好睡。」

「妳愛山姆勝過我嗎？」她的話讓我無法動彈。我想到你。想到她可能聽到你說的哪些話。

「親愛的，當然不是這樣。我愛你們兩個一樣多。」

她閉上眼睛，假裝要睡了，而我凝望著她起伏顫動的眼皮。

三十九

我不知道她在房間裡。直到她開口。

深夜是屬於我倆的，一連幾個月，比育嬰書上說的都久。山姆在嬰兒床裡發出再怎麼細微的聲響，在我耳中都有如火箭發射、讓我即刻驚醒。我站在黑暗中抱著他左右震搖，那節奏一如我皮膚的氣味或我母奶的滋味，都能讓他知道是我。**睡吧，我的寶貝。**我用嘴唇刷過他毛茸茸的細軟髮絲，輕輕地，不至於擾醒他。記憶中的這晚他幾乎沒有喝奶，只是想要我的奶頭塞在他口中的感覺。那份慰藉。助眠機嘶嘶作響，模仿著海洋。

「把他放下，」她對我說道。我倒抽一口氣，嚇到懷中的寶寶。

「薇奧列忒！妳怎麼在這裡？」

「把他放下。」

她的口氣平靜而直接。彷彿威脅。我感覺她應該在衣櫥附近；光憑門縫洩進來的光不足以讓我看清她的位置。我緩緩轉身，試著換個角度，等待我的眼睛適應黑暗後辨認出嬰兒房裡家具的形狀。這回她的聲音來自房間另一頭。

「把他放下。」

「回妳自己床上去，親愛的。現在是半夜三點。我等會過去幫妳抓背。」

「你把他放下，」她緩緩地說道，聲音低沉，「我才要回去。」

我的胸口開始緊縮——又是那種感覺，那種叫我毛骨悚然的焦慮。瞬間全都回來了，彷彿她一彈指把我從她施下的咒語中叫醒。那口氣曾深深困擾住我。我不能再被妳拉回那裡。我想著，嘴發乾。她為什麼在這裡？她在這裡做什麼？

我嘆氣，讓她知道我覺得她傻氣得可以。然後照她說的做了。

我把山姆放進嬰兒床裡，然後四處觸摸尋找班尼。他喜歡讓班尼貼著他的臉。我遍尋不著。

「薇奧列忒，妳知道班尼在哪裡嗎？」

她把班尼扔到我身上，走出了房間。她從嬰兒床裡拿走了班尼。她剛剛在看他睡覺。她曾經靠他這麼近。

我走出嬰兒房，關上門，跟著她回到房間。

我在她床緣輕輕坐下。我把手探入她的草莓睡衣底下，碰觸到她背後完美絲滑的皮膚。她喜歡讓人抓背。她喜歡你幫她抓背。

「不要碰我。走開。」

「薇奧列忒。」我把手抽出來。「妳以前半夜也曾經跑進山姆房間裡看他睡覺嗎？妳是不是有時候會跑過去？」

她沒有回答。

我往我們房間走，心跳得好急。我在山姆關起的門外放慢腳步，確認裡頭沒有聲音。我為我為浮現在腦中的念頭感到羞愧不已。然而。我可以把他抱到我們床上。我可以確保他的安全。**就今晚。一夜就好。**

這種感覺都過去了。都該過去了。

我從床頭桌的抽屜裡拿出手機翻看她的照片，直到藍光擾得你頻頻翻身才關機。我想在她臉上找出某種我自己也說不上來的東西。我到山姆房間裡把他抱了過來，和我一起。

四十

「她最近表現得這麼好，你知道嗎？這事太沒由來了。」

第二天一大早，我倆還在床上，山姆則在地板上讀他的紙板書。我謊稱山姆在薇奧列忒離開後遲遲不睡，所以我才把他帶來我們床上。我滾向你，想念你的溫暖。你伸手拿來手機，而我細細端詳你。你的胸膛、你新生的白色胸毛、你讀電郵時一邊用手指搓玩它們的模樣。

「應該又是妳在胡思亂想。」

但你不了解的是：我的心思無處不去。我的想像力可以在我發現自己正往那裡去之前就悄然潛入了禁地。在我推鞦韆或削地瓜皮的時候。那些念頭如此可怕、如此駭人，但放任自己想像的感覺卻又如此令人饜足。想像她能做到什麼地步。會發生什麼事。我心底最深的恐懼成真會是什麼感覺。我會怎麼做。我會怎麼做？

夠了。我醒過來，清除所有念頭：孩子們。尖笑聲。他們眼中的生氣。天下無事。

放學後我把兩個孩子留給保姆，和葛蕾絲一起去做腳指甲。保姆一星期來一次，是我珍惜的個人時間。我選了一個感覺很適合開始轉涼的天氣，名叫「炭之夢」的顏色，然後看著修甲師修剪我忽視已久的指緣硬皮，不敢大口呼吸。她把我的腳放在她大腿上，一副準備接受專業挑戰的模樣——我腳跟死皮粗厚得可以用起司刨板來對付。凡士林，晚上塗，她建議道，塗好穿上厚襪子。我沒有那麼在意我的腳跟所以算了吧，我差點就跟她說了，但這畢竟是她的生計——腳——所以我只是謝謝她的建議。

葛蕾絲講起她剛剛度假回來。墨西哥卡波，去慶祝她母親的七十歲生日。泳池吧的酒保為她們調了仙人掌果瑪格麗特。某種新的助曬劑。我把她的話聲擋在耳外。我想起了家裡的兩個孩子，想起保姆說打算整理他們的房間。想起薇奧列忒說她想去地下室玩，而山姆一定也會鬧著要跟去。他最近黏她黏得緊，一見到她就伸手想找她，早上一起床就從嬰兒床裡呼喚她——「嗚奧列！嗚奧列！」。我不住微笑，想起他的稚嫩童音。葛蕾絲接著講起她在卡波認識的一對兄弟，愛荷華州的牧場主人什麼的。愛荷華州有牧場？我想起他們現在人在地下室，想起那個空間。地下室沒有裝潢也有些潮濕，但收拾得夠乾淨，可以讓山姆四處爬動。我想起我們需要新地毯，短毛款吧，容易清理。還需要收玩具的箱子。我想起你把你的運動器材也收在地下室裡，想起你的高爾夫球具幾乎塞不進窄梯下的空間。我想起你昨天才把球具收進去。我想起薇奧列忒總喜歡抽出球桿，假裝在練習場揮桿。我想起保姆總想要幫忙打掃，儘管我告訴她真的不必麻煩了。我想起山姆有多著迷於薇奧列忒的一舉一動。想起她手中一號木桿的重量。想起我曾見過她揮桿的模樣。像把武器。我想起山姆輕若羽毛的小小頭顱。想起她可以如何輕而易舉地做到。想起只消一秒。想起爆裂聲。想起不知會不會出血。腦損傷，或者只是流血？

葛蕾絲講到她受邀隨時造訪牧場。她在考慮三月。丙酮的氣味刺激我的肺部，我把雙腳從修甲師大腿上抽回來，她剛剛塗完一腳的指甲油。我往後躺、搜尋不要那麼刺鼻的空氣，但毒氣瀰漫整個空間，我胸部緊縮到無法呼吸。我必須離開。我抓起皮包，修甲師一手執著指甲油刷，嚇呆了。葛蕾絲驚呼我忘了鞋子、問我要去哪裡，而我跑了起來。球桿。她做得出來。她能而且她會。保姆無法時時看著他們。我拔腿狂奔，連闖兩個紅燈。我舉手要來往車輛慢下來，讓失去感覺的雙腳帶我繼續往家的方向前進。

「妳找死嗎！」單車騎士對著我大吼。

不！我想大叫。她會殺了他。她有那麼恨我。你不懂。

「薇奧列忒！」我推開門。我衝到地下室的樓梯口，再次尖叫她的名字。沒人回答。「山姆！山姆在哪裡？」

保姆從走廊快步向我走來，一隻手指抵在唇上。

山姆睡著了。薇奧列忒在自己房間看書。

我往後靠在牆上。沒事。

沒事。

四十一

「恐慌發作其實很常見。尤其是新手媽媽。這很正常。」

我不知道自己剛剛是不是該多說一點。醫生對著筆尖吹氣，彷彿筆尖是熱的。她開了藥並說明服用的時機。離開診所時，我滿心想著我母親床頭桌上那個裝滿白色小藥丸的橘色透明藥罐，按月裝滿然後逐日減少。我把處方箋收進皮包裡。

我知道事情不對勁。一開始是她眼神中的空洞。自從我發現她跑進山姆房間後，每當我和山姆還有她同處一室時，她似乎總能看穿我。她對我的蔑視從一度令我精疲力竭到潸然落淚的大發脾氣，漸漸轉變成精心算計過的冷漠。她沉著而淡定地視我為無物，行為遠遠超過才將要滿七歲的年紀。那冰冷的眼神。那徹底的鄙夷。那在我要求她做事時的消極抵抗：可以請妳把晚餐吃完嗎？可以收一下玩具嗎？她不理不睬，全無反應讓我無從著手。處罰與威脅都沒有用，所謂後果自負對她而言毫無意義。她在山姆出生後對我新生的些許關注至此消失無蹤。她不讓我碰她。我們回復到原先的僵持狀態。而你也回復到原先的位置：她在她的世界裡唯一想要的人。

到頭來，我們學會忍受彼此到足以共處。她對我所需不多，我甚至開始覺得她像個寄宿生，我只需要定時把餐點裝在塑膠盤裡，放在心形餐墊上即可。我轉而把焦點放在山姆身上，放在我們的日程上，放在她不在學校時我必須為她做的事情上。然後等你下班回家，而她終於恢復生氣。

山姆是我的生命之光，我盡一切努力阻止薇奧列忒黯淡它。早上一起送薇奧列忒上學後，我們有時會回到還沒整理的床上，順手帶上我們需要的一切——奶瓶、茶、書、班尼。我們思考鴨鴨恐龍與肚臍。然後我們在冬日下午的陽光中小睡。他睡在我的胸脯上，雖然他已經斷奶而我的氣味已經變了。他彷彿知道我有多需要他。

接下來一陣子恐慌症不曾重返。那張處方箋原封不動地躺在我皮包裡——每回掏東西無意間看到，我都會想起我母親。我無法走進藥房。我不信任我自己。

四十二

「瑟西莉雅不在家，」我父親故作鎮定，但我聽得出他話聲微微不穩。「我不知道她在哪裡。」

他用顫抖的手把話筒掛回去。我站在走廊上觀察他。他對打電話來的人說謊了。我母親在家，好陣子沒離開床了。我不知道她為什麼一直躺在床上、也不知道我父親為什麼要對一直打電話來的人說謊。有一次是我接了電話，他立刻衝過來把話筒從我手中打掉，彷彿話筒彼端的聲音會燒壞我的耳朵。

他為她端去熱湯還有水和蘇打餅。我問他她是不是鬧腸胃炎。

「是吧。差不多是那樣。」

我在樓梯上和他錯身而過。他拱著背，小心翼翼地捧著托盤。我好幾天沒看到我母親了，從她幾天前打扮得漂漂亮亮說要進城去後就沒見過。她近來愈來愈常進城，徹夜不歸，有時甚至一去兩三天。搞她的失蹤。我在我房間裡豎耳聆聽，卻聽不清他們的對話內容。她的話聲虛弱帶淚，他耐心而平靜。我悄悄溜靠近他們房門。

「妳需要看醫生。」

哐噹。盤子。她扔了那碗湯。我父親猛地推開門尋找抹布，我趕緊跳開以免擋路。我往房裡看，看見她坐直了在床上，兩眼緊閉、雙手抱胸。我看到她手腕上掛著塑膠手環，和去年艾靈頓太太沒能留住寶寶時的一樣。不過我母親很瘦，腰圍跟當時十一歲的我差不多，而且她不可能還想要一個孩子。我回到自己房間準備上床，一邊希望可以隔牆聽到他們的爭執好把狀況搞清楚。我最後在我母親的哭聲中沉沉入睡。

到了早上我進廁所尿尿。屋裡上下安靜無聲——我父親還在沙發上熟睡著。我掀開馬桶蓋。馬桶裡都是血，還有一團東西，看起來很像鄰居的貓有時會留在我家門口的老鼠內臟。馬桶旁的地板上躺著我母親的內褲。我撿起來，發現上頭的咖啡色污漬原來是乾掉的血。

「爸？媽怎麼了？」

我父親站在咖啡壺前，身上還穿著昨夜的衣服。他沒有回答我的問題。他打開前門揀起報紙扔在餐桌上。

「爸？」

「她動了小手術。」

我為自己倒了穀片和牛奶，默默吃起來。電話響了，而他繼續讀報喝咖啡。我站起來。

「不要接，布萊絲。」

「**賽柏！**」

他嘆氣，椅子往後一推。他去為她倒了一杯咖啡，離開了廚房。電話又一次響起，我沒多想便接了起來。

「我必須和她談。」

「麻煩再說一次？」我其實聽得很清楚，只是不知道怎麼回應。

「對不起我撥錯號碼。」男人掛了電話。我聽到我父親下樓的腳步聲，趕緊坐回到椅子上。

「妳剛剛接了電話嗎？」

「沒有。」

他端詳了我好一會。他知道我在說謊。

出門上學前，我上樓輕輕敲了我母親的房門。我想親眼見到她至少看起來好好的。

「進來。」她手裡端著咖啡凝望窗外。「妳上學要遲到了。」

我站在門口，想起艾靈頓太太要我坐在她床上，讓我看她隆起的腹部。我母親身上有同樣的陌生氣味。床頭桌上有兩個新藥罐。她看起來很疲倦、有些浮腫。前一天看到的塑膠手環已經被她拿下來了。她的手背有大片瘀青。

「妳還好嗎？」

她依然看著窗外。

「我還好，布萊絲。」

「浴室裡有血。」

她有些意外，彷彿忘了我也住在這屋子裡。

「別管那了。」

「是因為寶寶嗎？」

她的視線終於離開窗外，在天花板上找到新定點。我看到她喉頭滾動吞嚥。

「妳怎麼會這麼說？」

「艾靈頓太太。她沒能留住寶寶。」

我母親終於看向我，隨而又看穿我。她咬牙吐氣，再次望向窗外。她輕輕搖頭。「妳不知道自己在說什麼。」

我立刻後悔跟她說艾靈頓太太的事。我希望能把那些話塞回我嘴裡——我想要我母親離我和艾靈頓太太愈遠愈好。這是我生活中唯一不容侵犯的東西。我走出她房間，如常上學，回家時一切看似已經恢復正常。我母親站在爐子前燒焦晚餐。我父親正在倒酒。牆上的電話響了，他拿起話筒切斷電話，然後就任由話筒垂晃在那裡。我們就在話筒傳出的隱約撥號聲中吃完整頓晚餐。

四十三

山姆過世前一天，我們去了動物園。

天氣暖得出奇，預報甚至說會出太陽。

我們在車裡聽拉菲大叔唱歌。動物園園園，你說呢呢呢？我們帶了午餐，還帶上那臺好相機，卻忘了要拍照。

薇奧列忒整天拉著你的手，一心想要往前跑。她總是想要走在前面。你們兩個，一起對抗全世界。我走在後面，目不轉睛地看著你倆。你倆是如此的相像。你倆同行的形狀。你的身子微微傾向她站的那一邊的模樣、她總是探手勾住你手肘彎處的模樣。

我在北極熊館外頭餵山姆，你從販賣機幫薇奧列忒買了蘋果汁、因為她說家裡帶來的果汁有怪味道。一隻松鼠從推車下層袋子裡偷走吃剩的餅乾。薇奧列忒哭了。她不肯戴上我幫她準備的那頂帽子。山姆吐奶而我忘了帶濕紙巾，只好用公廁的棕色擦手紙為他清理。我在他的手掌上畫圈圈，手指順著他的手臂往上溜，最後對準脖子發動搔癢攻擊。他的笑聲像尖叫，熱切而爽朗，我為此而活。一位牽著一個戴手套小男孩的老太太對我說道，「好可愛的寶寶，小傢伙多開心呀！」謝謝妳，他是我的，是我生下了他。整整一年前。他是我緊緊連結的一部分，在他哭出聲之前幾秒，我的胸口會緊縮、彷彿有人在我肋骨底下放了一個吹漲的氣球。

「前面還有更精采的！」你對薇奧列忒說道，而我們順著坡道往下走進回聲隆隆的漆黑地底。你倆駐足玻璃牆前，在散發螢光綠色的池水映照下成了兩抹暗影，水裡的微粒與魚鱗漂浮在你們四周、宛如蒲公英散飛的絨毛。我抱著山姆往後站，感覺自己在觀望別人的家庭。在那一刻，你倆看似不可能屬於我。你倆一起的模樣如此和諧美好。北極熊一掌壓在玻璃上，距離薇奧列忒的臉僅有咫尺。她倒抽一口氣，轉身飛撲環住你的腰，又敬又畏、充滿驚奇——終其孩子一生，我們或許只有幾次機會目睹這樣的反應，提醒我們，他們是這個世界的新來者，尚且無法辨別安全與危險。

我們在禮品部為他們買了一對小獅子，薇奧列忒在回家路上把她的那隻扔出車窗外。我很生氣，回頭張望公路、擔心塑膠獅子砸到後方車輛的擋風玻璃。你大叫著對她說這樣很危險。

「我不想要那隻獅子媽媽。我討厭我媽媽。」

我望向你，深吸一口氣，移開了目光。不要多想。然後山姆哭了起來，薇奧列忒撿起從嬰兒汽車座椅裡掉出來的班尼，往後扔回去給他。她柔聲哄他，而你對她說道，「妳好棒，薇奧列忒。」

她的鼻子曬傷了——我沒料到二月也會需要防曬油。我挖出一條蘆薈軟膏，用手指輕點在她鼻頭上。我數了數她臉上的雀斑，藉此延長她難得讓我碰她的一刻。她看著我，彷彿從來不曾聽過人數數。我以為她或許會擁抱我，於是繃緊肌肉，準備迎接她在我懷裡的不熟悉感——距離她上次讓我擁抱她已經太久了。但她轉過頭看向他處。

她看著我為山姆洗澡，之後和我一起坐在地板上，為他揉揉肚子、說道，「他是個好寶寶，對不對？」她把班尼遞給他，然後靜靜地看山姆啃嚙班尼的一隻耳朵。我讓她為他穿睡衣；這對我和她來說，都是場耐心的考驗，因為她很少要求幫忙做這件事。終於把第二條褲腳拉上來時，她說道，「我不想要山米了。」我朝她咋舌，接手揉揉他的肚皮。他衝著薇奧列忒微笑，踢動一雙胖腿。她還是吻了他，然後坐在蓋上的馬桶上看我用小毛巾清潔他的牙齦。

「他又在長牙了，」我告訴她。「而妳一直掉牙，說不定哪天他的牙齒就比妳多了。」

她聳聳肩，蹦蹦跳跳的去找你。

你那晚格外和善。對我展現柔情。我們睡前一起溜進兩個孩子各自的房間裡，凝望他們柔軟漂亮的頭顱。

四十四

我們不知怎麼比預計還早出門。那天難得事事順利，吃早餐時沒人弄髒衣服、薇奧列忒乖乖讓我為她梳頭髮。我於是不必亂吼亂叫。**快快快！我快要失去耐性了！**那早平和得出奇。

週間很少有機會就我們三人在家，薇奧列忒的學校那天放假。去公園的路上我買了杯茶。我在熱茶中加入蜂蜜攪散的時候，喬一如往常陪薇奧列忒聊了幾句。他幫我把推車抬下門口那兩層大臺階，跟我們揮手說再見，然後我們便迎著清冽的冬風往街角走去。

我們站在幾乎天天走過的路口。我熟悉人行道上的每一處裂隙。我閉上眼睛都還看得到西北角那幢紅磚建築上的塗鴉字體。

薇奧列忒和我靜靜站著等候綠燈，推車裡的山姆則在觀看來往巴士。我一手往薇奧列忒的手探去，明知她照例又要抗拒讓我牽手過馬路。但今天似乎沒有理由爭執。

「小心馬路，」我改而只是口頭提醒，手放在推車把手上。山姆兩條胳臂從推車裡冒出來、朝薇奧列忒伸過去。他想下來。我從杯架裡拿起我的茶湊到唇邊。茶還燙口，但熱氣溫暖了我的臉。薇奧列忒抬頭看我，我以為她要問我問題。什麼時候才可以過馬路？我可以回去買一個甜甜圈嗎？我又對熱茶呵了口氣，而她只是盯著我看。我把茶放回到杯架裡，摸摸山姆的頭，提醒他我還在，在他後面，我知道他想出來。我低頭看看薇奧列忒，再次把茶舉到唇邊。

她的粉紅色連指手套離開她的口袋，朝我伸來。她兩手拉住我的手肘猛一扯。如此迅速，如此有力，熱液燙傷了我的臉。我放掉茶杯，倒抽一口氣同時低頭看去。然後我尖叫：「薇奧列忒！看妳幹了什麼好事！」

就在這些字句自我口中溢出的當兒、就在我雙手緊緊攫住發燙皮膚的當兒，山姆的推車滑向馬路。

我永遠不會忘記她的眼神——我無法移開目光。巨響傳來，我已經知道發生了什麼事。

推車被撞得扭曲變形。

山姆死的時候，人還被繫緊在座椅上。

他沒有時間想到我或是我在哪裡。

我立刻想到我今早為他穿上的藍色條紋吊帶褲。想到班尼也在推車裡。想到我必須留下他只帶班尼回家。然後我想到我要怎麼在一團亂中找到班尼、要怎麼把它從推車裡拿出來，因為山姆今晚睡覺還需要它陪。

我置身混亂之中，錯愕地地凝望著人行道路緣——坡度和緩的水泥路緣緊接一道溝槽，然後才是柏油路面——溝槽怎麼沒能擋住他？昨天天暖，冰都融了。人行道是乾的。輪子遇上溝槽怎麼沒有慢下來？之前過馬路時我總得用點力氣才推得過去，不是嗎？我不是都得用力推過去嗎？

我無法呼吸。我瞪著薇奧列忒。放手那一刻，我看到她的粉紅手套伸向把手。在推車滑向馬路前一刻，我看到她的手套在把手上。我閉上眼睛。粉紅羊毛，黑色橡膠把手。我死命地搖頭。

對接下來的事或是我們怎麼去到醫院的，我毫無記憶。我不記得看到他或是摸到他。我希望我曾為他解下繫帶，在冰冷的柏油路面上擁抱他。我希望我曾一次又一次親吻他。但我想，我或許只是站在那裡。站在那個路緣，瞪視著那道溝槽。

一名母親駕駛休旅車，後座坐著她的兩個孩子，年紀和我們的孩子相當。她直直駛過綠燈，理所當然，也可能已經這麼做過三千次。對向另外兩輛車看到推車急踩了煞車，但她來不及這麼做。她甚至沒有踩煞車。我一直在想，事發當時到底是什麼事情佔據了她的心思。她會不會正和她的孩子一起唱歌或是回答他們成串的問題。或許她望了一眼後視鏡，正對著她的寶寶微笑。或許她在做白日夢、幻想自己多想置身他處，而非被關在這車裡聆聽她的孩子放聲尖叫。

我希望能更痛。我希望我的感受能像事發當日一樣。有時會有那樣的片刻，痛苦不見了，而我想，老天，我的心死了。我和他一起死了。於是我日日夜夜每分每秒凝視著他的東西，一心想要再次被痛苦淹沒。我啜泣，因為我不夠痛。幾天後，痛苦潮湧而歸，世界終於以某種我憎惡至極的方式活了過來。我聞到隔壁鄰居家中傳來香蕉蛋糕的香氣，霎時無法動彈——我竟還聞得到。我的唾腺竟然還能分泌口水。在牆的另一邊，竟然有人還可以享有這樣的早晨，這樣能為她的孩子烘烤香蕉蛋糕的早晨。我經歷過麻痺——缺乏痛苦的殘忍真相只是麻痺。稍後，我會祈求麻痹再返。我在痛苦中找到滿足，但我知道我無法在痛苦中存活下去。

你趕到醫院，一把摟住薇奧列忒，把她的頭緊壓在你胸前。然後你抬頭看著我，張嘴欲言，卻一個字也說不出來。我們凝望彼此，潸然落淚。薇奧列忒掙脫你的懷抱，於是你朝我走來。我癱軟，抱頭倒下倚在你腿邊。

薇奧列忒沉默地看著我們。她走過來，一手放在我頭上。

「山米的推車從媽媽手中溜走，結果就被車撞到了。」

「我知道，親愛的。我知道，」你說道。

我無法直視你倆任何一個。

警察想跟你談，想跟你解釋他們已經跟我解釋過的一切。駕駛不會被起訴。我們必須決定怎麼處理寶寶的遺體。還有他的器官。他們認為有三個器官可以移植到其他寶寶身上，這些寶寶的媽媽設法讓她們的孩子活下來了。不像我。護士給我一顆藥丸幫助我平靜下來。

我把薇奧列忒帶到走廊另一頭的飲水機前。她用簡易紙杯把水裝到滿出來，而我對著一個裝滿丟棄的乳膠手套與醫療用品包裝盒罐的垃圾桶嘔吐。我透過那一道把我們和休息區隔開的厚重玻璃門聽到了你在走道另一頭痛哭。薇奧列忒看著我，頻頻換腿站。她不敢跟我開口。我知道她尿急，但我想要她尿在自己身上。我看著她的淺色牛仔褲緩緩泛開一片深藍。我不發一語，她也是。

我以在得來速窗口點餐的口氣對警察描述道：我女兒猛扯我的手臂。我被熱茶燙到。我放開推車。是她把推車推到馬路上。

就這樣嗎，女士？

就這樣。

我沒有力氣說謊保護她。警察要求我重複了幾次，或許以為我只是震驚，或許想要找到我前後矛盾之處。或許他們找到了。我不知道。我不知道我不在場時，他們跟你說了什麼。但當我帶著薇奧列忒回來時，警察蹲下來、把手放在她小小的肩膀上，對她說，「這只是一場意外，懂嗎，薇奧列忒？就是意外，不是任何人的錯。媽咪沒有做錯任何事。」

「聽他說，布萊絲。妳沒有做錯任何事。」你對我重複道，摟緊我。

「我覺得是她推他的，」我低聲對你說道。你拿著軟膏為我塗抹燙傷部位。我毫無感覺。「我覺得是她把推車推到馬路上。我跟警察說了。」

「噓。」彷彿我是嬰兒。「不要這麼說，好嗎？不要這麼說。」

「我看到她的粉紅色手套放在推車把手上。」

「布萊絲。不要這麼做。這是一場意外。一場可怕的意外。」

「推車過不了那道溝槽。一定是被推過去的。」

你望向那位警官，搖了搖頭，擦掉你臉上的淚水。你清了清喉嚨。警官噘起蒼白乾裂的嘴唇。他對你點點頭，似乎是某種示意。失去理性的母親。無能的母親。**瞧——我得幫她擦軟膏。我還得安撫她。**

薇奧列忒假裝沒聽到我的話。她在白板的一邊畫花，另一邊在我暫離的時候有人畫上了人體器官圖，或許是為了跟我丈夫解釋他們想要我兒子身上的哪些部位。器官圖看似大湖區的地圖。警官說要給我們時間讓我們一家獨處一下。

他前腳一走，你立刻清楚而緩慢地對我再一次重複道：布萊絲，這是一場意外，就是一場可怕的意外。

於是這成了我一個人的事。

上週末前往公園的路上，薇奧列忒在出事的那個路口問了我問題，一個她早已知道答案的問題。

「車子只有遇到紅燈才會停下來嗎？」

「妳已經滿七歲了，一定知道吧！妳知道車子遇到紅燈一定得停下來。黃燈是警告燈號快要變成紅燈了。所以我們一定要等到車子在紅燈前完全停下來才能過馬路。」她點點頭。

我想到她對自己周遭的世界充滿了好奇，甚至考慮是不是該開始教她看地圖。我們可以在家附近走走，教她辨認路名和方向。一定很好玩，我們一起做這件事。

我坐在急診處的家屬室裡，一次又一次回想那個問題。

你帶薇奧列忒回家了，但我不能離開。我兒子的身體還在那幢建築裡。蓋著床單嗎？在地下室裡？在那彷彿烤架可以推進牆壁裡的托盤上？我的寶貝在烤架上嗎？他會不會冷？我不知道他們把他放在哪裡，也不讓我們見他。班尼躺在我大腿上的塑膠袋裡，白色尾巴沾了血。

四十五

連著十一天，我吃什麼吐什麼。我在睡夢中哭泣，然後醒來在黑暗中哭泣。我的身體一連幾個小時顫抖不止。

醫生在一個星期六早晨穿著便服來到我們家。你為他設計過房子，他看在這情份上自願出診。他說我一定是腸胃炎而不單只是哀慟所致，他說遇上這樣的事常會減弱免疫系統的功能。你同意他的看法，奉上一瓶葡萄酒送他到門口，而我甚至懶得叫你們滾開。

你母親趕來陪我們。她為我送來熱茶、面紙、安眠藥、敷臉的冷毛巾。我對她說了該說的話好把她請出房間。我不會有事的，我保證。我只是需要時間獨處。她盡力了，但她的存在佔去我腦中的空間，讓我無法專心去想我唯一想要想的人。他。憤怒讓我難以呼吸。哀傷讓我難以睜開眼睛讓光線進入我。我屬於黑暗。黑暗是你們欠我的。

你母親帶薇奧列忒去旅館住了幾天，以為換個環境會有幫助。我從醫院之後就不曾見過薇奧列忒。你去旅館接她的那天早上，我坐在我們臥房的窗邊，手裡是從你桌上的模型工具組裡拿來的刀片。我撩起上衣，用刀片從肋骨往下直抵腰間劃出一條模糊的直線。我呼喊山姆，喊啞了嗓子。滲出的血珠形成一道孔線，嚐起來帶著腐臭味，彷彿從他死去那一刻起，我的內在也開始腐爛。我把血塗抹在我的肚腹與胸脯。我想看到更多血。我想感覺自己被殺死了，想感覺有人取走我的性命、任由我自生自滅。

薇奧列忒的聲音自樓下傳來時，我得緊握雙手才能阻止它們劇烈顫抖。我鎖上臥室門，沖過澡，然後用上星期新買的一件上衣擦拭地上的血跡。上衣是我冒著濛濛冰雨帶山姆出門買的，因為我覺得自己沒衣服穿了。那樣的事情在那時感覺是個問題。我忘了幫他帶點心。排在長長的隊伍裡等待結帳時我不耐煩地哄他，還害他那天延遲了午睡時間。

「媽咪在樓上。」我聽到你告訴她。你極少叫我媽咪，她也是。

你穿著黑色運動褲和紅色法蘭絨襯衫。他死後你幾星期沒換過衣服。這是你看起來唯一和之前不一樣的地方，雖然我知道你其實痛徹心扉。我聆聽你的腳步聲。在書房、我們臥房、薇奧列忒房間、廚房之間來回。你不曾進去他的房間。屋子裡的循環路線，製造同樣的地板嘎吱聲與同樣的家常噪音：沖馬桶、開窗戶、關冰箱。也許你在等待，戰戰兢兢地等待有人來告訴你可以繼續把日子過下去，可以設鬧鐘起床去上班做你熱愛的工作，可以每星期二去打籃球、可以和薇奧列忒一起笑得和以前一樣大聲。又或者你並不以為自己還能找回這些生活的歡趣。

你知道你只跟我說過四次話嗎？將近兩星期中總共四次。你我都無法承受見到彼此所勾起的傷痛。

一，你說你不要喪禮。所以我們沒有辦喪禮。

二，你想知道薇奧列忒的保溫瓶收在哪裡。

三，你告訴我你想念他，然後你躺在我身邊的床上，剛沖過澡的裸身還微濕。你哭了將近一小時。我為你掀起被毯，這是他死後我對你發出的唯一邀請。你緊靠著我。我把你的頭摟在我胸前，明瞭我心中並沒有你的位子。那天沒有，或許永遠都不會有。（這是你最後一次主動對我說那幾個字——我想念他。「我當然想念他，」那之後幾個月每回我鼓起勇氣問你，你總是重複同樣的這句話。）

四，薇奧列忒從旅館回家那晚，你問我可不可以為她做晚餐，因為你要出門，五點要出門。我告訴你不，我辦不到，於是你走出房間。

我恨你試著恢復正常。恨你把我留在那裡，獨自和她一起，在山姆的家的四牆裡。

薇奧列忒不曾上樓來，而我不曾下樓去。

隔天醒來時，我看到你已經把嬰兒房牆上那幅畫搬到我們房間，靠在床腳那面牆上。霎時間我彷彿失去了重量。鑽骨的痛苦暫時停止了。將近一年的時間裡，我搖他、餵他、為他拍嗝、在他小小的耳朵旁低唱催眠曲時，雙眼就凝視著畫中的母子。不知道為什麼，看到那幅畫讓我明白我會活下去。我知道我終究會爬出這個讓我粉身碎骨的地方。而我為此恨你。我永遠不想再次感到正常。

我穿著內衣褲走到薇奧列忒的房間，雙腿沉重無比。我推開她的房門，而她就在那裡，在被單底下翻身蠕動。她掙扎著睜眼，讓走廊映進來的光刺激得瞇起了眼睛。

「起床。」

我為她倒了穀片，舉目四望廚房。有人收走了他的餐椅、他的奶瓶、他的藍色矽膠湯匙、他喜歡吸吮的餅乾。天花板傳來薇奧列忒在樓上的腳步聲，蹦跳著奔進我們的浴室。你正在裡頭刮鬍子。

我不知道你為什麼把畫放在那裡。我們從來沒有談起這件事。畫就這麼留在我們房裡了，和我一起，在這幢空洞的房子裡。我不再注意到畫的細節，就像我不再注意到水龍頭的顏色或是洗衣房往內開的門。但久久總會有那麼一次，那個女人，那個母親會看著我。晨光照射在她身上，一連幾小時映得她洋裝上的色彩格外鮮活。

四十六

在那些我無法忍受待在家的日子裡，我會搭上地鐵，從起站搭到終站。我喜歡地鐵車窗外的黑暗，喜歡車上無人交談。車廂的晃動具有安撫效果。

我看到月臺佈告欄上的海報，用手機拍了照。

兩天後，海報上的地址把我帶到一個教堂的地下室。裡頭很冷，我沒有脫外套，雖然其他人的外套都用鐵絲衣架掛在角落一個活動單槓架上。我需要多一層保護，阻隔在我和從白色水泥牆滲透進來的寒氣之間。多一層保護阻隔在我和她們之間。那些母親。總共有十一人。長桌上擺放著薑味餅乾和一壺咖啡，奶精包則裝在一個墊著耶誕餐巾紙的小籃子裡，雖然現在是四月。橘色塑膠椅和我高中禮堂全校集合時坐的一樣。我坐的那張椅子被人刻了不雅字眼。我們在這裡集合了，我和那些母親。

小組領導者是一個乾癟的女人，手上掛滿金手環。她要我們自我介紹。五十歲的吉娜是三個孩子的單親媽媽，她的大兒子兩個月前在夜店開槍殺了人；案子還沒進入司法程序，但他打算認罪。她邊說邊哭，眼淚在她乾燥的臉部皮膚上形成兩道清晰的深色淚痕。坐在她旁邊的麗莎拍了拍她的手，雖然兩人素昧平生。麗莎是小組的資深成員。她的女兒重傷女友，被以殺人未遂罪名判刑十五年，服刑至今未滿兩年。她從女兒出生以來都是全職媽媽。她話聲輕柔，會在句子最後一個字說出口之前輕頓一下。她兩眼下方掛著暗紅色的眼袋。

下一個輪到我。我開口前頭頂日光燈閃了一下，我暗自希望是停電。我告訴她們我的名字叫做莫琳，有個女兒因竊盜案入獄。竊盜是我想得到最不壞的罪名。竊盜感覺不過是一個錯誤，那種大家都做過只是未必被逮到的錯誤。所以我還是一個值得愛的好人的母親。

我已經不記得其他人說的細節了，只記得有性侵犯、幾件贓物罪、還有人的兒子是拿雪鏟殺死妻子。她說就是史特林哈克那個案子，彷彿我們都該在報上讀過，但我從來沒聽說過。小組領導提醒我們不該提起姓氏或其他細節。這是一個匿名的互助團體。

我看著她們，在每一張臉上搜尋熟悉感。

「我感覺好像犯案的人是我，」其中一個母親說道。「拘留所警衛這樣對待我。律師這樣對待我。所有人都用那種彷彿我是做錯事的人的眼光看我。但我不是，我沒有。」她停頓了一下。「我們沒有做錯任何事。」

「我們沒有嗎？」一個母親思考片刻後說道。小組裡有人聳肩、有人點頭、有人只是靜靜坐著。小組領導看起來像暗自在心裡從一數到十——說不定是她在社工訓練課程裡學到的某種策略——然後提醒我們，休息時間歡迎享用餅乾。

「妳下星期會再來嗎？」眼袋麗莎遞紙巾給我時問道。我用免洗杯裝咖啡時不小心灑了一些在手上。

「我還不知道。」我的前額冒出汗珠。我不能再待在這裡和這些女人一起了。我來是為了想見見其他像我這樣的母親、像我這樣孩子做出如此邪惡之事的母親，但這地下室的四壁似乎不斷朝我進逼而來。我手伸進皮包裡、想要摸出那張我遲遲沒有拿去領藥的處方箋，卻摸到了他柔軟的尿布。我總會在包包裡多準備一塊。

「這是我參加的第二個小組。另外一個是星期一晚上，但我星期一晚上通常有班，除非有人跟我換班否則去不了。」

我點點頭，喝了口半冷不熱的咖啡。

「妳女兒。是在開車到得了的地方嗎？」

「是的。」我四望尋找出口。

「我也是。這樣容易多了，妳說是吧？妳常去看她嗎？」

「不好意思——妳知道廁所在哪嗎？」

她指指樓梯而我謝過她，迫不及待想要離開這裡。

「我們其實沒有那麼糟，」她說道。我在門口停下腳步。「妳上完廁所如果還回來的話，就會發現。」

「妳一直都知道嗎？」我咬牙痛苦地說出這幾個字。但我必須問。

「知道什麼？」

「妳一直都知道她哪裡不對勁嗎？在她還小的時候？」

女人對我挑眉，我想在那當下她明白我剛才對眾人說謊了。

「我女兒犯了錯。妳難道從來沒犯過錯嗎，莫琳？承認吧，我們都是人。」

四十七

這座城市叫人透不過氣來。我想要離開。開車出走。二十二個星期過去了，我依然難以走在街道上。我依然難以思考。我想要我們兩人開車、一哩接著一哩前進，暫時把一切拋在後頭。海洋。沙漠。任何地方。我說過，我們走吧。你不願離開。你說這樣感覺不太對，拋下薇奧列忒，她此刻最需要的是家的熟悉感。

自從他死後，我就不曾正視她。我回到離不開床的日子。偶爾離開時，我會站在廚房裡盯著水槽裡的碗盤，找不到力氣動手清理。找不到力氣做任何事。

他無處不在。尤其在她身上。她門牙間的小縫。她的床單一早的氣味。那件她最愛穿的條紋背心裙和他死時穿的吊帶褲同一塊料。上學的路程。洗澡水。

那雙手。

儘管痛苦，我還是渴望在她身上找到他。而我為此恨她。

沒有人談起他。我們的朋友不談。鄰居不談。你父母和妹妹不談。他們問我們好不好，他們的眼神充滿痛苦的同情，卻從不提起他的名字。但這正是我唯一想要他們做的事。

「山姆。」只有我獨自在家時我會大聲說出來。「山姆。」

卡洛琳——兩年前那位死在公園遊樂場的男孩的母親——在山姆過世幾個月後發了電郵給我。看到她的名字令我心跳加速。

我一直祈禱妳能和我一樣，設法找到方法把日子過下去。我不知道我是怎麼辦到的，但我終於找到了平靜。即便在哀慟中。

她寫到的平靜對我並不可得。我刪除了她的電郵。

「也許妳該離開一陣子。就妳一個人。」你站在浴室門口說道。我在往下滑，讓浴缸水掩住我的耳朵。

那晚稍後我問你是什麼意思。離開去哪裡？離開。你要我離開。

「有些地方或許可以幫助妳。妳的哀慟。諮商中心。」

「**像勒戒中心的地方？**」我怒了。

「心理復健中心。我找到一個地方，在鄉間。離家只有幾小時車程。」你遞給我一份用你辦公室的厚磅紙列印出來的簡介。「目前還有名額。我打過電話了。」

「你為什麼想要我離開？」

你坐在我們的床腳，臉埋在雙手裡。你背部抖動，眼淚緩慢而平均地滴落在褲子上，像我們的廚房水龍頭。你心中醞釀著一段告解，某樣沉重的東西狠狠揪住你的五臟六腑，某件不曾被大聲說出來的事情。不要說，我無聲地求你。不要說出來。我不想知道。

你揉揉下巴，凝望倚在牆邊那幅從山姆房間搬過來的畫。

「我會去。」

四十八

中心有音樂浴、能量治療圈、養蜂課程，還有從改裝過的穀倉木樑垂掛而下的絲質吊床。我房間浴室的洗手臺上排列著各式精油，床頭抽屜裡則有自然治療手冊。個人心理治療是每天早上九點，團體治療則是下午三點。在櫃臺報到入住時，他們給我一張自願棄權書，我勾選了這一項：**我自願放棄參加包含在每週住宿費用內的治療課程**。我不想在那裡大聲說出我們女兒的名字。我離開就是為了遠離她。我不想談她、不想談你、不想談我自己的母親有多天殺的失職。我死了一個孩子。我只想自己一人。

中心每天下午五點在用餐室準時供應晚餐。個人桌都有人了，所以我找了張農舍風格的長桌，在長凳上坐下，舉目四望眼前一大群有錢人。我的運動服相較之下顯得寒酸。我把連帽外套拉鍊拉到下巴，伸手舀黑豆。

「今天剛到？」我差點掉了手中的湯匙，頭猛地往左轉——她的聲音和我母親好像。女人探頭看我餐碗裡的食物，說她覺得我選擇的食物並不符合我的能量場所需。當晚稍後，我倆已經一起坐在火坑前同蓋一條毯子啜飲薑茶，她說我聽。艾芮絲是我見過最嚴肅認真的女人。但我立刻喜歡上她。

她邀請我每早一起散步，算好時間在日出時穿過田野。她抵達我的木屋門口時手裡拿著一塊鋯石，宣稱自己的一天之始不能沒有沒有它。我們穿過主建築與住客木屋群間的大草坪，往園區北緣的小溪走去，然後經過一條健行步道繞到薰衣草田。這一趟大約一個半小時，而我總是走在她後方一步之遙處。艾芮絲頻頻回頭，想到什麼說什麼，不曾間斷，而且咬字清晰堅定，彷彿事先排練過每個句子。她的鼻子長而有稜有角，黑髮修剪成同樣稜角鮮明的鮑伯頭，腳步輕快，髮絲卻依然有條不紊，遇到濕氣也不會像我的頭髮捲曲起毛。

她大多談論她自己的生活，她的癌症、她行醫見證過的奇蹟、她經歷的失落。艾芮絲曾嫁給一名外科醫生，他在為病人手術時突然心臟病發身亡。她描述的方式讓我感覺整件事最糟的部分是他無法完成手術。每回說完當天預計跟我說完的生命故事之後——她說故事確實感覺有表定進度——她總會停下來伸展小腿，要我剩下的路程走在她的前面。

然後她就會開始問我山姆的事。她的問題讓我感覺自己彷彿躺在她的手術燈下，肋骨被一根根鋸斷扯開，喀、喀、喀、喀。

晚餐初識時我就跟她說了山姆的事，因為她問得直截了當：「妳有幾個孩子？都還活著嗎？」

我淡定地回答她的問題。我有一個孩子。他死了。艾芮絲沒有表達太多同情。她話說得直白。她告訴我，我需要在這世界上找到新的方式活下去。我恨她也愛她。

我每早五點起床。我刷牙，然後踩在沾著露水的清新草地上和這個素昧平生的女人交談。跟艾芮絲講起山姆讓我雙腿劇痛、胸口沉重到幾乎要被壓倒在地。散步結束回到木屋時，我的雙腳與緊身運動褲都濕了。我走進戶外淋浴間的蒸騰熱水底下，忘掉自己剛剛說過的一切，忘掉艾芮絲問過我的所有問題。**妳覺得他如果還活著，現在會是什麼模樣？妳最喜歡他什麼事？他抱起來是什麼感覺？他是怎麼來到這世界上的？他死去那天的天氣如何？**我把每個細節都徹底地洗乾抹淨，像一樁出軌韻事，像絕對不能讓人知道的禁忌姦情。

在我預計離開中心的前一天、也是你把我送到這裡的兩星期後，工作人員在園區冰冷的溪水裡找到我。我全身赤裸、意識混亂，像頭將被生吞的動物般瘋狂掙扎。

讓我抱他。我是他母親。我需要他。我必須帶他回家。

我喊破喉嚨，幾小時無法言語。

他們把我從水裡拉出來時我甚至無法站立。中心的醫療人員來過又走了。人們手放在鎖骨上竊竊私語，看著我終於站起來，套上從禮品部買來、臀部印著中心標誌的運動褲。我放掉披在肩上的毯子，枯萎的乳房暴露在圍觀的一小群人面前。羞恥早已不存在我存在的世界裡。

艾芮絲捧著熱茶敲上我木屋的門。我沒有開門，只是任由她在門外大聲道歉，隔個杉木門板，她告訴我她錯估了我脆弱的程度。脆弱。我用我的指尖在門這一邊畫出這兩個字。

一名專精哀慟過程的治療師，也是我自願放棄會見的那個，要求對我進行正式評估並建議我在中心多待一段時間。她認為我有自殺傾向。她建議打電話給你。

「不，謝了，」我說道，於是事情到此結束。沒什麼好多說的了。

第二天早上，我帶著行李箱坐在我的木屋前廊等你。我凝望著空地彼端的一排樹，被風吹得整齊地往西倒。

「如何？」你目光緊盯公路。我把手放在你握著排檔桿的手上。你從第五檔排進第六檔。

我知道我接下來必須說什麼。

「她還好嗎？薇奧列忒還好嗎？」

四十九

「我們不會有事的。去吧。開心一下。」我坐在地板上把拼圖一片片翻到正面，強迫自己看著薇奧列忒。她沒有抬眼。你有工作聚會。最近的頻率似乎變高了，你的穿著也有些不同。層次穿搭，牛仔褲繫上皮帶。你看起來很帥，我剛剛在我們臥房跟你說過。

「就妳當年嫁的同一個傢伙，」你這麼說道。

我無法用同樣的字詞形容自己，你我心知肚明。我們的目光在門後的穿衣鏡裡遇上了。

這組太陽系拼圖總共有一千片，是我離家後才出現的東西。我不在家期間，你父母搬來陪你和薇奧列忒小住。山姆死後你母親和我沒說過幾句話，雖然她連著幾個月每兩天就來電話，只是打招呼，問需不需要過來小住幫忙，說她時時想著我。她盡力了，但她不知道怎麼面對我，而我不知道怎麼面對任何人。我從中心回到家之前他們就離開了，雖然她留在流理臺上的餅乾還是熱的。我進門時保姆還在——山姆死後我就沒見過她了。她兩眼又紅又腫。我們擁抱，我想起每回從她手中接回山姆時，總會聞到她留在他身上的甜膩香氣。

三天。從我返家後，薇奧列忒花了三天時間才對我開口。山姆已經死了將近七個月。她開始拼海王星而我繼續拼木星。我們終於在太陽附近遇上了。
「妳為什麼離開？」
「我必須讓自己好起來。」
我遞給她她正在找的一片拼圖。
「我不在家的時候很想妳，」我說。
她把拼圖拼上去，抬頭看我。人們總告訴我她看起來比實際年齡成熟，但我直到這一刻才真的看到。她眼珠顏色比我記得的深。家裡的一切看來都和我記得的不一樣了。一切都變了。
我先移開了目光。我的舌頭底下湧出苦澀的膽汁。她看著我吞嚥。再吞嚥。我衝向浴室。
我回來時那幅拼圖被拿開了。我在她的房間裡找到她正在看書。她一定聽到了我在浴室抱馬桶嘔吐的聲音。
「要我讀給妳聽嗎？」
她搖搖頭。
「我肚子不舒服。可能是晚餐。妳還好吧？」
她點點頭。我在她床腳坐下。
「妳想聊聊嗎？」
「我想要妳再離開。」
「離開妳房間？」

「離開我們。我和爸。」

「薇奧列忒。」

她翻頁。

我的眼眶漲淚。我恨她。我好想要他回來。

五十

我母親離開我們後，我父親裝作沒事似地把日子過下去。實際操作上這並不困難——過去這幾年間，她愈來愈少參與我們的日程，像個偶然的觀察者，彷彿她正在看一部說不定還不到結局就會被她關掉的電影。

唯一改變的是他把我的牙刷與梳子放到浴室最上層的抽屜裡。抽屜底部讓積年累月滲漏的化妝品與髮膠噴劑沾染得斑斑點點。不必再把我的東西放到水槽下方，讓我多了一份新生的責任感，雖然我也說不出個所以然來。

我父親開始在星期五晚上邀請朋友過來打橋牌。我會去艾靈頓太太家和湯瑪斯玩、看電影吃爆米花，之後她會關掉電視，陪我走路回家，進家門後我通常直接上樓睡覺。但有一晚，我駐足廚房外的走廊豎耳聆聽。屋裡瀰漫著古龍水與啤酒的氣味。

我不介意家裡來了這麼多男人和他們的氣味——這是我父親看來像個真正存在的人的短暫時刻。他喝酒從不超過下班後的一杯威士忌，其他人則否。他們口齒不清地咒罵彼此，然後某人突然猛力捶了桌子。我聽到撲克牌嘩嘩落地的聲音。

「你偷藏牌，」我父親以某種我從沒聽過的口氣說道，在字與字之間幾乎喘不過氣來。接著有人說，「你老婆還偷人咧，你這個軟弱的傢伙。難怪她跟人跑了。」

我抬頭迎上我父親瞪視的目光，站在廚房門口因憤怒而渾身顫抖。我聽到他的腳步聲朝我而來，我的雙腿卻因癱軟無法移動。他吼我，要我回房間去。什麼人拿起酒瓶朝餐桌一敲。另外有人說，「抱歉，賽柏，搞成這樣。他喝多了。」

隔天早上，我父親對我說他很抱歉讓我聽到那些話。我聳聳肩，說道，「什麼話？」

「布萊絲，有人可能會錯看妳。不過唯一重要的是，妳怎麼看待妳自己。」

我啜飲我的柳橙汁而他喝他的咖啡，我心裡想，我父親比那些男人好多了。但那晚有些字句卻在我腦中徘徊不去——軟弱。你這個軟弱的傢伙。我想起那些他不曾堅持自己立場的時刻，不曾堅持要她留在家裡不要進城。我想起掛在他頭上的濕抹布。我想起那個打電話來的男人，想起馬桶裡那團血肉。我想起那些他不曾收走的藥丸、那些他總會收拾的破碗盤。我想起他默默睡在沙發上。我痛恨我母親離開他，但我也懷疑他是否曾嘗試阻止她。

五十一

我扔掉我在山姆死前寫下的所有未完成文稿，終於又可以動筆。我的大腦變了，彷彿換上了和之前不同的頻率。之前。之後。之後感覺唐突，我的句子魯莽而尖銳，彷彿每個段落都足以傷人。字裡行間充斥怒氣，但除了寫下來外我不知還能怎麼辦。我寫那些我一無所知的事。戰爭。拓荒。修車廠。我把完成的第一篇短篇小說寄給一家文學雜誌社，他們在我生小孩前曾刊登過我的作品。他們的回信和我寫去的投稿信同樣粗率直接，卻帶給我某種滿足感，一如山姆死後那星期我把鮮血塗抹在肚腹上的感覺。**操你媽。我反正不是為你們寫的**。這一切毫無道理，卻填滿了我必須度過的時間。

我開始光顧離我們家不遠的一家咖啡館，那裡不放音樂且杯子大如碗公。我喜歡那個地方，你則否。於是我把那裡當作我寫作的基地。我在那裡常常看到一個男人、一個年輕人，大約比我小七八歲。他在手提電腦上工作，從來不續杯。我和他都喜歡坐在靠後面的角落以避開門口灌進來的風。我喜歡他把夾克掛在椅背上。厚厚的衣料為他的後背提供舒適軟墊。我也開始學他把外套鋪掛在椅背上。

某日，他帶了兩位長者一同前來，其中一人有著和他一樣的巨大鼻子，另外一人則有著他的深色眼珠。他請他們坐下，然後從櫃檯為他們端來咖啡與可頌麵包分著吃。他把兩張餐巾紙輕柔地排放兩人面前的桌上，彷彿是在某家高級餐館招待兩位常客。

他剛買了第一間房子！這消息令我精神一振。我聆聽他拿出手機找出房地產網頁的照片一一介紹。廚房入口在那裡、這裡通往廁所、噢，那是將來寶寶的房間。他要有寶寶了！像我的山姆一樣。我希望他望向我，好讓我對他微笑、好讓我告訴他我關心他的未來、告訴他我本來還擔心這個優秀年輕人生命中有沒有一個愛他的人。

他們講起房屋稅、整修屋頂、他每天的通勤時間。他的母親接著問起兒子寶寶再一個月出生時的計畫。

「我那星期可以回城裡來幫忙，看你有什麼需要。洗碗、洗衣都可以，我都有時間。我還可以把空房間裡那張小床帶過來。」她的話聲充滿希望，但在她兒子開口前我就已經知道接下來是一段她畢生最難聽入耳的話。他解釋說莎拉的母親會過來和他們一起住一段時間。這對莎拉比較好。他說她可以過一段時間再來，等他們都安頓好了、給他們小家庭三口人一些時間獨處。三口，加上莎拉的媽媽。他會讓她知道什麼時候方便。也許等寶寶出生幾星期後吧。到時候再看。

那位母親的頭緩緩往前伸，然後又往後，終於擠出幾個字，「當然，親愛的，」她接著把手放在他手上，沒一秒又收回來壓在自己大腿底下。

一個母親一生中要心碎千千萬萬次。

我離座——我不想再偷聽了。我繞了遠路回家。

五十二

我們從某處——我不記得是哪裡——回家的車程中曾有那麼片刻。我們在前座同時轉頭面向彼此，強掩笑聲、四目交接。那是薇奧列忒說了什麼好笑的話時，你我一直以來共同的反射反應。沒有比這更重要的了——我們分享對彼此如此親暱的了解。我們一起創造了她，而她就坐在那裡，用她尖細的八歲嗓音說出從我們學來的這些老氣橫秋的大人話。我是如何設法和你共享那完美愉快的一刻的？甚至和她？我沒有一天不在腦中重演出事路口那一幕。

但生活正在往前推移，我把頭轉回來時同時也了解到這點。不管我想不想。我們還在一起，像以往那般四目交接，我們三人，在這輛車裡，而他不在。他已經離開超過一年了。

我絕望地思念著他。我想要在車子裡大聲說出他的名字讓你倆聽到。他該要在這裡和我們一起的。

我彎腰，從我腳邊的袋子裡拿出一小包面紙。我回頭看看坐在你後方的薇奧列忒。我拉出一張面紙，經過頭頂扔向後座。她看著面紙往上飛然後降落在她大腿上。我又拉出一張，再一張，再一張。你的視線離開路面看了我一眼，又一眼，然後你從後視鏡觀察她。她的目光迎上你的，接著默默轉向窗外，任由面紙在後座飄揚飛舞。

山姆在車裡哭鬧的時候我們常常這麼做。我們朝他扔面紙，直到他傷心的啜泣轉為漸強的笑聲。他好愛這個遊戲。我們有時會扔完一大盒面紙，笑得東倒西歪，車內到處都是柔軟的白色降落傘，孩子們的尖笑聲愈發高亢，我們疲倦卻鬆了口氣的臉孔咧嘴微笑，漫無目標地面向前方。

那天下午我這麼做的時候你倆都沒說話。我抽完那一小包面紙後就轉開頭，把空袋放在儀表板上，強迫你一路看著它。窗外是一片田野，我記得。我記得我望向窗外，滿心想要狂奔而去，直到你追上來，攫住我運動外套的帽子。如果你追來的話。

那晚我問你該不該送薇奧列忒去看兒童心理師。幫助她化解哀慟。她似乎一直不願談起他。

「我覺得她處理得挺好的。我不覺得她需要專業幫助。」

「那我們呢？一起。夫妻諮商治療。」我們似乎也無法談起他。你甚至不曾提起我在車子裡做的事。

「我覺得我們也處理得挺好的。」你親吻我的額頭。「不過妳該去。自己去。再試一次。」

我在我們安靜的房子裡漫無目的地走動。

你一直待在書房裡做模型，你的東西散放在桌上那盞懸臂檯燈底下。強力膠、裁切板、一組可以交換刀頭的模型用刀。泡棉板做成的迷你牆壁排站一旁。薇奧列忒很愛看你建蓋工作所需的模型。

我拾起一個個刀頭扔進鐵罐裡。刀片不該散放在外。我之前就要你小心一點。我撿起最後一個，手指滑過鋒利的刀鋒讓我不禁瑟縮了一下。這刀可以如此輕而易舉地切割。我可以如此輕而易舉地切割。我碰觸襯衫底下的疤痕，肚腹上浮起的皮膚。血的感覺多好。我閉上眼睛。

「妳在做什麼？」你的聲音嚇我一跳。

「整理你的桌子。你不該讓刀子隨便散放在桌上。」

「我來收。妳去睡吧。」

「你也要睡了嗎？」

「再一會。」你坐在工作凳上，按開檯燈。我碰碰你的肩膀，然後為你按摩後頸。我親吻你耳背。你裝上刀頭，伸手拿來鐵尺。你裁切時總會屏住呼吸。我把耳朵抵在你背後，聆聽你吸進長長一口氣。「抱歉，親愛的。今晚不行。我得完成這個模型。」

幾小時後，那聲音把我從睡夢中喚醒——一個一個，慢慢地，刀頭落入鐵罐。匡噹。匡噹。匡噹。暫停。匡噹，匡噹。暫停。我睜開眼睛，藉由天花板上玻璃吊燈反射的微弱光線辨清自己的方位。匡噹，匡噹。我側頭，金屬刀鋒擊打鐵罐的聲響變成我們窗外結冰雨滴打在排水管上的聲音。匡噹，匡噹。匡噹。我閉上眼睛，夢見我的寶貝在我懷中，他溫暖頸項的氣味、他手指在我口中的感覺。血滴像從滲漏的水龍頭滴落的水滴，緩緩掉落在他身上，他小小的身軀隨著每滴血落下而抽搐。我看著鮮血滴落在他乾淨的皮膚上，形成分岔彎流，然後積蓄在他身體上的每處凹槽。我舔拭他，彷彿他是融化中的甜筒冰淇淋。他嚐起來就像他死前那個夏天我餵他吃的香甜蘋果泥。

你那晚不曾上床。我一早發現你睡在她房間的地板上，身上裹著客廳沙發的毯子。「她被落下的冰珠嚇到了，」你吃早餐時說道。「她做了惡夢。」你揉揉她的頭，又為她倒了一些柳橙汁。我轉身上樓，回到床上。

五十三

「外頭好冷，布萊絲，她沒帶手套上學嗎？」妳母親蹙眉，彎下腰為她拉下濕靴子。她來和我們住幾晚陪伴薇奧列忒，那天是她去接她放學。薇奧列忒坐在一灘融雪中，低頭拍掉褲子上的雪水。

「手套在她背包裡，但她不肯戴。」

薇奧列忒繞過我走進廚房。

你母親對著走廊鏡子攏了攏日漸稀薄的頭髮。我從她的動作看得出來她有話想說。我倚牆而站，等待她開口。

「喏，老師說薇奧列忒今天過得不太好。說她似乎在生什麼氣。她拒絕參加所有班級活動。」

我感覺胸口一緊。「老師以前也提過同樣的事。我問過薇奧列忒，她只是聳聳肩說沒事。弗克斯覺得她在學校太無聊了。」

「我去接她的時候，她就一個人坐在操場一角，沒有跟任何人玩。」她挑眉，望向廚房確定薇奧列忒聽不到我們的對話。「還不到兩年。妳要記得，她也愛他，就像我們。儘管那樣。」

儘管那樣——她的話讓我有些意外。她不曾提起我們兒子的死。我不知道她是否知道我知道的事。我一直想要問她。她是我身邊最接近盟友的人。

「海倫，」我低語道。「弗克斯和妳談起過山姆死去那天的事嗎？跟妳說我看到的事？」

她移開目光，轉身整理她剛剛掛在門口吊鉤上的外套。「他沒有。我不知道我有沒有辦法談那件事，老實告訴妳。很抱歉。我知道妳在現場，妳經歷一切，但——我就是沒辦法。」

「妳剛說『儘管那樣』，我以為——」

「我是說儘管她看起來很淡定。」她斷然說道。「她在家裡調適得這麼好，儘管妳遲遲無法把心思放在她身上。」我猛地看向廚房，她立刻再次壓低聲音。「我不是要批評妳，布萊絲，我跟妳保證。妳經歷過沒有人能想像的傷痛。」

我點點頭，試圖化解我所引起的緊張。眼前的她看來如此弱不禁風，比她六十七歲的年紀衰老許多，我當下明瞭失去孫子對她也造成了莫大影響。你當然不曾告訴他我相信的事。薇奧列忒呼喚她一起烤巧克力餅乾。我聽到她翻找鍋盆的聲響。你母親那早冒著風雪走路去店裡買齊了原料。我握住她的手，用力捏了一下。

「妳是個堅強的人，」她靜靜說道。這句話對我毫無意義——這不是真的。她愛我，但她完全不了解我。

你那晚回到家後，我看到她把你拉進沒開燈的客廳裡。你倆低聲交談。我聽到你的手拍拍她的背。之後你身上便飄散著她的玫瑰香水味，我整晚都在想那記擁抱。

五十四

有一個我和薇奧列忒的故事不時會浮現腦海。

故事是這樣的：

我親餵母乳直到她一歲才斷奶。我喜愛她溫熱的皮膚貼在我身上的感覺。我很滿足。我滿懷感激。我不會因為必須靠近她而哭泣。

我們教導彼此。耐心。愛。和她一起的單純愉快時光讓我充滿生氣。午睡起床後我們堆積木塔、我們每晚讀同一本書直到她熟記每一頁、她只有讓我抱著搖她才睡得著。你下班晚了我不會恨你、恨你不早點回來接手她。她夜裡驚醒時呼喊的是我。我每早走進她房間時她對我開心尖呼早安，然後我們一起靜靜享受你起床前的一小時。她需要你不如需要我多。

我們一起走路去幼兒園，她從柵門後方對我揮手。我整天記掛想念著她。她為我製作母親節卡片，老師為她印出她自己想對我說的話，我打開卡片立刻濕了眼眶。我在一天終了去接她時不會滿懷抗拒與憂慮。

她對我微笑。她抱我的腿。我跟她要親親。

她把他當成娃娃般呵護照顧。她抱著他時會摸摸他的頭。她看著我餵他、擠到我們身邊分享我們的溫暖體熱。我不會想要拋下她與他獨處。他不在時她總是說起他。她跟陌生人說他的事。她偶爾會要求和我單獨去公園，因為她想念和我獨處的時光。我們去了，並肩坐在鞦韆上，還吃了香草冰淇淋。我們回家，他安穩地和你一起在家裡等著。我不會偷偷假裝他是我唯一的孩子。

我換衣服的時候她坐在我們床上，我們談起只有母女會談的話題。我溫和而溫暖。她充滿好奇。她喜歡靠近我。她目光柔和。我信任她。我信任我自己和她在一起。我看著她長成一個謙和有禮而善良的女人。讓我感覺她是我的。我們有個兒子而她有個弟弟。我們愛他倆一樣多。我們一家四口每個星期天都吃一樣的晚餐、每個星期五晚上都會爭論要一起看什麼電視節目、還會在每個春假開車旅行。

我不必編織白日夢想像我們可以是什麼樣的一家人。

或者如果死的是她生活又會是什麼模樣。

我不是怪物，她也不是。

五十五

你前去飯店大廳補買防曬油。海濱假期向來不是我們的首選，我們都太容易曬傷了。但我們努力嘗試像個正常家庭過日。你母親建議我們去，說換個環境對大家都好，於是你就訂了房間。薇奧列忒喜愛玩沙，即便九歲了也一樣。我在我們的條紋陽傘下讀小說，不時掀起我的遮陽帽簷看看她是否還好。她挖了迷宮似的運河裝水玩。一個瘦巴巴的小男孩，不到三歲吧，在她與拍岸的浪花間摳著手指徘徊不去。

她躡腳走向他，在他面前蹲了下來。海風帶走了他們的話聲。他看起來像在咯咯笑。她扮怪臉假裝要跌倒，他面向太陽大笑開來。他跟在她身後，她遞給他一個小水桶讓他幫忙裝水填滿運河。

我稍早在泳池附近見過小男孩的母親，是個令我讚賞不已的優雅女人。

「妳女兒真是太棒了，願意這樣逗他陪他玩。她開始幫鄰居顧小孩賺零用錢了嗎？」

我解釋她年紀其實沒有看起來大。我邀請她過來坐在你的空躺椅上一起看孩子玩。我們閒聊，交換母親間的客套問候。男孩抬起頭來呼喚她，揮手，讓她看他剛剛拿到的水桶。

「我看到了！太棒了，傑基！」他們要在這裡待一星期。她還有兩個孩子，今天和他們父親乘船出海了；她和傑克會暈船所以沒跟上。薇奧列忒開始把他埋在沙堆裡。從他的腿開始、然後是身軀。她把他身上的沙堆拍實抹平，男孩乖乖維持不動。

「我打個電話？」她舉高手機問道。

她得處理一些工作上的事。海邊風太大了，她走到我們後方的木棧板上。我欣賞她的白色長罩衫被風吹裹在她一雙長腿上的模樣。

男孩這會被沙子埋到下巴了，曬紅的圓圓頭顱像沙堆上的一顆櫻桃。薇奧列忒拎著最大的水桶跑到水邊裝滿水，雙臂顫抖舉步維艱地扛著往回走。她怎麼扛得動這麼一大桶水？我坐了起來。她挺起胸膛，把水桶舉高在他頭上。她暫停動作，轉頭看我有沒有在看。我回瞪，心跳得急。男孩閉著眼睛。我慌忙地站起身。她把一手換到桶底扶著，灑了一些水。她打算倒水。桶子裡至少有一加侖水，霎時間就可以塞滿他的氣管。她動也不動地瞪著他看，雙手就位準備翻倒水桶。我雙腿一軟，試著大叫卻喊不出聲。我敲打自己胸膛，想要找回聲音。終於我叫出聲了。他的名字自我口中溢出卻幾難聽聞，我的喉頭像著了火。

「山姆！」

「怎麼了？」你握住我的手臂，嚇了我一跳，我揮開你的手。薇奧列忒站在那裡看著我們，水桶放下在腳邊。男孩抬起頭來，身上的沙堆像冰層般裂開來。

「你看你幹的好事！」

「對不起，」男孩說道，快哭了。

她跪下去扶他起來，為他拍掉背後和一頭細軟金髮裡的沙子。「不要哭，我們再埋一次就是了。你還好嗎？」她的手摟住他的小肩膀，而他點點頭。她飛快地看我一眼，想知道我是不是還在看她。

「沒事，」我終於對你說道，拉正我的泳衣。劇烈心跳顫動我的胸部。我看著她為男孩打氣。也許我反應過度了。我再次想起她的粉紅手套推動推車的一幕，即刻又奮力趕走那個影像。你遞給我塑膠袋，神情毫無異狀——你沒有聽到我喊出他的名字。或者你只是假裝沒聽到。

我們在沙灘上又待了兩小時。我讀完我的小說。你帶孩子們放風箏。我們那晚和男孩一家共進晚餐，那位優雅的母親和他三個穿著條紋泡紗的兒子。

我看著薇奧列忒為每個孩子的木籤串上棉花糖，教他們怎麼做火烤棉花糖三明治。我感覺你的目光在我身上。我轉頭迎上你，而你對我微笑。你把杯中葡萄酒一飲而盡。我站起來，把一片巧克力掰成小方塊分給孩子們。我回到坐在休閒椅上的你身邊，落坐在我還沒有孩子的歲月裡常常倚坐的那雙大腿上，雙手鑽進你襯衫底下取暖。你吻上我的唇。我看著男孩母親隔火看著我們。只要我願意，一切確實可以如此容易。

五十六

在那不難給出的答案之前，有段漫長的醞釀過程。從不關浴室門的你開始把門關上。回家只帶一杯咖啡而非兩杯。在餐館點菜時不問我要點什麼。聽到我開始醒來時趕緊翻到床的一邊面向窗外。稍稍拉開走在我前方時的距離。

這些行為上的小改變刻意而難以忽視。它們蠶噬掉一切曾經。轉變的過程很緩慢，幾乎察覺不出有任何意義；在某些樂音正揚或陽光映進臥房的角度正剛好的當兒，這些小轉變幾乎可以什麼也不是。

你三十九歲生日的早晨。我進廚房給自己做了早餐，雖然你前晚提過（事實上你提了兩次）想去街底那家小館吃早餐蛋。

但我想要你起床的時候聞到我正在烤貝果。你痛恨貝果。你會明白我沒打算和你去那家小館吃早餐。我想要傷害你。我想要你暗想，也許她已經不愛我了。我想要你失望地翻身繼續睡，感覺自己不是那種妻子會想在這個別具意義的早晨努力取悅的丈夫。

你比我晚二十分鐘下樓，穿著一件我痛恨的毛衣，起滿毛球而破爛不堪。我正在沖洗餐刀上的奶油起司。九點了，你說要去買報紙。我把我們訂閱的《紐約時報》扔在你面前的流理臺上。你說想讀《華爾街日報》。我以為你早就不喜歡《華爾街日報》了。你一個半小時後才回到家，沒有多作解釋。午餐時間過了很久我才熱了之前吃剩的義大利麵，你在那之前什麼也沒吃。你一定自己去吃過蛋了。我們沒有談起這件事，而我一點也不後悔對你這麼做。

你生日三天前，你問我上週末買來插在廚房桌上的花叫什麼名字，**白色的蓬鬆花朵**。那是天竺牡丹。我問你為什麼想知道，你說你只是好奇，說你挺喜歡的，還說我應該更常買回家。這事有點怪。你從來不留意花草的。你從來沒有問過我花的名字。

生日過後那星期的某天，你坐在你的閱讀椅上，手裡拿著被我留在桌上的手機。你在看我上個月為你拍的一張照片。照片中沒有我也沒有薇奧列忒。只有你，帥氣、微笑、兩天未刮的鬍渣、一隻手肘撐在餐館的桌上。那晚上床後，我心裡想著，也許他在打量自己看在別的女人眼裡的模樣；也許他在忖度自己在可能會對自己有興趣的女人眼中留下什麼樣的第一印象。也許他想在那張照片裡找到不同版本的自己。

但端詳自己的照片不是外遇的證據，問花的名字也不是外遇的證據。這些都只是小事，那種會在人心中化膿潰爛、讓她感覺自己不再被愛的小事。這種小事足以把我們從即便曾面對死亡威脅卻也還能化險歸來的境地，推進萬劫不復、再無法回頭的絕境。這些小事漸漸變得太沉重也太傷人，在這個對我們來說原本該是全世界最安全的地方、一點一滴地虐傷我們。

這就是我在你三十九歲那天沒跟你一起去吃早餐的原因。

五十七

你為自己倒了咖啡，把辭職信推到我面前。我剛剛送薇奧列弍上學回到家，沒料到你會在家。

「為什麼要辭職？」

你往後靠坐，交叉雙腿。我才注意到你好幾天沒刮鬍子了，約莫三、四天吧。我已經對你的很多事情視而不見了。

「我想要找個更有前瞻性的地方。或許更專注在永續力的層面。這裡早已失去創新的空間，衛斯理事事都要插手。」

我看著你的手指緩緩地輕叩木頭桌面。我的視線移到那封信和你的簽名上。信寫得很簡短，只有寥寥幾句。日期是昨天。

「我們應該要先談過，你不覺得嗎？」我不清楚我們的經濟狀況或是我們有多少存款。我努力回想最後一次看到帳戶餘額的數字。家裡的各種帳單都由你負責，我對我們的收支所知不多。我心裡油然升起愚蠢感。「我是說，我們經濟上過得去嗎？這是個重大的決定。」

「我們狀況良好。」你不想要我知道得太清楚。你又輕叩起桌面。「我不想要妳煩心這個。」

「所以接下來呢？」

「有幾間事務所，我都想去試試。」

你躺回椅背上伸展身體，腳跟彈地。你看起來有些煩躁，或許也有些鬆了口氣，我當時分辨不太出來。

「我去跑個步。」

「今天外頭蠻涼的。」

「別管我。做妳平常我不在家的時候做的事。」你揉揉我的頭髮，一如你常對薇奧列忒做的那樣，然後走出廚房尋找你的跑步鞋。你不跑步已經很久了。

事情不太對勁。我有些頭暈。我突然想要打電話給你母親。她接電話的時候正在外頭遛狗。

我跟她說我想提早討論耶誕節的事，計畫一下他們來訪的細節。他們打算訂二十二日的班機飛來，隔天和你妹妹一起帶薇奧列忒去溜冰。我問她可以買什麼禮物送你父親。我們討論耶誕晚餐菜單與分工。

「我知道過節對妳尤其不容易，」她說道。「山姆不在了。」

「我很想他。」

「我也是。」

「海倫，」我說，卻猶豫起來該不該在此說再見就好。「弗克斯今早跟我說他辭了事務所的工作。妳知道他有在考慮辭職的事嗎？」

「我不知道，他沒跟我提過。」她停頓。「如果財務上需要幫忙，妳知道我們隨時願意支援。我不想要妳擔心這個。」

「這不是重點。重點是——我覺得我不再瞭解他了。他變得好……疏遠。」我屏息，悄悄對自己翻了白眼。我不喜歡找她談你的事，但我強烈地想要找到某種安心與保證。「我覺得他可能有別的事沒跟我說。」

「噢，我不這麼覺得，親愛的。」她的口氣暗示她明白我的言外之意。「你們是一對還在哀慟中的父母，布萊絲。這段時間對你倆來說都不容易。也許弗克斯內心的掙扎比妳以為的辛苦。」她停下來給我時間贊同，但我沒說話。「再多給他一點時間。」

「不要跟他提起我打電話給妳的事，好嗎？」我揉揉我的太陽穴，想要減輕緊繃程度。

「當然。」她把話題帶回到他們該哪天飛回家，而我透過客廳窗子尋找你的身影。

你的手提電腦開著，我知道你的密碼。你的桌面散落著各種工具，製作到一半的模型停在我們昨晚打斷你的地方。我看不到任何收尾的跡象，一切如常。我點開你的信箱，瀏覽郵件標題。我一下就找到你老闆寄給你的信：**我很高興我們能在這起事件上達到解決的共識。很遺憾事情走到這一步。也許我們當初應該以更謹慎的態度處理事情。辛西雅會和你聯絡協助請領資遣費事宜。**

發生了某起事件。資遣費——你是被開除的。

我點開你的助理當天早上寄給你的電郵。你還沒讀過。她寫得很簡單：**我剛跟人資部談過，打電話給我。**

我走進薇奧列忒房間，拾起她送給她的獨角獸鉛筆橡皮擦。我嗅聞橡皮擦的氣味，彷彿能藉此找到某種確證。我把鉛筆放回去，躺在她還沒整理過的床上。

我雙手揪住劇烈起伏的胸口。加班的夜晚。拒絕我的碰觸。你說謊時不由自主輕叩桌面的動作。我閉上眼睛，嗅聞薇奧列忒留在枕頭上的濃烈氣息。

「我恨你們，」我低語道。你們兩個。我恨你們兩個。我只想要山姆。如果他還在，一切不會有太大問題。我哭泣，直到聽到你打開前門的聲音。你把鞋子脫在磁磚地上。你的腳踩上樓梯。我靜躺著，你經過薇奧列忒的房門口走進浴室沖澡。我把那封電郵留在你電腦上。你二十分鐘後發現，卻對我隻字不提。

五十八

第二天早上我送薇奧列忒上學回返後，在外頭等了一會才走進家門。我想要等到你離開。但屋裡還瀰漫著你的氣味。你還在家，我沒有叫你。我甩上浴室門，走進淋浴間狠狠擦洗全身上下每一吋皮膚。我站在蓮蓬頭底下，直到熱水轉冷。

我聽到你在門另一邊的聲響，我在我們共同生活的每個早晨都會聽到的聲響。你的抽屜開了又關。你拿出乾淨的內衣褲。然後是衣櫥。你的西裝襯衫——你當天顯然要見某個重要人物。衣架上的鐵夾發出喀噠聲。你的西裝外套從厚重的木頭衣架上滑下來，讓你的手臂套了進去。

浴室的門開了。我全身赤裸。你注視我裸體的目光和以往不同：那曾經容納你兩孩子的鬆垮皮膚、那對被那兩個孩子榨乾的乳房、那久未整理的雜亂陰毛——全都在那裡，暴露在一個已經擁有更美好更年輕更緊緻的什麼可以欣賞的男人眼前，一覽無遺。我想像她的皮膚光滑，沒有這些紫色血管與稀疏毛髮。我不知道這副軀體如今對你有什麼意義。是某種工具嗎？承載你來到這裡，一個擁有美麗女兒與你幾乎不認識的兒子的父親？

你看見我在看你，轉開了頭。你明白自己的目光在我的裸體上逗留太久。你知道我知道了。

你伸手取下掛鉤上的浴巾遞給我。

我們那早對彼此不發一語。你到晚上十點之前都不知去向。然後你回到家，狠狠地肏我肏到我破皮流血。是我求你這麼做的。我想像你那晚也肏過她。但我想要感覺被利用，以一種純粹機械的方式讓我感覺我的軀體與我這個人分離了開來。我想要感覺像艘汪洋中的駁船。鏽痕斑斑、忠實可靠、凹痕處處。

有這樣的日子，就像那一天，標示出生活中那永久改變了我們的關鍵時刻。我是遭到背叛的女人嗎？你是那個背叛我的男人嗎？我們已經是一個死去男孩的父母。一個我無法愛的女兒的父母。我們將成為一對仳離的夫妻。離去的丈夫。從未走出傷痛的妻子。

一九七二

眾人終於再也無法忽視艾塔狀況正在快速惡化。她不再做菜也停止進食。她幾乎停止一切活動。屋裡飄散著一股揮之不去的氣味，像被忘在洗衣機裡的濕抹布。她有時會在二樓徘徊，但大部分的日子裡她甚至不曾離開臥房。

那段日子對瑟西莉雅也極為艱難。她急速消瘦，那年早先還合身的衣服後來都像布袋掛在她身上。她失去胃口，也不再以其他十五歲少女所知的方式打理自己。她不想跟亨利要錢買衛生棉，於是改在生理期間用襪子塞在內褲裡。屋裡從來沒有洗衣粉，她只能把髒衣服堆疊在床底下。亨利終於發現時，瑟西莉雅羞愧萬分。他拜託他姊姊搬來暫住。就瑟西莉雅所知，亨利的姊姊一直住在國外，他過去很少提起她；瑟西莉雅由此判斷事情確實很糟。三人在屋裡盡可能保持距離——亨利的姊姊明白狀況的微妙。她打掃屋子，並在冰箱裡裝滿食物。

一天，瑟西莉雅偶然聽到亨利的姊姊建議他把瑟西莉雅送去寄宿學校。她認為再讓她繼續待在她母親身邊不是件安全的事。亨利一拳捶得桌上餐具飛跳起來。

「她是她的女兒，該死了。艾塔必須和瑟西莉雅在一起。」

「亨利。她無意這麼做。她根本不愛那個女孩。」

瑟西莉雅從角落探出頭去看他。他以手掩面了好一會。然後他搖搖頭。「妳錯了。這事與愛毫無關係。」

幾天後，艾塔用亨利的皮帶在前院的橡樹上吊身亡。那是個星期一早晨，太陽才剛要出來。他們住在瑟西莉雅學校的同一條街上。艾塔那年三十二歲。

五十九

我不知道花上整天時間想像你肏別的女人是不是意味著我可以開始不要再那麼思念山姆。一個人所能承受的悲傷總是有限度的。於是我想，如果我專注在你對我做的事情上，也許失去山姆的傷痛可以開始感覺不要那麼令人窒息、那麼耗人心力。

但這想像中的消長並沒有發生。我無法在你的背叛中找到足夠的心碎。山姆的事讓我變遲鈍了。那一擊如此深重，讓所有其他顯得無足輕重。你想要別的女人？沒事。你不愛我了？我了解。

山姆死後，在醫院和我們說過話的那位醫生在你離開前曾這麼說過：「你們要一起堅強。很多婚姻挺不過失去孩子這一關。你們必須知道這點，努力維繫婚姻。」

「她跟我們說這些話是什麼意思？」你這麼跟我批評過她的話。「我們得擔心的事情還不夠嗎？」

我撐了八天，沒有找你對質我的懷疑。我們靜靜地把日子過下去，沒讓薇奧列忒察覺到任何緊張氣氛。你對我格外親切，格外體貼。我根本不想要這些。我沒問你白天去了哪裡是因為我不在乎。去見她，還是去找工作？我不知道。我要你打電話取消你父母耶誕節來訪的計畫，雖然這對我倆來說都是懲罰。

「妳可以自己打給我媽，」你說。「妳似乎挺喜歡跟她報告我的最新狀況的。」

她跟你說過我打電話的事了。

我不知道你是用什麼理由跟她取消的。我之後就不接她的電話，雖然每通來自她的未接來電都會讓我心痛。

第八天晚上，我發現你在書房裡整理工作桌。所有進行中的模型企畫全都收了起來，移交給接手你的客戶的同事。檯燈的長臂也收攏了，彷彿下一步就是裹上氣泡布等著搬家。或許吧。我尋找收放刀頭的鐵盒卻遍尋不著。

「你的東西都收到哪裡去了？你的模型工具呢？」我屏息，對自己必須知道刀片的下落感到羞愧。焦慮感在我胸口底下搔弄著、威脅著我。你指向衣櫥，然後繼續整理一盒散落的紙頁。我推開衣櫥門，快速掃視凌亂的架子。舊桌遊、空相框、我大學時代的字典。鐵罐就在那裡，在第二層架子上，在你的建築書和一盒尺筆之間。我關上門，轉身面向你。你的肩膀漸漸出現和你父親一樣的隆起。我不知道她會不會跟我一樣喜歡用手滑過你頸背的粗硬毛髮，會不會跟我一樣偶爾也會為你剃除那些雜毛。

「她是什麼樣的人？」

你抬頭。少了你的檯燈在牆上製造出來的舞動光影，書房感覺很不一樣。你聞風不動。我再次屏息，不知道你會說出什麼話。但你沒有開口。我再次問你：「她是什麼樣的人，弗克斯？」然後我就走了。我回房上床。我不知道到早上你還在不在，但幾小時、又或許只是一小時後，我感覺你那邊的床墊傳來動靜。

「我不會再見她了。」

你剛剛在哭，我從你濃濁的鼻音聽得出來。我的心很空。沒有寬慰、沒有憤怒，只是好累。

第二天早上，我在薇奧列忒起床前端了咖啡到床上給你。你喝咖啡的時候我在你身旁坐下。

「山姆的死讓我們承受了足夠的失落，」我說。你搓揉你的額頭。「你不曾正視你的哀慟。你從不曾真正地面對。」

我等待你的回答。

「山姆不是我們的婚姻出現問題的原因。他和這毫無關係。」

我們臥房門開了，薇奧列忒走進來、瞪著我們看。你緩緩望向我，原本還帶著睡意的眼睛此時和她的一樣清醒。然後你轉頭看著我們的女兒。

「早安，親愛的，」你說。

「早餐呢？」她問道。你跟在她身後走出房間。

六十

把書扔進床底真是愚蠢之舉。我聽到你下午突然回家的開門聲，匆忙中這麼做了。你其實從沒留意過我四處散放的書本。老實說，我並沒有想到她；我在她的世界裡幾乎不存在，她在我的世界裡除了固定的日程活動外也無多存在感。

我不知道我為什麼買這本書。我很清楚書無法提供任何幫助，但這感覺是一件我可以做來讓事情變真實的事。讓我在極度好奇之外還能感覺到點什麼的事。自從我找你對質外遇的事後已經過了兩個月，而我滿腦子想的只是：這女人是誰？她是什麼樣的人？你拒絕透露任何關於她的事——我只知道她曾是你的助理，你帶我們的女兒和她一起吃過午餐。

我每回要求你多說一點時你總是搖頭，平靜地吐出兩個字：不要。

我在她的背包裡找到書。《走過外遇：如何克服婚姻中的背叛》。薇奧列忒坐在廚房流理臺前吃她的放學點心優格，抬頭望向正盯著手中的書看的我。我不知道要跟她說什麼——她才十歲。她知道「外遇」是什麼意思嗎？我想起學校那些大孩子，她多的是人可以問。

「妳怎麼會有這本書？」我不安地問道。她刻意挑眉，然後低頭繼續攪動碗裡的優格。

「回答我的問題。」

「那妳又怎麼會有這本書？」

我舉步走開。

一小時後，我敲敲薇奧列忒的房門，問她我們可不可以談談。她緩緩地轉過她的書桌椅，面無表情地面向我。我拿出書，說我想要澄清一些事情——這書是我為了研究寫作題材而買的，不過我們可以談談這個大人用詞「外遇」的意思——或者談談她以為這個詞是什麼意思。我說我買這本書不是因為她的父母間出現了問題。我說我們依然彼此相愛。

「很好，」她說。然後她轉身低頭繼續寫功課。

我知道她知道那女人是誰。說不定你帶薇奧列忒去辦公室那天不是她們唯一一次見面——我不知道你倆還藏著什麼祕密。我只是覺得奇怪，她不曾使用女人送她的獨角獸鉛筆和橡皮擦。她把它們放在房間書架上，獎盃似地展示著，像某種對她而言意義遠比我所知還深遠的珍貴藏品。

我把書丟進屋外的垃圾箱裡，盤算著還能跟她說什麼謊來補強我剛剛說的謊。我想要回到屋裡以一個母親該有的威嚴說服她，告訴她她錯了。我不想要她把我想成遭到丈夫背叛的女人。此外，儘管我對你和薇奧列忒分享的親暱關係累積了十年的怨懟，我還是不想要她相信你是做得出那種事的男人。

我的家庭岌岌可危、我只是勉力維繫，我知道。但我不得不。我除此一無所有。

你那晚回家後，我刻意在她往我這邊看時親熱地碰碰你、喊你親愛的而非你的名字。你收看曲棍球賽時我也坐到沙發上去窩在你身邊。我把手放在你大腿上、下巴抵著你的肩膀，然後我喊她過來問她披薩午餐的錢繳了沒。她睜大眼睛看我，然後望向我放在她父親大腿上的手；她若有似無地搖搖頭，只是很快的一個抽動、告訴我她知道我在做什麼。她擁有無與倫比的能力，能讓我痛恨我自己。

一個月後——也是我發現外遇的三個月後——我在一個星期天的清晨醒來，了然於胸。我們玩完了。我們必須停止繼續假裝我們可以安然航行過這一切——彷彿那只是河岸上一處令人不快的風景。那天下午保姆帶薇奧列忒出去玩，我們去了街底的一家酒吧。

「你和她還在一起，是吧？」

你望向窗外，然後不耐煩地招手要侍者過來。我再次問你，拜託你，跟我說那個女人的事。告訴我你為什麼愛她。你沒有迴避我的目光。你看來像是正在心裡說服自己要讓我知道多少、願意棄守哪些祕密。我心裡升起一股急迫感，我不想再坐在你對面了——我們必須盡快把事情解決了。我要你走。

我把外套摟在胸前，快步走回家。我把行李箱從地下室裡拖出來、把你所有衣物整齊疊好放進去然後拉上拉鍊。我打電話給搬家公司，訂好明天派來四只大型搬家箱和一輛小卡車。我在你的書桌抽屜裡找來一本便利貼，然後在家裡四處走動，我們共同擁有的物品中我想要你帶走的，全都被我貼上貼紙：廚房裡的活動料理桌、唱片唱盤、你父母送的一組餐盤、門廊那條我屢勸你脫鞋不聽而被你踩得全是鞋印的長形地毯、客廳那張幾年來深印著你的屁股印的沙發、綠色玻璃花瓶、沾染紅肉血色的砧板、餐廳那幾張你搭配餐桌訂做卻又硬又難坐的椅子、書房的所有家具、屋裡大部分的藝品。我接著去書房櫥櫃裡找出那罐刀片頭。我挑出最長的一個用絲巾包起來，收在我最底層的抽屜裡。

「我不管你今晚要在哪裡過夜。我只要你明天過來收走其他所有東西。」我甚至跟你吻別——出於習慣，一個已婚女人的反射動作。我走上樓梯時想起了山姆的東西。我們保留的所有屬於他的物品全都收在地下室的箱子裡。也許你會想要點他的什麼——一條毯子、一個玩具。也許我該問你。也許我該挑一樣給你，某樣在三年過去後仍依稀散發著他的氣味的布製品。我打開浴缸水龍頭，脫掉身上所有衣物。嘩嘩水流掩去了你的腳步聲，你突然出現在浴室門口時我嚇了一跳。我遮住胸部轉過身去。此刻的你感覺像個侵入者。這麼多年的共同歲月，你卻突然成了陌生人。

「薇奧列忒怎麼辦？」我踩進浴缸，你的視線依然沒有放過我。水太熱，但我強迫自己坐下去。

「她怎麼辦？這是你幹的好事。你自己決定要怎麼告訴她。」

你抬頭移開目光，一如每回我說了什麼話，讓你希望我不要那麼固執、含糊、不隨和、優柔寡斷的時候。或是輕率。或是尖刻。這些都是你不喜歡我的事。你揉揉額頭。我似乎讓你很疲倦。我似乎讓你希望我從來不曾存在過。

「我盡力不讓她知道這件事，因為我不想要她覺得你不好。我不想看到你倆的關係為此生變，」我說道。「但我想她還是知道了。」

我等待你的反應。我想要你感激我、想要你承認事情都是你造成的。但你只是說：

「我要共同監護權。時間均分。」

「可以。」

你看著我滑入浴缸，看著我的身體在水面下被放大了。你凝望著我，這個你進出二十年的女人。我不知道你會不會想一起躺進浴缸。會不會儘管我有這麼多缺點、在這麼多方面讓你失望了，你還是想要最後再一次感覺我的皮膚，和我溫存。我抬眼看你，對你沒有任何感覺——沒有愛、沒有恨、沒有任何介於愛恨之間的東西。這就是了嗎？這就是結束的感覺了嗎？有人撐過一切，為彼此奮鬥、為孩子努力。為他們認定無法失去的生活而戰。但我沒有材料來燃起這把火。沒有東西可以給。

然後我突然聽懂了你的話——共同監護權。我將和她獨處。你問那句「薇奧列忒怎麼辦？」其實是這個意思。你的意思是，「妳和薇奧列忒怎麼辦？妳必須在沒有我的情況下和她共度的日子怎麼辦？在那些妳們彼此不說話的日子裡、在那些她需要人陪而妳卻派不上用場的夜晚裡，妳和薇奧列忒要怎麼辦？在那些她看穿妳只是假裝在乎她的時刻裡呢？誰來相信她？誰來為她辯護？誰來安慰她？誰能在早晨陪她迎接一日之始？在那些她身邊只有妳、需要有人來跟她保證一切都會好好的日子裡，誰來愛她？誰來相信她？」

你穿著牛仔褲與灰色毛衣、手插口袋站著看我。赤裸。失格。我迎上你尖銳穿透的目光。

「我們不會有事的，」我說。「我是她母親。」

六十一

我們的大腦時時維持警戒。搜尋危險——威脅隨時可能到來。大腦接收資訊，兩件事緊接發生：它進入我們的意識層面，我們在此觀察並記住這項資訊。它同時也進入我們的潛意識，經由大腦裡那個名叫杏仁核的區塊篩濾危險的徵兆。我們可以在意識到自己看到、聽到，或聞到什麼之前就感受到恐懼——這僅需一萬兩千分之一秒的時間。我們的反應同樣快速，遠在我們意識到事情出了差錯之前。比如說看到車子朝我們疾駛而來。比如說看到有人就要被撞上了。

反射。生產時他們會告訴你世界上最自然的一種反射——催產反射。母性激素。它會促進母體分泌乳汁、填滿乳腺管、流進寶寶的嘴裡。母親感覺需要哺乳，或只是聞到、碰觸到、看到她的寶寶時，催產激素就會開始發揮作用。它同時也會影響母親的行為，幫助她降低壓力並維持平靜。催產激素還會讓母親喜歡她的寶寶、讓她看著寶寶就會想要好好維繫他的生存。

網路上流傳著一段點閱率極高的影片，主角是一個名女人，一個深受八卦小報喜愛的年輕英國貴族和她活潑調皮的幼子。她連著三次在千鈞一髮之際出手救回兒子——在濕滑的飛機階梯上、在遊艇船頭滑溜的甲板上、在馬球小馬的前進路徑上。就像蝰蛇張口攫住老鼠般果斷火速。母親的直覺。即便是影片裡那位母親——有保姆簇擁、胸口別別針、腳穿高跟鞋、捲髮上還用髮針別著一頂花俏的紗帽。

你搬出去不久後的某個早晨，薇奧列忒拿起我的手機在YouTube上找到一段影片。她和我並肩坐在沙發上，客廳籠罩在溫暖的週日午後陽光裡。我在看書。她舉起手機。

「妳看過這個嗎？」

我看了。她目不轉睛地盯著我看了足足六十秒。

「那個媽媽每次都能救回她的孩子，」她說。

「她是的。」我放下書，伸手拿茶杯。我舉杯的手顫抖不止。我想甩她一巴掌。我想一拳把她的頭推去撞沙發撞到口角流血。

妳這個他媽的愚蠢小婊子。妳這個殺人凶手。

但我只是站起來離開客廳，去廚房扭開水槽龍頭，讓水聲掩去我低聲的啜泣。我的心好痛。我絕望地思念著他。他的四歲生日很快要到了。

六十二

我凝望你在我們臥房裡留下的空位。你搬出去時把山姆那幅畫也帶走了。我坐在地板上幻想畫就在那裡，那位母親、那隻捧著她臉頰的小手、她扶住孩子大腿的力道。他們皮膚散發的溫暖。

「我餓了。」薇奧列忒站在門口觀察我，身上還是穿去上學的同一套衣服。「妳在看什麼？」

「我們叫外送。」

「我不想吃外送。」

「好。那我做義大利麵。」

答案奏效——她走開了。我不想她在這裡。我的視線離不開牆上的釘子洞。

我做菜的時候她就坐在餐桌前寫功課。她跟你有一樣的習慣，趴著寫字，鼻子幾乎要碰到紙張。我看到她拱著背，不假思索地笑了。然後我才想起來你已經離開了。你已經不是我該想起就微笑的對象。

「晚餐後要不要吃冰淇淋一起看電視？」
「我們已經沒有電視機了。」
「差點忘了。玩桌遊如何？」
爛提議。
「現在幾點了？我們說不定趕得上晚場電影。」
「明天還要上學。」她拿著橡皮擦奮力擦拭，把屑屑掃到地板上。
「我可以開個例。」
我攪肉醬時一邊穿上圍裙。你搬家的時候我去逛街買了新衣服。其中這件乳白色裹身式喀什米爾毛衣我在百貨公司試穿後就直接結帳穿回家。我從來沒有做過這種事，一口氣買一堆昂貴的新衣；不過我那天想要做點衝動的事，而這是我唯一想得到最好辦到的。當時信用卡費還是你在繳。
「她也有這件毛衣。」
她。我暫停攪動的動作，彷彿如果我靜止不動就不會驚動小獸。我從眼角看到薇奧列忒繼續埋頭寫功課。我想要她再多說一點。
「那很好啊，」我說。
她抬頭看我——是嗎？
「這表示她品味很好。」我眨眨眼，把她的義大利麵放在桌上。她一邊等放涼一邊把最後的功課寫完。我回到爐邊，暗想她還會願意跟我說什麼。

「喏，妳明天就要去爸爸那了。妳一定很期待看到他的新家吧？」

「是他們的新家。」

我看不出來她是不是在騙我——她似乎知道得比我多。我假設你是自己住，卻也沒多問。我懷疑你是不是在跟我討論分手之前就先跟薇奧列忒談過了。我脫掉圍裙，心想這毛衣的退貨期限不知過了沒。不過袖子剛剛被噴到幾滴醬汁，或許算了。

「好吧，他們的新家。妳很期待吧？」

「有件她的事情妳應該要知道。」她突然說道。我捧著自己這盤義大利麵正要坐下。我突然一口氣喘不過來——也許我害怕聽到她接下來要說的話。

「什麼事情？」

她搖搖頭，然後又低下頭去。我看得出來她根本沒打算告訴我。或者根本沒有什麼事情。

「我們不必聊她。那是妳爸爸的事，不是我的。」我微笑。我用叉子捲起麵條送進嘴裡。

六十三

我母親離開我之後算是脫胎換骨，雖然「脫胎換骨」一詞用得有些言過其實。我十二歲的時候發現這件事，地點在城外的一家餐館裡。她站在兩張吧檯椅間，用我從沒聽她用過的聲音跟裡頭忙著打奶昔的員工要一根乾淨的叉子。我到哪都認得出她的背影——她圓潤的肩膀、她臀部的曲線。她拿到叉子後說了聲謝謝，聽起來和她之前說的謝謝完全不同。她的咬字帶著一絲優越感，邊說邊踩著黑色高跟鞋轉身回座。她把叉子遞給和她同來的男人，而男人說道，「謝啦，安妮親愛的。」安是她的中間名。

稍後，我從旁聽來這個高大的男人名叫理查。我一直都知道有另一個男人，她離開前打電話來的那個、我懷疑和馬桶裡那團血肉有關的那個。但我沒想過他是這副模樣——他長得英俊卻油滑，頭髮溼滑皮膚油亮，腕上戴了只大金錶。他的臉看似曬足陽光，雖然當時是三月。他和我父親是完全不一樣的人，也和我想像她為此離開我的那種生活完全不同。

我和艾靈頓太太坐在包廂座裡——她帶我和湯瑪斯來這裡慶祝我們贏得地區性科展比賽的首獎。她站在體育館的另一頭，看著我們面對評審發表我們的研究成果；我們站在硬紙板海報前，海報上有湯瑪斯漂亮的草寫體記錄我們的實驗過程、還有我為每個步驟畫的精緻插圖。紫外線什麼的——我已經記不得了。但我記得她遠遠地頻頻點頭，彷彿能在一百個學生發出的嗡嗡話聲中聽到我們講的每句話。我望著她，說話時沒忘挺起胸膛打直腰桿、就像她一樣。我想要她以我為榮。

我偷偷觀察我母親和理查，看他們用餐，看他們把餐巾摺得工整，像一對得體的好人。我感覺自己這麼看了好幾小時。她穿著一件半透明的黑色上衣，衣領裝飾大片玫瑰刺繡；我從沒看過她穿得這麼性感。他連帳單都沒看就在桌上留下現金。艾靈頓太太也望了她幾眼，但艾靈頓太太沒有對我說任何話，我也沒對她開口。我們就這麼喝著我們的奶昔，聽湯瑪斯滔滔不絕談論要怎麼花用那五十元的科展獎金。我焦慮到發愣，不知道我母親會不會一回頭突然看到我。有一小部分的我希望她會。她沒有，而當他們終於離開時我只感到鬆了一口氣——我不知道她如果真的看到我會不會過來打招呼。我們離開餐廳，威靈頓太太開車載我們回家。

「妳還好嗎，布萊絲？」艾靈頓太太讓湯瑪斯自己跑進門，自己陪我走到車道盡頭。我點點頭，微笑謝謝她送我一程。我不想讓艾靈頓太太發現看到我母親一事讓我有多心痛。開心、漂亮、沒了我過得更好。

那晚上上床前，我跪在床邊雙手合十，祈禱我母親快死。我寧願她死也不願看到那個嶄新的她，那個不再是我母親的嶄新女人。

六十四

從來沒有人刻意閃避我，至少就我所知沒有。但在你離開後的第一年裡，我感覺要見到你只怕比要見到女王本人還難。你只願意利用薇奧列忒上下學接送的機會和我換手小孩，傳來的簡訊也極其簡短。我想見見讓你離開我的那個女人，那個和我女兒住在同一間公寓裡的女人。我想知道我們有什麼不同。我想要能夠想像你倆在一起。我們在你要求下沒有走上找律師上法庭的法律途徑，所以協商過程中我算佔了上風，但有一件事你拒絕讓步——你要等到你準備好了才要讓我見到對方，這事完全沒有討論空間。

「我想見見妳爸的新女友，」我對薇奧列忒說道。她剛剛告訴我那天早上是女人送她來學校的。那是個星期五，那個週末她要和我過。

「說不定她不想見妳。」

「說不定。」

薇奧列忒看著插在鎖孔裡的車鑰匙，繫上安全帶，等不及要我趕緊發動車子帶她抵達目的地，盡量縮短她坐在我後方座位上的時間。我從後視鏡看她，發現她表情變了——多了一絲同情。我不知道這份同情是真是假。

「爸不讓妳見她是有原因的。」她放低聲音，像在告訴我一個祕密，給我線索以解開一個我還不知道自己正在解的謎。她望向窗外那排回家必經的熟悉的褐砂石排屋。那晚她幾乎沒有再跟我說過話。

所以我想你並沒有留給我太多選擇。所以我做了我後來做的事。

薇奧列忒告訴我下星期你們要一起去看芭蕾舞劇，就你和她；那女人星期三晚上同時段已經另外有事，所以不會一起去。我上網查了那場表演。表演七點開始，而你通常會先帶薇奧列忒去吃披薩。

你的低層建築公寓位在城裡一個我很熟悉的雅緻社區。我搭計程車過去，刻意提早幾個街口下車。當時是六點半，交通還相當壅塞。司機從後視鏡盯著我看，像是感受到了我的緊張、看我不停拉扯外套下擺的幾條線頭。我給了相當豐厚的小費，因為我不想等他找零；我拉起連帽外套的帽子，讓那圈毛皮遮蔽我的臉。走路有助我紓解緊張情緒。我冷靜下來，一路看著自己的鞋子，一步接著一步，終於來到你的公寓建築前。我倚著紅磚牆，脫下手套從口袋裡掏出手機。我其實沒有計畫，但看起來忙一點總是好，像街上其他人一樣讓螢幕上的簡訊分了神。

我用眼角監看通往入口大廳的門——天色暗下來後要看進裡頭就更容易了。幾個女人來了又去，但我知道她們都不是她——太老、太胖、養太多隻狗。不久一個穿著羽絨夾克的女人走出大門，手裡拿著手機、對門房微笑。她長長的捲髮撥到一邊，手上的鑽戒讓大廳吊燈映照得閃閃發亮。她舉起手臂、斜背包背帶繞過頭背好，然後戴上豹紋手套——入夜後氣溫陡降，風也大了起來。我相當確定就是她。我決定賭賭看，開始跟蹤她。

跟上她並不難。她的麂皮踝靴鞋跟粗矮，但她走路速度不快，感覺不是在都市裡長大的。她過每個馬路時都會按燈號鈕，雖然眾所皆知按了也沒用。我原以為我做這種事一定會一路提心吊膽擔心被發現，但跟蹤她卻感覺很容易。她等紅燈時很快地打了通電話，而我就站在她後方幾呎的路燈下；她抬頭發現燈號早已變了，趕緊快步通過。又走了半個路口，她轉進一個我來這區時曾多次造訪的地方——一家小書店，裡面有著佔滿牆面的美麗木雕書架，一盞高掛在二十呎高天花板上的巨大霧玻璃球形吊燈隨著每回有人進出微微擺盪。

我再次查看櫥窗上的牌子——我依稀記得他們星期三是六點關門。但裡頭燈火通明。我舉起雙手遮住路燈亮光，想看清裡頭的動靜。書店裡大約擠進了四、五十個人，全都是女人。外套隨意堆疊在幾張舊的教堂長凳上，一旁桌上擺放著幾瓶歡迎自行取用的葡萄酒與杯子，另外還有一座隔壁烘培店贊助的杯子蛋糕塔。門口看來沒有人在收票或記名。我以為會看到簽書會的海報和成疊待簽的新書。在場的人看起來年紀都比我小，很多人都穿著和她一樣的踝靴——你住的這個高房租社區附近的選品店賣的東西幾乎都一樣。站在櫥窗旁的兩個女人胸前都用條紋包巾裹著她們的新生寶寶。她倆邊聊身體邊往兩邊來回搖晃，節奏合一。我記得這種感覺。只要身體感受到寶寶的重量，臀部便會不由自主地啟動這節拍器似的動作，不會停歇。

她站在後方，用手順順她的深色長髮，有人搭上她的肩膀打招呼。她們擁抱，上了腮紅的臉頰輕壓在她高大的金髮友人臉上。她有張開朗的臉，大大的深色眼睛塗了睫毛膏，嘴巴固定在微笑的形狀。她似乎想起包包裡有要給金髮女人的東西——她很快探手，拉出一個灰色的編織品，她朋友把東西壓在胸口道了謝。又一個女人加入，遞給她們一人一杯葡萄酒。

裡頭的人愈來愈多，不久我從外面便看不到她了。我的心一沉。還不夠。我理應不敢走進去——她很可能看過我的照片，知道我長什麼樣——但我還是走了進去，脫下外套疊在那座小山上。我認出正在整理收銀機的熟識店員，悄悄靠過去問她。

「妳知道派對的主人在哪裡嗎？」

「這說不上是派對。這是一個媽媽團體，開放自由參加的。她們有時會邀請講者或是品牌贊助贈送試用品。我們只是把地方租給她們，順便看能不能多賣幾本書。」

「所以在場每個人都是媽媽？」

「是沒有規定啦，不過其他人大概不會想來。」她聳肩告退，捧著一盒現金朝店後走去。

我舉目四望，突然間，各式各樣的媽媽問題潮湧進我的耳中——睡眠訓練、固體食物、睡衣是要選拉鍊還是扣子款、幼兒園候補名單。我在一只小塑膠杯裡倒了酒，迂迴地往現場另一頭前進、尋找一個看得到她的位置。我一路看手機，希望不要有人找我講話，每隔幾秒才快速抬頭看看她。她似乎講起了故事，用沒拿酒杯的手做出蝴蝶振翅般的動作。另外兩個女人點頭大笑。其中一個女人身子往前靠，邊說邊翻白眼，三人再次笑開。我發現她很常碰觸人。手臂、手、腰。她天性溫暖熱情，我感覺得出來。我想起你被單下的赤腳總愛在夜裡搜尋我的腳，總愛用它們磨蹭我的小腿感受我的溫暖。我想起我如何閃到床的另一邊，愈來愈遠，愈來愈遠，愈來愈遠。

「第一次來？」

一個綁著超高馬尾、塗著大紅口紅的女人出現在我面前，手裡拿著一張印有「媽媽之夜」字樣和一堆小商家店名的明信片。

「是的，沒錯。謝謝。」

「太好了！我可以幫妳介紹一些人。妳是在哪聽說我們的？」

她一手放在我腰後，引導我往中間走，沒給我機會回答問題。

「席妮，她是新來的，」她大聲說道，迫切地舉高手指指我，彷彿想在我耳朵釘上標籤才不會弄丟我。席妮睜大眼睛，一路擠過來向我自我介紹。

「請問妳是……？」

「瑟西莉雅。」這是唯一出現在我腦中的名字。我越過她們頭頂往後方她原來站的地方看卻沒看到她——原處只剩下那兩個女人。我掃視現場，開始覺得有點不舒服。

「喏，歡迎妳來，瑟西莉雅！恭喜妳今晚可以跑出來！寶寶多大了？」

「謝謝妳——不過我只是順道來看看。還有事，下回再留下來。」我舉起電話假裝有人在找我，假裝我是一個被需要的人。「得走了。」

「當然。下回見囉。」她啜飲一口酒，環視現場尋找下一個可以說話的人。

我的外套依然是小山最上面那件，但我還是假意翻找了一番，爭取時間頻頻回頭想在人群中找到她的身影。我得走了——我在這裡待得夠久了。我拉起外套帽子，走出去面對颳過街道的陣陣風雪。我坐在面對書店的路邊長凳上，把頭埋進雙膝之間。

她是個母親。你為我們的女兒找到了一個更好的母親。你一直想要的那種女人。

六十五

第二次我很緊張。

我在一家戲服店買了一頂棕色長假髮。你一定會說這是老鼠毛色，但不起眼的灰褐髮色正是我想要的。我把金髮塞進絲質髮帽時心跳得好快。我不確定這點變裝夠不夠，但我也想不到別的了。我對著鏡子想要練習笑得更開心，隨而垂下頭。**妳這傻子。妳這個大傻子。**傻到戴假髮，傻到以為自己騙得了人，傻到相信你每一次回答我說她沒有生孩子。

抵達書店時，團體的非正式頭頭席妮正站在門口發送純天然尿布霜。我摸摸假髮髮梢。

「嗨！這是妳第一次來嗎？歡迎！」她脖子伸得有點長，彷彿想看看我後面有沒有更好的來訪者。我點頭謝過她，把尿布霜收進皮包裡。一名講者正在佈置講臺，今天的題目是「天然之家，天然的妳」。書店裡排滿椅子。我倒了酒，掃視群眾。我假意瀏覽書架，其實是在監看門口。現場女人集結，恭維彼此的穿著、問候彼此的孩子。棕色髮絲遮擋住我兩邊眼角的視線、讓我直想把它們當作惱人蒼蠅用力揮開——我還不習慣當個棕髮女郎。上次跟我說過話的高馬尾女人隔著人群鎖定了我。老天，她不會是認出我了吧？我雙頰火熱，轉身想要找人說話裝忙，但我身邊所有人都已經找到人聊起來了。我加入三個正在聊「不用time out暫時隔離法原則」的女人，微笑後正要自我介紹，卻感覺有人拍拍我的肩膀。

「我是思瓏。這張卡片給妳。杯子蛋糕來自露娜烘培坊，葡萄酒則是艾汀酒莊贊助。我們下星期請了一位睡眠專家，她超棒的。妳有加入我們的臉書粉絲團嗎？」我鬆了一口氣，再次從她手中接過明信片。

我和三人組聊起來，一邊守著門，但她遲遲沒有進來。思瓏要大家找位子坐下，講者接著上場。我坐在後排近門的座位上，打算伺機開溜。假髮搞得我好癢，她不來我根本沒興趣多留。

我正打算站起來的時候，突然感覺後方大門吹來一陣冷空氣。她來了，揮手對講者致歉、躡腳走到長凳前脫下外套。我緩緩轉身面對前方，叉腿、屏息。我旁邊有一個空位。她坐下來，一波香甜的香水味襲向我。

「不好意思，」她對我低聲說道。她的包包不小心碰到了我的腿。我微笑，雙眼盯著講者，雖然我的心跳砰砰宛如雷鳴，根本聽不到那女人說的任何一個字。我垂下視線，看著她的破牛仔褲、那雙每個人都穿的踝靴、那只被她放在地上的昂貴包包。

「我有在網上追蹤她，她超棒的。」她的低語話聲嚇了我一跳。我熱切地點點頭，而她掏出一本封面有著「ＪＯＹ」燙金字樣的筆記本。她記下製作無毒清潔液噴瓶的方法，我則假裝專心聽講、伴隨偶爾的點頭。她的雙手纖長漂亮。我十指握拳，藏起自己一雙有著點點曬斑與千百條皺摺的手。我四十歲了——她看起來至少小我十歲。她沒有戴戒指。我偶爾還會戴上婚戒，那晚刻意拿了下來。

演講感覺沒完沒了。終於結束後，我轉向她。

「太棒了。她真的很棒。」

「沒錯！我有一個朋友真的照著她說的每一件事做，我發誓她從來不生病。」她把筆記本收進包包裡，指指桌子。「要不要來一杯？」

我跟在她身後，看著她一路碰碰人打招呼。肩膀、手臂。吻頰和擁抱。她倒了兩杯酒，用下巴指指嗡嗡人群中的一小塊空間。我跟著她走過去。她呼出一口長長的氣。

「好多了。這裡頭好擠。我實在不該穿毛衣。」她扯扯酒紅色毛衣的領口，啜了小到不能再小的一口酒。「噢，不好意思，我是潔瑪。我剛剛好像忘了自我介紹。」

「我是安。」

「妳孩子多大了？」

我為這個問題準備了答案：我是自己帶兩個女兒的單親媽媽，一個兩歲一個五歲，一個紅髮一個金髮，一個踢足球一個跳芭蕾。我還在家大聲練習說過她們的名字。

「我有一個兒子。四歲。名字叫做山姆。」

話聲迴盪。我感覺他在我體內活了起來，我暈暈然、彷彿剛剛吸了一口戒斷多年的毒品。

我低頭，不敢讓她看到我的眼睛。我想像他在家裡和你與薇奧列忒正在吃晚餐，心裡想著我在哪裡，來得及趕回家送他上床嗎。他現在該是最多話、最傻氣可愛的年紀。我愛你從這裡到大大的月亮然後又回來，再乘以一千兆次，媽咪。

「我也有個男孩。他明天正好滿五個月。」在我耳中迴響山姆的名字倏然靜止，我猛然抬眼。她再次舉杯沾唇，只是想感受一下味道。我這才注意到她的胸部，高聳如魚雷、滿溢乳汁。

「抱歉，妳是說五個月嗎？」

酒液潑灑在她的麂皮靴上，她驚跳起來——是我鬆了手。我盯著手中的空杯。

「媽的。」她四下張望尋找可以擦拭酒液的東西。「我有帶濕紙巾，」她喃喃說道一邊挖起包包。我呆站著，無法言語。我看著她從包裝袋裡拉出紙巾，在心裡計算時間。現在是十一月。我往前推算。你是一月搬出去的。將近一年前。

「所以他是六月出生的？」

「是的，六月十五日……我去找餐巾紙，這些不管用。」

「天啊，不好意思。」我跑去杯子蛋糕桌抓來一大疊餐巾紙，蹲下去為她吸乾靴子。她剛剛已經脫下鞋子，縮著雙腳坐在一張椅子上。我輕搓顏色變深的麂皮，再三道歉。

「我有這個毛病——我的手有時會抖。」我竟能說謊說得如此流暢自然。

「噢——沒事。」她聽到我的殘疾後口氣就變了——她一手放在我的手臂上，就像我看她對在這裡交到的其他朋友做的那樣。「完全不要放在心上。這乾掉就好了。」

我們同時站起來。只穿著濕襪子的她比我高了近一呎。我得抬頭跟她說話。

「我——妳——五個月，好小呀！」我很訝異自己說得出話來。我沒有崩潰。「妳氣色很好。」

「謝謝妳。不過我好累。他的睡眠作息糟透了。我等不及想聽下星期的睡眠專家怎麼說了。還是妳有沒有什麼建議?你做過睡眠訓練嗎?就讓他哭?我覺得我辦不到。我沒辦法聽他哭得那麼慘。」

她說的這個男寶寶是你的。她生了你的兒子。你又有了一次機會。想到這裡我赫然明白——從受孕到生產需要十個月。她是在你被開除之前一個月受孕的。我要你搬出去之前你一定早就知道她懷孕了。你一直都知道。你知道。

「嗯,怎麼說呢,他反正就是睡。我不必特別做什麼事。」

「噢,真的嗎?差不多多大的時候?」

我突然覺得這裡好悶。我想到她把寶寶推出產道。想到你看著你的新兒子誕生。

「差不多四個月大吧?我實在不記得了。」

「我在考慮晚上加餵一點配方奶。據說配方奶的飽足感可以撐比較久。但我不是很確定要餵哪一——」

「孩子的父親呢?」

「不好意思?」她靠過來——她以為自己沒聽清楚。這問題來得怪。

「我是說,妳有伴侶嗎?」

「我有。他很棒。他是很棒的爸爸。噢,他剛剛傳了這個給我。」她微笑,拿出手機。她嘴唇微動像在自言自語,專心尋找要給我看的照片。她舉起手機給我看,挑眉等待我的反應、彷彿照片裡是一根完全勃起的巨屌。寶寶被裹在包巾裡，躺在嬰兒床裡睡著了。床單上印著星星與月亮，照片的角度讓我看不清寶寶的臉。我從她手中接過手機，端詳這個被緊緊包裹住的小人兒。一個一半來自你的小人兒，一個和我們死去的兒子擁有部分共同DNA的小人兒。「他超會哄他睡的。這父子倆真的很愛彼此。」

「真好。」我把手機還給她，碰碰頭髮，想起自己戴著假髮。我得離開這裡——我突然感覺這裡太熱也太吵了。

「妳呢？妳有伴侶嗎？」

「我沒有——我，嗯，他從頭就沒有參與我們的生活。所以囉。單親媽媽。」我點頭像對自己確認謊言，希望她不要繼續問下去。

「妳知道嗎，安，妳看起來很眼熟。」

「噢？」

「真的，我覺得我們以前見過。」

「可能吧。」我轉身面向那疊外套。我必須離開。

「妳讀哪間大學？」

「噢，就西岸一個小地方——」

「妳做瑜伽嗎？」

「嗯，應該就是了。我試過很多家瑜伽中心，可能在哪家遇過吧？」

「不對……我覺得不是瑜伽。」

我開始往外走。她跟了上來。

「我常常在這附近走動，也許我們——」

「媽的。我知道了。」她一彈指。我屏息望向大門。

「不是妳，是跟妳很像的人——我的飛輪教練。妳跟她好像。」

我在回家的計程車上打電話給你。四通。我知道你不會接。我好想跟你說話，想問你他長得跟山姆像不像。他是不是也會嘟嘟嘴、聞起來一不一樣。我忘了問她寶寶的名字。我突然明白自從你的寶寶出生後我們就不曾講過話了。也許你覺得聽到我的聲音會玷污你的生活，會從屬於你的經驗裡奪走一點什麼。她似乎是個很好的母親——我只消靠近她就感覺得出來。她感覺像是個非常非常好的母親。

六十六

我不知道你是否曾看著她，看著她腫大漲紅的陰道撐開了，將一個嶄新的小人兒也是半個你推送出來滑入醫生手中。醫生恭喜你有了一個兒子。一個男孩，第二次。我不知道當他們把滑溜的寶寶放在她汗濕的胸前，而寶寶朝向她的乳頭張大嘴巴時，你是否曾感動落淚。我不知道你是否曾握住她顫抖的手，讓他們一針針穿過再拉緊她會陰的皮膚、修復撕扯破碎的傷口。我不知道你是否曾扶住她的手肘、牽著她走進病房的盥洗室，陪伴她因疼痛而哭泣，半蹲的大腿不斷顫抖、任鮮血自她體內傾瀉而出，她肚腹沉重而外陰劇痛、她的身體在如此激烈的經驗之後疲軟虛脫。你有沒有像許久之前護士教你的，幫忙把溫水灌注入她受傷流血的部位？你有沒有躺到醫院的大床上，和她還有寶寶一起，暗想自己怎麼可能愛過別的女人？你有沒有把手機關成靜音，以免我的簡訊打擾正試著把初乳送進寶寶口中的她？你有沒有爭取要讓寶寶割包皮，就像當初山姆一樣？你有沒有在第二天到醫院接了穿著特地為這天而買的柔軟棉質睡衣的她，帶她回家送她上床？那張床是否就是你們製造出這個寶寶的地方？那個你他媽的爽到不顧一切後果射進她體內的地方？

見過她之後，我幾天不能入睡。

我幾天不能入睡直到去了一趟地下室。

我擦掉收納箱上的層層灰塵。裡頭裝著山姆的東西。包屁衣、連身睡衣、一些他喜歡的小東西。小兔班尼。我把箱子扛上樓，放在床腳地板上，然後開始我的儀式。打開夜燈。雙手抹上有機薰衣草油，我以前用來為他洗澡後按摩的那種。助眠機在箱子最底下。海浪聲。我把它放在床頭桌上。

我閉上眼睛，試著憶起箱子裡的每一樣東西。你母親送的薄荷綠連身衣，和薇奧列忒成套的睡衣。印著愛心圖案的薄紗。小紅襪。醫院送的法蘭絨毯。我可以全部列出來，我現在還列得出來，一個記憶遊戲。全部都沒洗過。好多的他還在那些布料裡。

山姆死後，我只放縱自己這麼做過幾次。我把機會保留給最需要的時刻。

我緩緩捧起每一樣物品，湊到臉前深深嗅聞、直到鼻子刺痛，讓氣味喚起影像……趁我煮燕麥粥時抓起鍋盆敲打廚房地板，洗澡時吸吮小毛巾上的肥皂水，窩在我懷裡聽故事，光著屁股、開開心心，沒包尿布躺在我們被毯上的風險。我渴望這些無聲短片。我不在意這些回憶未必精確，未必就是當初發生的現場重演——我只是需要看到他，然後我就可以藉由手中的物品感覺到他。只要我夠專心，山姆就會出現在我面前，在我身邊，然後我就可以再一次活過來。

嗅聞過每一項物品後，我會挑出他最常穿的睡衣，膝蓋部分因為爬著追逐薇奧列忒而磨薄了，領口還沾有藍莓果醬的印子。嬰兒床裡的薄毯。還有班尼。我一直可以在那些毛皮裡找到他，如此明確，我嗅聞他，讓他如麻醉劑似地充塞我的大腦。但山姆的味道已經幾乎褪盡，而班尼也有些受潮發霉。我用拇指劃過它尾巴上的血漬，如今看來不過是陳年污斑。

我也留了還沒用到的尿布。我把所有東西攤開在床上，每樣東西都在該在的位子上：尿布在睡衣裡，底下是薄毯，班尼塞在脖子附近。然後我抱起他，把他摟在懷中，然後我嗅聞他，然後我親吻他。我關了夜燈。我把毯子四角塞好，把他包好包緊以免受涼。我隨著湧浪聲輕輕搖晃他，哼唱我最常唱的搖籃曲。我來回輕晃他。等到他小小身軀靜止而沉重，等到他呼吸變得深而長了，我才帶著他一起躺到床上，小心翼翼以免吵醒他。我移開枕頭，挪出安全空間。然後我閉上眼睛，抱著他沉沉入睡。

到了早上，我悉心一一物歸原處。我把箱子搬到地下室。然後我回到廚房裡，用茶壺煮水，拉開百葉窗，開始又一個孤單的日子。

六十七

我父親告知我他星期天會送我去我母親家吃午餐。我詫異不已。她離開後的這兩年裡，我們幾乎不曾談起她，而我自從和艾靈頓太太在餐館那次後也沒再見過她。他說她上星期打電話來，約好了時間。從他告知我的口氣聽來，我似乎別無選擇；但我記得我其實想去——即便她當初背叛了我們。我很好奇，猜想他可能也是。

她為我開了門，目光卻往門前車道去，搜尋我父親在擋風玻璃反光底下的形影。她目送他的車子離去，然後才低頭看我。我換了髮型，編了兩條長辮子，臉上也多了夏天太陽曬出來的新雀斑。

「很高興見到妳，」她說道，彷彿我們是在雜貨店裡偶然遇上了。

我跟著她走進屋裡。她家從外頭看來很普通，但裡頭卻有很多我甚至不曾在艾靈頓家看過的好東西。餐桌上的桌旗、臺座上的玻璃雕像、牆上附有專屬燈光照明的圖畫。這些東西看在我眼中都好不真實。感覺像是佈景，像是演員隨時都會走進來、把舞臺要回去。理查呼喚我們，她推著我走進廚房；理查遞給我一杯裝在雞尾酒杯裡的粉紅色飲料。

「我幫妳調了杯秀蘭·鄧波爾。」我從他的大手中接杯子，他倆看著我啜飲了一口。

「這是理查。理查，這是布萊絲。」她在餐桌旁坐下來，舉目四望自己的廚房，慫恿我也一起這麼做。這裡頭的一切看起來都好新，感覺從沒用過。說不定就是。

「我買了三明治。」

理查看看我，然後視線又回到我母親身上。她挑起兩道眉毛，彷彿在說，**這下你滿意了吧？**

他問了我幾個開學第一個星期的問題，告訴我他很喜歡我的名字，然後就說他得打通電話而離開廚房。我母親打開三明治的包裝紙，問我最近在做什麼。**最近是指過去兩年還是這個週末？**我想這麼問她。但我們顯然應該要假裝——就像她這房子一樣。就像這個她莫名覺得想要展示給我看的生活。她探身伸手想要拿刀子，上衣卻沾到了一坨美乃滋。

「媽的，」她嘶聲道，抓來擦碗布想要擦掉污漬。「我才穿過一次。」

我吃著我的火雞肉三明治，聽他們倆講起法國海岸的某個地方。他們夏天去過。我不知道他們哪來的錢，那又為什麼要住在這個離城市半小時不怎麼樣的社區的這幢無聊房子裡。我一直想像她離開我們是為了追求更都會、更波希米亞的生活，是為了和她一樣漂亮的人們在一起。理查顯然不是。但他也和這一屋子玻璃雕像和精緻瓷器格格不入。他看起來就和我知道的她一樣不得其所。

她的頭髮、皮膚、嘴唇、衣著——甚至連她的聲音全都不一樣了。新的質感、氣味與聲調。我曾經熟悉的一切如今都像上了亮光漆，飄散著百貨公司的氣味。我後來看到她衣櫥裡塞滿了我聽都沒聽過的店家的漂亮購物袋與襯紙。她隨意帶我參觀過房子，之後我們就留在她臥房裡。她床頭桌上沒有藥罐。我瞥見角落裡有一個打開的行李箱，上頭散落著她的東西。她看到我瞪著它看。

「我還沒空整理。我們常常住在城裡。理查那邊有生意。我們在城裡住了一陣子。」她脫下沾到美乃滋的上衣。翻衣櫥找衣服穿。她嘆氣。「我討厭這裡，但是——」

但是怎樣？我也想知道。她的胸罩是黑色蕾絲款。我突然有個很丟臉的衝動、想要把臉埋在她雙乳之間，只是想要聞她的皮膚，彷彿那道溝槽就可以讓我想起童年。

那天下午稍後，我上完廁所靜靜地走下樓，站在走廊裡看著理查從後方一把摟住她的腰，把她拉進懷裡。她伸手往上，手指插進他抹了髮蠟的花白頭髮裡。

「我想妳。不要再像這樣搞失蹤了。」她從他手中拔出自己的手。

「我希望你沒有打電話給他。」

「喏，這招果然成功讓妳回家了，不是嗎？」

邀請我來的是理查，不是我母親。我只是他把她從城裡哄回家的工具。但她心裡一定還有那麼一小部分想要見到我，還會在乎我和我父親怎麼看待她。

我數到十，然後走進廚房。我父親差不多要來接我了。我謝謝他們的午餐招待，透過窗子等待我父親的車子。我等待她說點什麼——改天再來。很高興妳來了。我很想妳。

她送我到門外，站在那裡對我揮手說再見，確保我父親有機會好好上下打量她。

他從沒問過我這天的事——沒問我屋子如何、或是理查、或是她招待我什麼午餐。但晚餐後我們一起默默洗好最後幾個碗的時候，我對他說，「讓她不快樂的不是你。」我需要他知道。他沒有回應——他摺好微濕的擦碗布，離開廚房。

這是我最後一次見到我母親。

六十八

薇奧列忒和我住的時候，感覺就像和鬼魂一起住在這屋子裡。她很少跟我說話，但她會確保我感覺到她的存在：沒關的燈、滴水的水龍頭。她似乎改變了屋裡的空氣。怨懟的感覺我再熟悉不過，熟到足以在她周遭的凝重空氣裡辨認出怨懟的存在。

分手的事她怪誰？答案很明顯的，是我——如果她會為此責怪任何人的話。我認為她喜歡我們的家庭一分為二。她似乎很享受身為離婚家庭子女的新角色，默默地享用我給予她的種種赦免。我們好陣子沒接到她老師的電話了。我想過這會不會只是風雨前的平靜。

一天早上，開車上學的路上，我轉過身去給了她一塊瑪芬糕。她原本正忙著在圍巾底下掏找什麼東西，暫停動作從我手中接過糕點。我回過頭來時，她已經從頸間拉出一條精緻的金鍊與小圓墜，很像是你多年前送我但我卻從來沒戴過那個。我從後視鏡裡看到她溫柔地輕撫著金墜子。

「妳怎麼有這個？」

「潔瑪。」

從她去你辦公室午餐後，這是她第一次對我大聲說出她的名字。我一心想守住和潔瑪的祕密關係，所以從來不跟薇奧列忒問起她。我不想給她任何機會在你家提起我。

我沒花多少時間就和潔瑪建立聯繫。她活潑熱情，喜歡人家問她的事。她常常會滔滔不絕講到一半時突然停下來，眯眼問道，「我又來了對吧。說說妳吧！」然後輕輕碰觸我的手腕，彷彿摸的是小兔的肉掌。這動作很討人喜歡，我可以了解當你我沉默地站在我們婚姻不斷崩裂的四壁內的時候，她為你提供了何等的慰藉。

我們開始在每週的聚會上坐在一起，之後再和其他女人聊。我盡量不離開她，因為我不想錯過任何獲得新資訊的機會。她是我逐週慢慢拼成的一幅拼圖。我每回和她在一起時總是心跳急促，熱切渴望知道關於她的一切。我發現自己常常會凝望著她，想像在她身邊的你會是什麼模樣。想像你會怎麼碰觸她，怎麼肏她。我想像你看著她哺育你的寶寶，在夜裡哄他入睡、在晨光裡呵癢逗他，想她讓你如此如此快樂。

「我其實很喜歡——我很喜歡當後媽。」

我自幻想中驚醒，再次正視她。她之前從沒提起過薇奧列忒。我一直在等。

「她今年十一歲，對有些女孩來說可能不是個容易的年紀。不過她似乎蠻喜歡我的。我很幸運。我是說我們常常聽到一些關於繼子女的恐怖故事……」

有人突然插話改變了話題。稍後，我趁我們獨處時追問她。

「我不知道妳有個繼女。」

「噢，我沒跟妳提過她嗎？她的名字是薇奧列忒。她是個小甜心。我先生和他前妻均分共同監護權，所以她跟我們在一起的時間還蠻多的。」

「聽起來妳們處得不錯？」

「完全沒問題。我們的小家庭相處得很融洽。我先生很呵護我們。他很喜歡我們一家四口在一起。」

「妳繼女的生母呢？」

「她跟我們幾乎完全沒交集。說來話長。她有一些問題，所以我們盡量保持距離。」

我點點頭沒說話，希望她繼續說下去。

「他們過往發生了一些事，我盡量不去管。據我所聽到的判斷，她似乎不是一個很有愛心的人。不過我們誰有權去評斷他人呢，妳說是吧？」她嘆氣，環視現場。

我想要更多。我想要知道你跟她說過的每一個關於我的謊言。「薇奧列忒很幸運能有妳。」

「謝謝妳這麼說。我對她視如己出。」

我在她臉上尋找真相。我想要看到那種吞噬我對薇奧列忒的不安感。但潔瑪隨著音樂搖擺起來，把酒杯放在櫃臺上。「要走了嗎？」

我清清喉嚨，隨她走到門口。「嗯，那薇奧列忒喜歡新寶寶嗎？」

「她超愛杰特的。她是天下最好的姊姊。」

我跟她擁抱道別，感覺她乳汁飽滿的胸脯壓在我身上。

六十九

我買新手機辦了新門號，方便我和潔瑪週間互通簡訊。一開始只是一些簡單的問候：妳今天會去嗎？太好了，我也會去！然後是：今天看到妳很開心！祝妳下週一切順心。後來，她開始會傳訊給我詢問意見，比如說人在藥房不知道該選哪一種感冒藥、或是杰特上媽咪與我課程時該穿可以重複使用還是免洗游泳尿布。她是個自信的女人，活潑健談，但只要講到杰特，她就常常需要得到再三保證才能安心。她立志當個完美母親，非最好的不做不買不用；她常常跟我問建議。我覺得她這個弱點很可愛。一心一意為兒子著想，時時都在評估自己、評估還能為他做什麼。

是的，她喜歡母親這個身分，但她同時也喜歡做母親做的事。寵溺、呵護、愛憐、擁抱、餵養。她忙得神采奕奕。我問她有沒有想過要給寶寶斷母奶時——他那時已經快滿一歲了——她一個勁兒猛搖頭。我該想得到的。她曾告訴我，她每次哺乳都會感受到一種生孩子之前從不曾經驗過的激昂情緒，某種來自她體內深處的情感，她自己也無法解釋清楚。我跟她說她聽起來很像是在描述性高潮。

「妳知道嗎，安，這比那還棒。」

我們一起笑了，但她是認真的。

「我想見見山姆，」她對我說道，那是個星期三晚上，我們穿上外套正打算離去。「讓孩子們見見面一定很好玩！」

「嗯，一定很棒。」

她後來就沒再提過，但我已經準備了一系列藉口以防萬一。正好有事、生病（她怕死細菌了）、臨時決定出遠門。維繫這段關係比我預期的容易許多。

某個薇奧列忒在你家過夜的深夜，她近十二點的時候打電話給我。她很擔心。杰特呼吸道有些感染，感覺有些喘不過氣來。她不知道該怎麼辦：她應該帶他去急診嗎？還是再試一次蒸汽浴？

「妳先生怎麼說？」我知道你們還沒結婚——我們甚至還沒正式離婚——但她還是都用丈夫指稱你。

「他不在家——他出差去了，電話找不到人。」

「噢。」我有點意外你讓薇奧列忒單獨和潔瑪過夜卻沒告知我。我想起我們的口頭約定，想起我在分配時間上有多公平。我們要把薇奧列忒留給別人照顧時理應要先告知對方。你漸漸開始會利用她對你的偏愛這點，不時要求多留她一夜，或是帶她出城度週末沒有通知我。你知道現在是你佔了上風。「所以就妳在家？」

「他女兒也在。如果我要帶杰特進急診室，就得把她也叫起來一起帶過去。但她明早上課前有第一次籃球練習，這樣折騰下來她一定會累壞了。也許——既然她已經十一歲了——也許她可以自己在家？醫院其實就在四條街外。她從來不會半夜醒來。從來不會。不過，老天，萬一她真的醒來而我不在，我會覺得糟透了。」她吐出長長一口氣，繼續想。「不，不。如果我要去，就是把她也叫醒。」

我想我一定是鬼迷心竅。

「別叫她了。把她留在家裡就好，不會有事的。在她房間放個監視器，從那裡監看。她夠大了。如果我是妳，我現在就會帶他去醫院。」

「真的嗎？媽的。妳真的這麼覺得嗎？」

「是的，確定。趕快去就對了。花不了多少時間，她不會醒來的。妳不能冒這個險——杰特還這麼小。妳不能賭他沒事。妳永遠不會原諒妳自己。」

我絕對不可能留她一個人在家裡。但我想要你生她的氣。震怒。我要她做出讓你覺得很可怕的事。

「噢，我真的不知道，安。」

「快帶他去，」我口氣緊急地說道。「我聽得到他的呼吸聲，他聽起來很不妙。我很擔心。」

我掛上電話的時候對自己感到噁心。

她早上打電話來說她在急診室等了四小時，最後醫生只是要她回家放熱水讓蒸氣舒緩他的呼吸狀況。他沒事了。

下星期我在媽媽團體再見到她時，她告訴我你聽到她竟把薇奧列忒自己留在家裡時氣壞了。我想像你咬牙對她吼出刻薄言語，那是你真正被激怒時的反應。**我以為我可以信任妳。我以為妳是更好的母親。**

「我不知道，安，我也許真的不該那麼做。我那時不知道在想什麼。」

「對不起——是我給了妳錯誤的建議。但妳只是在做妳當時覺得最對的事。」

「是吧，或許。」她那晚話比平常少，我知道她在生我的氣。我在等計程車時給她發了簡訊。

一切還好嗎？妳今晚看起來有點悶悶不樂。

只是心情不太好，難免的——跟妳沒有關係，我保證！☺

她的好脾氣讓她不會為此跟我翻臉。我想到自己對她的背叛就覺得反胃。她已經漸漸成為我唯一需要的人。

七十

我一直沒有提到我們的友情很重要的一部分，或許還是最重要的：和潔瑪在一起的時候，我是山姆的母親。他在我心中以一種我甚至不以為可能的方式復活了。和潔瑪在一起就像玩假想遊戲，而我的假想朋友正是我今生最愛。我的愛子。我那個穿著髒兮兮的心愛棒球衫、赤腳在屋裡跑上跑下、門牙有縫、嘰嘰喳喳愛說話的小男孩。他每天都要問我大自然的事、問我大自然是怎麼讓天氣變成這個樣子的。我們週末去游泳，週間早晨走路去幼兒園路上都會買馬芬糕吃。他的鞋子總是太小。他的小嘴總是嘛著。他喜歡聽我講他出生那天的故事。

每到星期三，我整天都在想著晚上媽媽聚會時要說些什麼——說他整晚睡睡醒醒把我累壞了、說我剛剛把他交給保姆要出門時他哭了。或者說那天下午去幼兒園接他時老師跟我說了什麼他的事。我沉迷於打造山姆的故事——我在幾條故事線間穿梭，幻想如果他還活著會是什麼模樣，我會怎麼照顧他。如果薇奧列忒沒有殺了他。雖然我盡量不讓她在這些日子裡進入我腦海。這些日子專屬於他，不容侵犯。但當潔瑪偶爾在對話中提起她時，我繃緊身子聆聽、心裡掙扎——我渴望一窺你們一起的生活，卻又痛恨她存在於山姆重生的故事裡。

我喜歡潔瑪問我關於他的問題。她曾跟我說過，我每回提起山姆的名字眼睛都會亮起來，我毫不懷疑她看得到我整個內在都在發光。從沒有人提起過他，而她就在這裡，給予他空間、時間與價值。她想知道他的事。對潔瑪來說，山姆要緊。於是她對我也很要緊，非常要緊。

我沒有想到照片。

她有天問我可不可以給她看山姆的照片。她說著往我隨意握在手裡的手機靠了過來，以為我可以像她對杰特一樣隨意點出幾百張山姆的照片。

「欸，我剛好才把相機裡的照片都刪光。儲存空間又不夠了。」我故作對科技問題感到很無奈的模樣。我把手機扔進包包裡，冷靜地改變了話題。

那晚，我為自己倒了杯紅酒，上網搜尋神似山姆的四歲男孩。我翻遍社交媒體上陌生人開放瀏覽的照片。我花好幾小時看了無數開心吹泡泡、騎車車、全身沾滿冰淇淋的孩子們的生活。我一瓶酒快喝光了才終於找到完美人選。深色捲髮，咧嘴微笑露出門牙縫，同樣的藍色大眼睛。**雪凡・麥卡登斯，白天是詹姆斯的媽，晚上是蛋糕烘培師**。

我用手指描畫她在我螢幕上的臉龐。她看起來很累。她看起來很快樂。

我存了十幾張詹姆斯的照片，挑一張當作手機桌布——他坐在鞦韆上，高舉雙手彷彿在雲霄飛車上。山姆很愛鞦韆。

我去二手商店挑選寶寶用品，假裝是山姆已經用不上的帶給潔瑪——我永遠不可能把山姆的衣服或玩具拿去送人，何況還可能會被你或薇奧列忒認出來。她總會把我帶給她的東西摟緊在胸口，彷彿摟的是山姆。我喜歡看她這麼做。我好喜歡看她想著他。

一回，她帶了一盒我知道不便宜的福祿貝爾積木送我。

「其實是我先生建議我轉送給妳的——這盒是朋友送的，但我們已經有一大組了。」

我想她應該沒有跟你提過我在急診室事件裡扮演的角色。我滿懷感激地把盒子摟在胸前，一如她在我送她東西時的反應。人相處久了都會這樣，不是嗎——模仿彼此的小動作、舉止開始有對方的影子。不知道她是否曾無意中模仿起我，或許是我碰觸這頭週三夜頭髮的髮梢的模樣，或許是我想事情時有時會彈舌。如果她這麼做了，我是否曾出現在你腦海——一閃即逝、如此短暫，出現的同時已經消失。

要走的時候，我請她幫我謝謝你的禮物。然後我說了一句我不該說的話——我說改天想見見你和杰特和薇奧列忒。這當然不可能，但我就是想提起你。潔瑪點點頭，說她也很期待這個機會，或許像她之前所提議的，我帶山姆過去和你們一起吃披薩。

「薇奧列忒最近好嗎？」

「薇奧列忒？她很好。一切都很好。」她傳起簡訊，分心了。

但我不知道她是不是在說謊。我不知道她是否曾看著我女兒，感覺她似乎哪裡不太對勁。我不知道她是否曾擔憂自己兒子的安危。

她親吻我的臉頰說再見，而我摸摸她的手臂，像她常對我做的那樣。

我們變得太親密了。我暗自決定跳過下星期的聚會。我把積木帶回家，放在山姆的房間裡。

七十一

我沒打算去的。我傳簡訊跟她說我不太舒服；我說山姆整夜一直醒來，而我前晚就已經沒睡好了。她回我一個哭臉，接著又說她會想念見到我。我不想讓她失望。

我們坐在後排位子，低聲交換過去一週的生活瑣事——來自她：一系列無關緊要卻讓她憂心不已的小問題；來自我：山姆說過或做過的一些甜蜜小事。

我們持續在星期三晚上聚會見面已經將近一年了，我們認識大部分常客，不過我和潔瑪不知從何時起已經被認定為兩人小組。人多的時候其他女人會為我們保留兩個相鄰的座位，只見到我們其中一人時一定會問起另一人在哪裡。我想過潔瑪為什麼會在這麼多人之中偏選中我。我很確定答案是因為我處心積慮接近她、她根本別無選擇。但我還是想要相信我的某些特質確實吸引了她——她認為我是一個很棒的母親，能幹、充滿愛心、盡心盡力，和我成為朋友給了她很大的安慰與支持，陪伴她度過養育你的新兒子的第一年。這讓我覺得自己彷彿是你建立的新家庭的祕密成員，潛藏著、終於不必承受你嚴厲的批判眼光。

我們跟大家說再見，我把圍巾繞在脖子上。

「我先生來了。」潔瑪指指門口。我看到你了。你站在那裡，盯著我看。我緊抓手中的羊毛布料，想喘過氣來。我緩緩轉身背對你。你已經觀察我們一陣子了。

「來吧，我來介紹妳。」她雙手放在我肩上，把我轉向門口。我不知道該怎麼辦。

「潔瑪，我——我得去一下洗手間——」

「噢，一下就好。我們還要趕晚場電影，但我想要趁他在，先讓你們見個面。」

我垂眼，試著思考。我能怎麼辦？我把圍巾拉高到下巴、拉低帽簷遮住額頭。我從外套底下拉出幾絡棕髮，讓它們披在肩膀上。彷彿這樣你就認不我來。這個你愛了二十年的女人。你孩子的母親。我站在你面前，從不曾感到如此赤裸。她吻了你，甚至不必像我以前那樣踮腳。你的目光宛如子彈。我吞口水，眼眶漲淚，就讓潔瑪以為是外頭的低溫酷寒所致吧。

「弗克斯，這是安。安，這是弗克斯。」

我的頭顱彷彿點了蠟燭的天燈飄向夜空——我不再站在那裡，不再在你的瞪視下無法動彈，等待著被你即將出口的話殘忍屠殺。這是我唯一能自這些羞愧、恐懼，以及竟被你發現我所作所為的悔恨裡倖存下來的方式。我離開我自己。我自夜空俯瞰這一幕。

「很高興見到你。」我對你伸出我戴著手套的手。你看看潔瑪。然後再看著我。你沒有把手自外套口袋裡伸出來。外套是我送你的生日禮物。

她滿臉關切地轉向你，彷彿唯一能解釋你無禮行為的理由是你的動脈瘤破裂。你緩緩把手從外套口袋裡伸出來，握住我的手。我們已經一年半沒有說過話了，不曾碰觸彼此的時間甚至比這還長。你臉上的皮膚被凍得通紅，你看起來變老了。或許是寶寶讓你睡不飽，或許是來自我假設你已經找到的新工作的壓力。又或許是我忘了時間——即便發生過這一切，在我腦中最容易被喚起的記憶裡，你依然是我多年前愛上的那個男人。

「我也高興見到妳。」你說話的時候移開了目光，我當下明白你打算避免讓三人都難堪的場面。我不覺得你是為了我。

潔瑪看起來很不自在。她平常那種輕柔放鬆的態度不見了，她全身緥緊。就算隔了那件厚厚的羽絨外套我也看得出來。我想她明白事情不對勁，但酷寒讓人無法久站不動，而且在場還有其她女人不斷用眼神跟她說再見。我們三人各自退開、離開危險範圍。我穿過人行道上逗留的人群，拔腿開始跑。

我不知道還能怎麼做。我必須離你們愈遠愈好。

七十二

我不知道潔瑪有沒有告訴你後來的事。

我想像你等到看完電影才告訴她。或許你等了幾天。或許你想要盡量拖延、不想讓她為失望所苦，你想要撐到自己開始對不出聲感到內疚時才要告訴她。又或許你不想承認自己竟曾跟一個做得出這種不堪設想的事情的女人維持過那麼長的婚姻，這般瘋狂，令你以曾跟我沾到邊為恥。我那星期沒有收到潔瑪的任何簡訊，而我也不敢主動聯絡她。她不尋常的沉默證實你告訴她我是誰了。我不再出席星期三晚上的聚會。

也許她不曾告訴你我們這一年來分享的友誼細節。但這對我來說意義重大。我從沒有過像她這樣的朋友，我喜歡她，喜歡她讓我感到溫暖與隨和。她就像宜人的夏日。她讓我感受到你讓我感受過的。曾經。一直到她消失在我的生活中，我才明白我有多孤單。

好奇心侵噬著我，讓我某日終於鼓足勇氣對薇奧列忒開口。

「潔瑪還好嗎？」

「妳為什麼問？」

「只是好奇。」

「她很好。」

「那寶寶呢？」

寶寶。我們從沒討論過他。她的叉子停留在她口中，而她盯著盤裡的蔬菜，思量著我是怎麼知道的——我很確定。又或許她正在斟酌這個權力的移轉，因為她已不再擁有這份祕密賜與她的權力。

「他很好。」她清喉嚨的方式讓我感到有些不安。她吃完下桌，我們那晚再也沒有提起杰特。上床前她問我那個週末可不可以跟你住——你父母要去看你們。我發現你的外遇後就沒有跟你母親說過話。她依然不時打電話過來，只是已經不再留言了。

「好吧，不過這個要求應該由你父親跟我提出。」

她聳聳肩。你我都清楚在這團混亂中根本沒有當初協議好的作法的空間。我的電話從隔壁房間叮了一聲。是潔瑪。她傳了一則簡訊給我：

我們可以談談嗎？

我彎下腰去、鬆了一口氣。

我們約好隔天在書店附近一家咖啡館見面。我一夜沒睡，在心中演練著各種說法、要怎麼解釋我自己。最叫我瘋狂緊張的，是要讓她看到摘掉那頂我漸漸喜歡戴上的老鼠色假髮後的真髮。我就只專注在這麼一件事上——我的頭髮。不是我扭曲的操縱欺瞞，不是我讓兒子復活的瘋狂膽妄，不是我竟能把字字謊言說得如此稀鬆自然，彷彿只是一早辦雜事時同陌生人的隨意閒談。

我進門看到她已經為我倆各點了一杯茶。我打招呼的時候我們沒有如往常擁抱彼此。我在椅子上坐好，伸手想要摸摸髮梢，隨即想起來，我是布萊絲，不是安。我轉而整理襯衫衣領。我穿了一件我知道她喜歡的上衣——她這麼說過，還摸了摸袖子，感覺一下麻料的重量。

「我不知道要說什麼。」我沒有計畫要先開口，但我就是說了。

潔瑪點點頭、接著又不安地搖頭，而我懂。我咬唇，看著她為自己那杯茶倒了牛奶。她稍待片刻，然後把牛奶與糖推過來給我。我聆聽自己攪動茶液時湯匙敲擊杯壁的吭噹聲。她顯然不打算說話，所以她或許只是想聽聽如果給我機會的話，我會說些什麼。

「我不期待妳原諒我。我做的事無從辯解。」

她的視線越過我，望向咖啡館外如常進行的世界。她用目光追蹤每一個經過的路人，像個在默數下課後回到教室學生人數的老師。我不知道她後不後悔約我見面。我不知道自己是不是該住嘴。

「我覺得很可恥，潔瑪。非常非常可恥。如今回頭看，我不敢相信自己做出了什麼事，我不敢相信我竟做得出這麼……這麼精神錯亂的事。我……」

我等待她撕裂我。她的目光移回我頭髮上。我維持同樣髮型已經很多年了。不知道她有沒有注意到我灰金髮裡摻雜的白髮。不知道她會不會覺得我看起來變老了。

「如果妳有任何問題想問我，任何——」

「我很遺憾妳兒子的事。我很遺憾妳失去了他。」

她的話令我無比震驚。

「我無法想像失去杰特。」她碰觸自己的嘴唇。

我吐氣，也碰碰自己的嘴唇。我不知道她為什麼還能對我產生憐憫與同情。她該要鄙夷我的。管他死去的孩子還是什麼。

「弗克斯從來不曾告訴我到底發生了什麼事。」她低頭看茶杯，輕晃幾下。「我只知道他曾有個兒子，你們曾一起有個兒子，他後來死於一場意外。我一直假設是車禍。是嗎？」

我說了那麼多謊。我一個都不能再說了。我張嘴，真相傾瀉而出。我告訴她我所記得的一切。一幕一幕。我對她的粉紅手套放在把手上的記憶。車子撞上推車的聲音。他死時還緊緊的被綁在推車座椅上。他們甚至不讓我們看他的屍體。我告訴她她所疼愛信任的繼女、她兒子的姊姊，把推車推向車輛往來的馬路上，殺死了我的兒子。

「潔瑪。妳是否曾覺得她似乎有什麼不一樣的地方？妳讓妳的兒子和她獨處時是否曾感到一絲不安？」

她倏地推開座椅，椅腳搔刮磁磚的聲響令我瑟縮了一下。她在桌上留下一張二十元鈔票抓起外套走進外頭十一月的紛飛早雪中。她甚至不曾停下來穿上外套。

七十三

在我們曾經同住的房子裡，門口就一雙鞋。水壺永遠煮著水。我同一只水杯用六次後才拿去洗。我把洗碗機的洗潔精塊折半。每個衣櫥裡的衣架間隔都是兩吋，沒有人會動它們。走廊地板上有一塊我遲遲沒去擦掉的茶漬，雖然我每天都提醒自己這件事。我在整理抽屜一事上投注過多心力，屋裡的盆栽全都太常澆水。地下室裡有四十二卷衛生紙。我每星期上網訂購家用品時總是忘記移除衛生紙一項。

我想要有老鼠。我知道這很怪，但我常常渴望定期訪客的慰藉——櫥櫃裡的包裝袋窸窣作響，木頭地板上的細碎爪抓聲；短暫、非言語、可預期的陪伴。

在某些週末的早上，我會打開電視的F1賽車轉播。讓引擎的高亢嘶吼聲與英國腔的實況報導把我帶回游泳課開始前的週日早晨，我為你端去炒蛋與咖啡，給薇奧列忒的則是去邊吐司。

我已經習慣孤獨，但我生活中確實有個人，只會在薇奧列忒在你那邊過夜時來訪。他是葛蕾絲介紹給我的，是個不怎麼成功的文學經紀人。他肏我的時候喜歡把臥房窗戶全部打開，一邊聆聽外頭水泥人行道上的腳步聲。我想，和陌生人距離近在咫尺的感覺讓他更容易達到高潮。

我這麼開頭說他其實並不公平。他為人謹慎得體，也非常聰明；他給了我做晚餐開紅酒的理由。他幫忙把衛生紙用光了。他在我需要的時候為我的床帶來溫暖。我喜歡他從來不過問薇奧列忒的事——他們對彼此而言並不存在。從這個角度說來，我還沒遇過比他好相處的男人。他不喜歡想起我生過孩子的事實，不喜歡想起我的身體曾經生產哺育。你視為人母為女性的終極表徵，但他並不；對他而言，陰道只是他歡愉的載具。除此之外的任何想法都會讓他頭暈想吐，就像有些人捐血之後的反應。這些事是某回我提起要去做抹片檢查時他告訴我的。

他閱讀我的文稿，我們會討論我可以寫什麼，什麼才賣得出去。他想要我寫青少年小說，通俗聳動再搭配誘人的封面。換句話說，他可以拿去跟出版社談並換成收入的作品。從這點看來，我有時會懷疑他的動機。但我已經瀕臨那個年紀——容易整理的頭髮與實用的外套讓這個年紀的女人開始消失在旁人的眼裡。我天天都會看見她們幽魂般自街道走過。我想我還沒準備好隱形。那時還沒。

一九七二—一九七四

亨利為人父母的責任感似乎隨著艾塔一起死去。他的心碎了，再也無法照顧任何人。他為艾塔的自殺責怪自己，雖然沒有任何其他人這麼想——瑟西莉雅知道他深愛艾塔，也努力過了。沒有人針對發生的事情對瑟西莉雅提過一個字。沒有人知道要說什麼。

之後她就很少去上學了；她夠聰明，會把曠課時數維持在退學標準以下。她不知道要怎麼面對同學，而同學們其實也不知道要怎麼面對她。她懷疑，眾人現在見到她時，看到的都是她那掛在樹下死去的母親。

她把大部分的時間用來讀詩，這是她翹課在鎮上圖書館閒晃時的新發現。小鎮圖書館藏書不多，她花了兩個半星期就把兩層書架上的詩集全都讀過一遍，隨即又開始重讀。她曾經夢過在烤箱裡發現艾塔的頭顱，就像希薇亞．普拉斯一樣。她睡覺有時會把普拉斯的詩集放在枕頭底下。

她也開始寫詩，填滿一本又一本筆記本，卻不覺得其中有任何好作品。她就這麼度日，直到十七歲高中畢業前一年。她決定自己必須賺錢存錢，才有機會離開這裡成為一個全新的人。

她接下隔幾個門的鄰居史密斯太太的照護工作。獨居的史密斯太太年事已高，在自家門口貼了一張用彷彿小孩字跡的印刷體寫的徵看護啟事。她雖然全聾且接近全盲，生活卻還能大致自理。她需要人手幫忙一些她無法再用手觸摸處理的日常事務，所以瑟西莉雅必須為她持針線修補衣物，或是為她的燉菜加入正確分量的調味香料。瑟西莉雅除了自己以外不曾照顧過任何人，因此覺得這個新角色出乎預期地令她滿足，雖然有時無聊了點。但她喜歡能在熟悉的屋子裡自由來去，沒有另一人心裡的惡魔威脅要毀了她的一天。那裡有著某種她未曾感受過的平和與秩序。

瑟西莉雅是發現史密斯太太已經在睡夢中過世的人。她半身垂掛在床側，一只萎縮的乳房從白色睡衣裡掉了出來。瑟西莉雅思考接下來要怎麼辦，一邊從老婦梳妝櫃最上面的抽屜裡拿走鐵罐。瑟西莉雅每星期都會看到她從銀行回來後把錢收在那只鐵罐裡。她在裡頭找到六百元，夠她買一張到都市的車票並支付幾個月的餐宿費。瑟西莉雅想過史密斯太太會不會就是想把錢留給她——她從來不避諱讓她知道錢收在哪裡。這想法至少讓她把每一分錢都拿走時不致感覺那麼內疚。

第二天早上，亨利開車載瑟西莉雅前往火車站。他不發一語，甚至沒說再見。但她明白這只是因為他開不了口。她第一次親吻了他，在兩邊毛茸的臉頰上各輕啄一吻。艾塔死後他就幾乎不刮鬍子了。她在他耳邊低聲吐出唯一可說的三個字：謝謝你。

下了車，瑟西莉雅稍微整理身上這套她最好的衣服。紫紅色燈芯絨裙與上衣，全是她從二手店裡買來的。其他東西都收在印有艾塔姓名首字母的藍紫色行李箱裡，一個來自亨利卻從沒用過的禮物。艾塔哪裡都不想去。

瑟西莉雅剛滿十八歲，明白自己擁有她母親不曾擁有的古典美貌。她想過這份美貌到了大城市裡應該比在家鄉還能為她多爭取點什麼。瑟西莉雅搭計程車前往一家昂貴得她不可能住得起的豪華旅館，一下車便遇到旅館門房賽柏・韋斯特。這家旅館是城市裡她唯一聽過的地方——除此之外她不知道還能給計程車司機什麼地址。賽柏對她伸出戴著白手套的手，握住她的手後就再不曾放開。

賽柏帶著瑟西莉雅逛過整座城市、把她介紹給他的朋友。其中一人幫她在自己叔叔的豪華轎車服務公司找到一份最低薪資的工作。她協助預約並負責維持辦公室的整潔。她會和辦公室其他女職員一起吃午餐。其中一人告訴她一家倒閉畫廊樓上有套小公寓要出租，但她還是負擔不起。於是賽柏搬進來一同分擔房租，同時擔起的還有瑟西莉雅生活中所有其他開銷。他倆正式成為公開的一對。

她盡情享受都市生活的自由。一早趕往某處、跟街頭小販買咖啡、午休時在公園讀詩。認識對她一無所知的人——不管是她的出身之處或是出身之人。

瑟西莉雅對自己美貌與讓美貌吸引來的注意估算得沒錯。男人的目光追隨她走過街道或在辦公室走動，也總是有人藉機碰觸她——這兒一手、那兒一把。她感到既強大又脆弱。賽柏與瑟西莉雅經常出門，和朋友喝一杯或是參加地下酒吧的吟詩聚會。在那些地方，賽柏一轉身她便感覺自己成了獵物。即便是賽柏那些知道他們在一起的朋友,跟她錯身而過的時候雙手也總是放得太低。

一夜,賽柏非常欽佩的好友藍尼趁他去上廁所的時候把瑟西莉雅推抵在酒吧牆上,舌頭伸進她喉嚨深處。瑟西莉雅推開他,只希望自己沒有那麼享受這個吻。

但被渴望的感覺如此刺激;她這輩子第一次感到狂野。於是她讓和藍尼間的事不斷發生。不久他們便開始趁她上班的休息時間見面。瑟西莉雅喜歡他對她說的話。他說他可幫忙她進入模特兒行業,說她的美貌不該浪費在一份看不到未來的辦公室差事還有跟個門房廝混上。他總說她很特別,某種他也說不上來的特別。她告訴他她喜愛讀詩寫詩,希望有朝一日能進出版社工作,甚至出版自己的詩集。她從來不曾跟賽柏說過這些。藍尼說他有個交遊很廣的朋友,他可以把她介紹給他。他和她談起離開賽柏搬去和他住的事。

一星期後,瑟西莉雅發現自己懷孕了。

賽柏沒有任何存款,因此堅持他倆搬去市郊和他父母同住、等他存夠錢。他非常興奮要開始自己的小家庭。他的童年很快樂,充滿感恩節家族聚餐與露營假期的回憶。

瑟西莉雅深受打擊。

她終於鼓足勇氣告訴賽柏想去墮胎,他只是要她永遠不要再提起這兩個字。他說如果和他生小孩真的是一件那麼糟糕的事,她大可以搬回家跟她繼父要錢墮胎。

瑟西莉雅無法停止想起她母親吊在樹下的模樣。

她感覺自己被困住了、感覺自己很愚蠢。於是她屈服了。

七十四

在我失去潔瑪與接下來發生的事把她拉回我生活之間，有一段牛步般緩速度過的時間。平淡無奇的一年。薇奧列忒將滿十三歲，但我和她在一起的時間並不多——你耍了些手段，讓她一星期只來跟我住一天。我一度寫電郵聯絡律師，一個朋友雇用過的離婚律師。我們約好電話會談，但當桌上的手機在約定那天約定的時間響起時，我卻只是呆望著手機。我已經沒有爭鬥的力氣。何況，薇奧列忒沒有我顯然過得更開心。

所以當她的老師打電話給我、問我可不可以伴護家長身分隨同全班前往農場遠足時，我嚇了一跳。那是遠足前一天的晚上——一個經常擔任這份工作的媽媽生病了、不得不臨時缺席。一想到薇奧列忒在全班面前用她一貫的冰冷態度對待我，我就老大不願意。但我還是同意了。我敲敲薇奧列忒的房門，告訴她我明天會一同前往，她完全沒有反應。她埋頭在串一條珠手鍊。她的手和我的好不一樣。

我坐在巴士靠中段的座位上，鄰座是一位父親，搖晃出城一路上都忙著在手機上回電郵，耳朵裡隆隆作響的則是青少年興奮的嗡嗡音雲。薇奧列忒坐在我後方幾排另一側的靠窗座位。

她鄰座是一個胸部急速發展中的高瘦少女。她背對薇奧列忒，越過走道和另兩個綁著同樣法國辮的棕髮女孩竊竊私語。薇奧列忒的目光緊盯窗外起伏的鄉野景致。

她看似毫不在意那些耳語，但我知道她聽得到每一個字：我看到她喉骨緩緩上提再下放。我記得那種遭到排擠的感覺。我不以為薇奧列忒在乎打進校園的熱門小團體。在我眼中，她待在遠遠的外圍獨來獨往反而自在；她和同年紀的女孩不同。向來不同。

抵達農場後，我走在全班後面，觀察著她。她一路走在巴士上那群女孩附近，但她們幾乎沒有理會她。一行人在蘋果園入口停了下來，薇奧列忒舉目四望確認我的方位。我悄悄對她揮手。她馬尾一甩，硬生生擠入一小群逕自高聲交談的女孩中。園主這會正忙著說明如何安全摘取蘋果並避免傷害明年收成的花苞。老師發下塑膠袋。

我們有一小時的採果時間，接著要學做蘋果派。我漫步遠離其他家長，一如他們也大多對彼此保持距離。我找到幾株麥金塔蘋果樹。我看到薇奧列忒的紅外套在幾排果樹之外時隱時現。她一個人，一手拎著塑膠袋、一手探入樹枝之間。她的動作帶著一份令我意外的優雅。她碰觸蘋果外皮、尋找瑕疵。摘下後她會用手指旋轉果實、一邊湊近嗅聞。她看來如此成熟，兩頰的嬰兒肥早已消失殆盡、下顎線條愈發清晰。但即便她身上萌發著這份即將定義她的女性氣質，她的一舉一動依然和你如此相像。我在她挪移重量換腳站、雙手交叉在身後的模樣裡都看得到你的影子。但她頭頸的姿態卻完全是我——歪著頭、雙眼微微往上瞥去，思考著該怎麼回應、在她擴張速度甚至超過不斷抽長的雙腿的字彙庫裡搜尋正確字眼。

微風斷續吹來打斷她的思緒。幾綹深色的髮絲掃過她的臉龐。她放下滿袋蘋果，解下橡皮筋，然後重新兜攏馬尾，撫平頭頂髮絲。過程中她始終盯著地面。我不知道她在看什麼，或是鳥兒或是一顆腐爛的落果。我稍微走近，發現地上並沒有東西；她只是想什麼事想出了神，神情憂傷。

她發現我的存在後，立刻拎起袋子走向一群已經停止摘採、正在大啖蘋果的學生。我看著她盤腿坐在地上，對著紅色果實咬了下去。

老師吹口哨開始集合學生。我看著薇奧列忒和全班一起走進穀倉，我隨後跟進卻跟丟了她，只好掃視一張張長凳，在紛紛落坐的學生中尋找她的身影。我看到巴士上那群女孩們坐在一張大桌旁。

「妳們有人看到薇奧列忒嗎？」

其中一人抬頭看我，搖了搖頭。其他人忙著用削下來的蘋果皮在桌上排出自己的名字。「妳們和她是朋友，對吧？」

另一個女孩目光繞桌望了一圈，徵求開口的許可。「是啊。我想是吧。我是說，算是吧。」

另外兩人咯咯竊笑。說話的女孩用手肘推推她倆，要她們安靜。

我的心跳開始急了。我環視穀倉，依然不見她的蹤影。

「菲利普老師，你知道薇奧列忒去哪了嗎？」

「她說頭痛，要回巴士躺一下——她說妳會帶她去。」

我往停車場跑去，但司機不在、車門也鎖上了。停車場管理員說他們沒有看到學生在附近閒晃。我往回跑，在馬廄附近大聲詢問有沒有看到一個棕髮女孩。我也查看過馬廄另一頭的乾草堆。我看到遠方有一處用繩索封住入口的玉米田迷宮。

「有看到人跑進去嗎？我在找我女兒。」我吼了起來。我說得慌張，幾乎喘不過氣來。

一個正在為「由此進入」看板補漆的年輕人搖了搖頭。

就在那一刻，我明白她離開了。她在處罰我竟敢跟來。我們原本已經學會保持距離繞圈而行，藉以和平共存——這是我們未說出口的協定。但參加遠足破壞了協定。我衝回穀倉，告訴老師她失蹤了，說她應該是設法離開了這裡。他說他會再檢查一次園區，並拜託另一位家長通知農場經理。

他沒有告訴我不要擔心——他沒有告訴我說她一定還在這附近。

我看到一桌男孩東張西望，似乎察覺事情不對勁。其中一人朝我走來，問我發生什麼事了。

「我們找不到薇奧列忒。你知道她可能跑去哪裡了嗎？」

男孩沉默。他搖搖頭，回到朋友身邊，所有人全都望向我。我覺得他們知道些什麼。我走到他們桌前，抓著桌面深呼吸以免話說一半哭出來。「有人知道薇奧列忒去哪了嗎？」

他們全都搖搖頭，一如第一個男孩，其中一人禮貌地說道，「抱歉，康納太太，我們不知道。」

我看得出他們眼中也有恐懼。

巴士上坐在我旁邊的那位爸爸說，他可以陪我再找一圈。那時我的頭已經開始暈了。我的雙腿麻痹。我有過這樣的感覺——那是薇奧列忒兩歲那年在遊樂園裡蹦蹦跳跳跑太遠，幾分鐘後就在棉花糖攤前找到人。就幾分鐘。我知道她應該安然無恙，只是一時跑出我視線範圍的短短幾分鐘。

然後是山姆。我試著不要想起他。我試過了。

「我不能呼吸，」我說，那位爸爸扶我坐在礫石地上。

「把頭放在膝蓋中間。」他為我揉揉背。「她有手機嗎？」

我搖搖頭。

「妳有沒有查過妳的手機？」

我沒有反應。他從我包包裡找出手機。

「妳有六通未接來電。」

我從他手中搶過手機輸入密碼。全都是潔瑪打來的。

「薇奧列忒，」我對著接起電話的她哭喊道。「她不見了。」

「我五分鐘前接到電話。一個卡車司機打來的，要我去接她。」她頓住，彷彿考慮不要讓我知道她在哪裡。「她在一個公路休息站。我正要去接她。」她沒說再見就掛了電話。那位爸爸扶我站起來，然後陪我去找老師取消搜索行動。我坐在小小的禮品店裡，手裡拿著一瓶水，一次次地打電話給你，但你沒有接。

一小時後，我們回巴士坐在和來時相同的座位上。回程車上的嘈雜聲明顯變小了，新鮮空氣削弱了早先那股火山般的旺盛精力。沒有人提起薇奧列忒，彷彿她不曾參加今天的活動。回到學校停車場後，我留在座位上，看著學生們魚貫下車；我檢查後排座位確認東西都帶走了，卻在那群編髮辮的女孩座位下方撿到手鍊。薇奧列忒前晚費心串成的紫、黃、金三色珠鍊。她一定是為其中一個女孩串的。手鍊被解開了，遺棄在車上。我用手指把玩著彩珠。

「嘿，」我喊道。那三個女孩正坐在學校臺階上等待家長來接。「這是妳們掉的嗎？」

其中兩人盯著地上。

「沒聽到嗎？我說這是妳們掉的嗎？」

我把手中的珠鍊朝她們遞去，她們一個勁兒搖頭。我合起手掌把鍊子握在掌心裡，盯著女孩們看。一輛車子駛過來。她們依然只是看著前方，什麼話也沒有說。

回到家裡，我把手鍊藏在最下層抽屜深處，一個薇奧列忒不會發現的地方。那天發生的一切改變了我對薇奧列忒的看法。她在朋友間居處弱勢，而她不想要我看到。她不再是那個能輕易威嚇他人的女孩，不再能以言語或行動輕易傷害他人。他們都看穿她了；有那麼一瞬間，我幾乎為她感到難過。

那晚我打電話給潔瑪，雖然我不確定她會不會接。我坐在廚房椅子上，聽到她的話聲傳來霎時挺直腰桿。

「我只是想問一下她的狀況。她還好嗎？」

「她很靜。但還好。」我聽到她遮住話筒，低聲說了什麼。她沉默。我想像她轉向你，翻了翻白眼。她還搞不清楚狀況——她跑掉就是為了要躲她。她才是問題所在。我想像你打手勢要她掛了電話。我想像孩子們都已經上床的此刻你應該已經開了瓶葡萄酒。我環視我安靜昏暗的廚房。我想提醒潔瑪，我還是當初那個還在摸索階段的她事事求教的母親。她曾搜尋我的臉，想要找到如何成為自己孩子好母親的祕密。我對她說了謊，但我還是那個她曾經稱為最好朋友的女人。我再也按耐不住。

「妳好嗎？杰特還好嗎？」

「再見，布萊絲。」

七十五

遠足事件之後，我很久沒有看到薇奧列忒。我用寫作填滿時間，文學經紀人說想來我就讓他來，雖然我開始發現有他在我更感覺孤獨。

他轉開淋浴間水龍頭等水變熱，而我查起天氣。有雨，寒冷。今天記得帶傘，我說道。他問我今天的計畫。寫作、打電話請人來清屋簷排水槽。他有時間吃早餐嗎？他沒空——八點有會，記得嗎？晚上還過來嗎？他不行——約了新作者晚餐。他明天再來。我可以做燉羊肉嗎？他說著踏進淋浴間，潮濕扭曲的玻璃後方人影可能是任何人——我只在這個時候看他。他通常會讓浴室門開著，水氣才不會蒸霧了鏡子。我不喜歡他刮鬍子前拿毛巾擦鏡子留下的痕跡。我不喜歡他留在我洗臉槽裡的點點鬍渣。他洗好之前，我會前去煮水泡茶。他下樓，跟我吻別，而我的身體幾乎不會靠向他。我不確定他有沒有發現過。

七十六

六月的某一天，薇奧列忒打電話問我那個週末可不可以和我住。從去年九月學年開始後她就不曾在我這裡過週末了。我取消和經紀人的計畫，要她跟你說她要找我。我從學校接她回家時，她放進後車箱的過夜包裡的衣服全是我沒見過的。我錯過她生命中的好多事。那件閃亮的金色內搭褲尤其令我難過——這是我在店裡看到一定會買給她的東西，但我已經不再想到要買東西給她了。

我們去看了電影，之後吃了冰淇淋。我們沒有講太多話，但她似乎有些不一樣了，少了點躁動，少了點劍拔弩張。我不知道，但是我保持謹慎。我給她空間。回程車上，電臺正好播出一段喜劇，講一隻發情的貓。我不確定她知不知道發情是什麼意思，但我們四目相視、放聲大笑，而我感到肚腹一沉。不是因為我們共享的這一刻，而是因為這感覺竟如此陌生——我們真的錯過太多了。

她現在正是我最後一次見到我母親的年紀。

我通常都是站在她房門口跟她說晚安。那晚，我坐在她床腳、把手伸進被單放在她的雙腳上。我捏捏她的腳。我在她更小的時候曾這麼做過，在她拒絕讓我碰她之前。她從書頁中抬起頭來迎上我的目光。她沒有把腳抽開。

「奶奶很想妳。她前陣子說的。」

「噢，」我柔聲說道，有點詫異薇奧列忒會告訴我。你母親和我還是沒說過話。

「我也想念她。」

「妳為什麼不打電話給她？」

「我也不知道。」我嘆氣。「我想是因為和她說話會讓我更難過吧。我猜她應該很愛杰特吧，對不對？」

薇奧列忒不在乎地聳聳肩。我想了一會，她會不會是嫉妒他得到這麼多寵愛，但突然才又想到，她知道我最好不要聽到你兒子的事。她看看房間，目光偶然一閃——會不會就是在那當兒，山姆同時閃過我倆的腦海？我好想提起他，想讓他和我們一起在這房間裡。我再次低下頭，看著她的雙腳在我手底下的形狀。我感到奇異的平靜。

「妳有沒有事想跟我聊？學校……任何事？」我不想離開她房間。我不想移開我的手。

她搖搖頭。「沒，我沒事想聊。晚安，媽。」她把書翻到剛剛一直用手指夾住的那一頁，靠回枕頭上。「謝謝妳帶我看電影。」

我在沙發上睡著了，身上還穿著白天的衣服，睡前想著她今天好和善。會不會事情正在改變呢？

樓上木頭地板傳來輕巧的腳步聲，吵醒了我。山姆已經過世六年了，但我會讓最輕的聲響吵醒的本能依然和他出生時一樣強烈。

薇奧列忒躡腳從她的房間走向我的房間。門開了。她在找我嗎？不知道她會不會喊我？她的腳步更輕了。她正站在我的梳妝櫃前。我聽到抽屜黃銅把手敲在木頭上的聲音。關起時又一次。她動作很快，很有效率。不知道她開的是哪個抽屜，想找的又是什麼。幾個月前被遺棄在巴士上的手鍊還在那裡。當然。我早該扔了它——我沒想到她有可能會發現。我不記得她上回進我房間是什麼時候的事。我聽到她的腳步回到自己的房裡。我稍待，給她時間再次入睡，然後我悄悄上樓。我換上睡衣檢查抽屜——手鍊還在。她就算看到了也沒有拿走。

吃早餐的時候她和顏悅色。不特別友善、話也不多，只是和顏悅色。我載她回到你家，看著她奔上車道衝進門。我可以從客廳窗子看到潔瑪箭步上前迎接她，歡迎她回家。

就是那一刻讓我萌生念頭。等太陽下山後再回來。在夜裡觀看你全家。

七十七

認識你之後，我不再去找我父親需討我最需要的幾樣東西。安慰，建議。他對我變得更沒有用處了。我想他心裡有數：他打電話來時我對自己的生活近況輕描淡寫，盡量把話題推回到他身上。我不再讓他參與我的生活。我感到羞愧——我知道我是他的一切。

他載我到大學宿舍那天，他親吻我的頭說再見，然後靜靜地走開。幾個小時後我望向窗外，他還在那裡，靠在一棵樹上，抬頭凝望著我的宿舍。我在他發現我之前拉上了窗簾。我常常想起這一幕——他站在那裡的模樣。

即將畢業那個月的某天早上，我突然想起，從我回家過耶誕節後他就不曾打電話給我了。我打算那個週末打電話給他，甚至跟你說我打了、說他說等不及要看到我，但其實我沒有。我在期末考結束那天傍晚不告而返，出現在他門前。我告訴他我從宿舍搬了些東西回來。我們簡單聊了幾句後他便提早去睡了。我決定多待一晚。第二天晚上，我做了他喜歡的一道雞肉；我等待他下班回家，但時間一小時一小時過去。他渾身酒氣進門時已經過了十點。他坐在廚房桌前，望著那盤冷掉的晚餐，而我靠著流理臺站著。我想就在那一刻，我們同時想起了我的母親。

我為我倆各倒了一杯威士忌然後坐下。我沒有打算要問他，但我問了：

「她為什麼離開我？」

隔天早上，我起床時他已經去上班了。我的頭還因和他一起喝完的那瓶威士忌而疼痛不已。我開車回到學校，打包好最後一批私人物品。我們隔天就要搬去一起住了。那晚之後我愈來愈不願想起他。我急於擺脫過去。他是我和我母親的過去不可分割的一部分，雖然問題從來不是他。

警察打電話給我，告知我他被發現死在家裡，他們初步判斷是在睡夢中心臟病發身亡。我把話筒交給你，自己躺到我們沐浴在溫暖晨光中的拼花地板上。我們當時已經搬進我們的公寓四個月了。

「我很高興妳去看了他。」你說道，蹲下來摸摸我的頭髮。

我轉身背對你。我滿腦子都是我父親那晚盯著他酒杯杯底對我說的最後一句話。我們已經邊喝邊談好幾個小時了。

我會看著妳，然後對瑟西莉雅說道，「我們真是走運了。」但她就是看不到——

他話沒說完便轉身離桌，一個字也沒再多說。他正在跟我描述我剛出生那段日子的事。我字字聽得入神。

我明白我母親和我傷透了他的心。

我返家處理後事，戰戰兢兢地接近那幢房子。艾靈頓太太有備份鑰匙，事先進去打掃過了。我一走進去便發現這件事，因為屋裡飄散著她打掃時慣用的檸檬油清香。他的床單換過了，我認出來是艾靈頓家客床的床單。

艾靈頓太太下午過來陪我。丹尼爾和湯瑪斯在喪禮前一天幫忙我清空了屋子。我把所有東西都捐了——我不要任何東西留下來。我想要清空一切。

隔年春天，我以低於市價的價錢求售我長大的房子。我看著房子轉手卻毫無感覺。簽下合約的那天艾靈頓太太也來了。

「他深深以妳為榮。妳讓他非常快樂。」

我碰碰她的手。她說謊純粹出於善意。

七十八

薇奧列忒和顏悅色的週末三天後，潔瑪來了電話。我從她的口氣聽得出她的心煩意亂。她那天早上發現杰特在洗衣間地板上玩刀片。她走進去的時候，他拿著刀正要朝身上的牛仔褲劃下去。

「刀片是妳的嗎？」

「什麼意思？」我從泳池正要走回家。我剛去看過山姆的磁磚。我一時會不過意來——我還在為在手機上看到她的名字訝異不已。

「刀片是從妳的房子來的嗎？」

我想起四年前從弗克斯的鐵罐裡拿走的刀片，被我用圍巾裹起來藏在抽屜深處。我之後再也沒有碰過它。薇奧列忒。她半夜進我房間就是為這？她怎麼會知道東西在那裡？

「我想不出東西還能從哪裡來。弗克斯把刀子都收起來了。薇奧列忒說妳還保留著他以前的模型工具組，就散放在地下室裡，在洗衣間附近。」

「胡說八道，」我說道，開始感到一股燥熱。我想像她趁潔瑪在樓下的時候把刀片給了杰特然後走開。我的臉愈來愈熱。

「妳知道妳應該要更小心，布萊絲。她可能會傷到自己。」

她哼一聲，掛上電話。她愈來愈不客氣。她之前還同情我。現在她只是討厭我。

我低聲咒罵，快步走回家。我脫下靴子跑上樓，進房間拉開抽屜。圍巾還在，但刀片不見了。

七十九

那之後我好幾個星期夜不成眠。睡著了就夢見山姆。他的手指被一根根切斷，在我懷裡不斷掙扎尖叫。我不知道是誰在割他的手指。應該就是薇奧列忒。接著我便感覺到他的手指在我嘴巴裡，在我舌間滾動，任我吸吮咀嚼。感覺像塞了滿口雷根糖。我醒來後衝到洗臉槽吐口水，滿心以為會看到血。那感覺就是這麼真實。

又過了一個月薇奧列忒才再次來訪。這回我倆話少了，對彼此也不再那麼和顏悅色。那份冷淡回來了。她知道潔瑪打過電話給我。我知道她拿走刀片，但我不知道該不該當面質問她。我不知道該怎麼辦。失眠讓我精疲力竭，我不想要想這件事。

我決定讓這件事過去，一直到她後來問了我一個問題。我在樓下洗衣間用漂白水在水槽裡處理浴室踏墊。她指著漂白水罐上的有毒標誌，張嘴頓了一下才讓話說出口：「這個標誌的意思是說，就算只喝了一點點也會讓人死掉嗎？」她再次停頓。「妳這裡怎麼會有這麼危險的東西？」

「妳問這做什麼？」

她聳聳肩。她並不在意答案——她踱出洗衣間，我聽到她打電話要你早點來接她。焦慮感沿著我的脊柱往上蔓延開來，那熟悉的、癱瘓我使我無法呼吸的恐慌。我經歷過這一切。上一次幾乎殺死了我。

我把那罐漂白水收回到我存放其他清潔用品的櫥櫃裡。我掃視置物架，試圖記住架上有哪些東西。

那個下午我一次又一次打電話給潔瑪，心臟砰砰狂跳。她晚上終於接了電話。

我告訴她薇奧列忒在洗衣間裡說的話。我告訴她刀片從我抽屜裡失蹤的事。

我告訴她我是為了她和她的家庭著想。我說我擔心杰特。說我們必須從不同角度去看待薇奧列忒。說她有前科。說我害怕同樣的事情即將重演——說我有預感。我頭抵桌面，等待她開口。我不想再想薇奧列忒了。我不想要她是我的問題了。我的恐懼。

潔瑪沉默不語。然後她淡定地開了口：

「她沒有推山姆，布萊絲。我知道妳相信她推了。但這是妳自己編造出來的，妳以為妳看到了根本沒發生過的事。她沒有。她沒有做。」

她掛了電話。我聽到門上傳來鑰匙轉動的聲音——他要來過夜。我喊他要他直接進來廚房，我把衣服脫掉。他在餐桌上肏我，推高我那雙被榨乾枯槁而垂晃的乳房，彷彿在想像它們在原來位置上的模樣。

八十

多年來我一直想要回到那個街角。這念頭總是輕易浮現，就像在無事的星期天下午想起要去看場電影那般自然。**喏，總還有那件事可做。我今天可以做那件事。**然後我會說服自己還是先打掃浴室或整理廚房櫥櫃吧。

我正要說的這一天卻不同。我再次連續失眠，在屋裡漫無目標地走動、瞪著東西看卻動不了手：鹽罐需要加鹽、爐子上的電子鐘必須調慢一小時、那疊垃圾郵件離回收桶其實只有幾吋遠。幾個月來我一次又一次聽到潔瑪的話聲，如同某種隱約的回音，像有人用錫箔裹住了我的頭。她話說得彷彿她知道什麼我不知道的事。彷彿他死的那天她也在場。**妳怎麼知道發生了什麼事？**我想對著手機尖叫。**妳怎麼可能會知道？**

但我必須承認，隨著時間過去我確實愈來愈懷疑自己。多年的堅信不知為何漸漸失去了力道。在腦中清晰重演那一天變得愈來愈困難。有時我早上醒來，第一件事就是在記憶中搜尋那一幕。那一幕褪色了嗎？今天比昨天還更模糊了嗎？

我其實可以走過去——那裡離我們家並沒有那麼遠。但開車可以拉出我需要的距離感。我在附近繞了幾圈，把車停在離那裡一條街的地方。我閉上眼睛、頭靠在座椅的頭枕上。我就這樣坐著不動。

然後我下車開始走。我從外套的帽子底下抬眼看去，看到了喬的咖啡館的招牌。原本褪色掉漆的字母全都重新塗上了亮光黑漆。我把手放在胸前，想看看隔著外套是否還感覺得到自己的心跳。每一個悸動，感覺都像一記悲鳴。

我轉身面對那個路口。

一切看來都和我記憶中的不同了。然而一個路口和另一個路口看起來能有多不一樣？褪色龜裂的灰黑柏油路面佈滿血管般的焦油線條，黃色彩光漆標示出行人未必採用的行人穿越道。紅綠燈隨風晃動，代表行人通行的有聲號誌響起、我身後隨而傳來車輛的催油轟鳴。

我細細審視路面，搜尋記號。血跡。殘骸。然後我才想起時間是確切存在的，想起兩千四百四十二個漫長空虛的日子已經過去了。我等待往來車流的空檔。我走到馬路上，在他死去的地點蹲了下來——右側線道中央靠左處，離行人穿越道僅有幾碼。我用手指輕輕撫過柏油路面，然後把手覆蓋在我冰冷的臉頰上。

我望向路緣，想像推車從那裡滑向馬路。我清楚記得的那道溝槽已經不見了。水泥路緣平滑地向下傾斜，和柏油路面銜接。我從我蹲著的地方可以看出人行道與馬路的高低差，差距並不如我記憶中的小。我回到人行道上，從口袋裡掏出一根護唇膏。我把它放在地上，看著它從我的鞋尖滾開，由緩而急，最後停在馬路中央。綠燈亮起，護唇膏在呼嘯而過的車輛底下彈彈跳跳。一個中年男人放慢腳步打量我。我轉開頭站起身。

我在腦中再一次重演那幕。從咖啡館走出來。站在人行道上。左手拿著茶。右手握住推車把手。最後一次摸摸他的頭。蒸汽溫暖我的臉。薇奧列忒站在我身邊。我的手臂被猛一扯。皮膚傳來燒灼感。薇奧列忒的粉紅手套放在黑色把手上。山姆的後腦勺離我愈來愈遠。速度有多快？有推力嗎？不必推也跑得了那麼遠嗎？她到底有沒有碰把手？

我看著那一幕以各種可能的方式重演，一次又一次，就在我眼前。有可能。確實有可能。

什麼人撞了我手肘一把又繼續往前走，接著又一個，我突然發現自己站在手拿外帶餐盒與咖啡的人流之中。在這群人中我感覺自己彷彿隱形，他們有著真正的生活與工作，正要趕往某處、有人在等著他們、需要他們。我操你們全部，我心想，我想對他們大叫。**我兒子死了！他就死在這裡！你們每天經過這裡卻不當一回事！**我憤怒，我精疲力竭。我轉身，直視咖啡館。

那裡是我最後一次望進山姆雙眼的地方。一切卻都已經變了。我透過窗玻璃看到原本的木地板已經由白色人字形磁磚取代，牆上的格子壁紙也換成了一塊塊塗了黑板漆的嵌板。我試著回想眼前的不鏽鋼吧臺桌前世又是什麼樣的桌子。現在是午餐時間，裡頭卻沒什麼人——這裡以前總是人聲鼎沸。

我走進店門，發現從前薇奧列忒和山姆喜歡的鈴聲已經不見了。喬還在，他背對著我，正在對付一臺義式咖啡機。

我深吸了一口氣。「喬，」我說道，他緩緩抬起頭。他的雙肩一垮，從櫃檯後面走出來，朝我伸出雙手。他緊捏我的手。

「我一直希望妳再來。」

「店裡看起來好不一樣，」我說道，環視周遭。

喬白眼一翻。「我兒子。這地方換他接手了——我腰不行，顧店一站就是整天。」我們相視微笑。「妳好嗎？」

我望向窗外的路口。

「你還記得發生的事嗎？」我嚥下口水。我沒有打算要進來，我沒有打算要和他說話。

「噢，親愛的，」他說道，再次拉住我的手。他和我一起望向窗外。「我只記得妳有多慌亂。妳嚇呆了。妳的女兒摟住妳的腰、想要妳抱她，但妳就是彎不下腰。妳根本整個人僵住了。」

薇奧列忒從來沒有那麼做過——她從來不會摟我，從來不會像其他孩子那樣向母親尋求安慰。緊抓，想望。

我們一起坐在可以直望窗外的位子上，看著紅綠燈號變換，車流通過。

天空雲層密佈。

「你有看到事發經過嗎？」

他皺起臉，目光沒有離開街道。他在想著要跟我說什麼好。我轉開頭，從眼角看到他輕輕地搖頭。

「你有看到推車是怎麼跑到路中間去的嗎？」我再試一次，閉上了眼睛。

「那就是一樁可怕又讓人料想不到的意外。」

我張開眼睛，低頭看著他十指交叉放在桌上的手。他雙手緊揑著，彷彿正在努力忍過一陣劇痛。

「這幾年來我常常想到妳，想妳要怎麼活過這一切。」他想出了神。「我總是感謝上帝妳還有個女兒、讓妳有理由活下去。」

到家的時候，一陣十一月寒風把門吹得猛然甩上，差點夾到我進門後還來不及抽走的手指。我癱倒在地板上，把鑰匙扔向牆壁。我想起山姆，想起他的臉才正要褪去嬰兒肥，正漸漸顯露他將會長成的模樣，我想起他頸間皺褶裡總聞得到母奶的甜氣，想起他最後一次喝完母奶放開我乳頭前，那輕輕一扯的感覺。我想起夜間哺乳時，他總會在黑暗中搜尋我的臉孔的模樣。

我閉上眼睛，想要感受他的身體壓在我大腿上的重量。我做得到。我可以的。晨間電視節目在背景裡兀自播放，廚房茶壺呼呼冒出蒸氣。薇奧列忒在樓上赤腳走路的隱約步聲。你在浴室刮鬍子準備上班的持續水流聲。我頭髮還沒洗的感覺。隔壁房裡漸強的哭聲。那日子，平凡而發悶。卻舒適安穩。那曾是一切。我放下了那一切。

也許我也，放下了他。

八十一

那晚我喝了半瓶葡萄酒，沒錯。但我想要打電話給你已經好幾天了。我蜷曲在沙發上，他在樓上睡著了。睡在你那邊的床上。我希望他那晚沒留下來過夜。當時已經快半夜了。

我對自己演練過好幾個版本可以對你說的話，但沒有一個感覺合適。我不想為自己對她是哪種母親道歉——我不覺得抱歉。我不想說我錯了——我不知道我是不是錯了。我只是想讓你知道我內在的什麼已經變了。我想更常見到我們的女兒。

潔瑪接起了我打給你的第三通電話。「一切還好吧？」

或許吧，我想這麼應道。也許一切終於都好了。

但我只是說要找你。你就在她身旁、在你們的床上。我聽得到你探過身來接電話時床單的窸窣聲。

「我需要更常見到她。我想要做得更好。」

我問你畫的事，你搬家時從我們臥房帶走的那幅畫。我並沒有打算問你、我那晚甚至並沒有想起它。但我突然強烈地想要再次擁有它。我站起來、在客廳來回走動，而你只是沉默。我想像畫就掛在你漂亮新家走廊光禿的白牆上，潔瑪經過時總會輕撫金色畫框，而想起她自己的幼子和他碰觸她的臉的感覺。

「我不知道畫在哪裡。」

八十二

一星期後，我去學校接薇奧列忒放學。她坐在冰冷的臺階上，像瀑布中的巨石，任由其他孩子從她身邊彈跳而下。

「今天下午隨妳想做什麼都行，」我說道，她繫上安全帶。「任妳選。以後每星期三和四的晚上妳都和我住。」

我從眼角看到她瘋狂傳起簡訊。

「我想要回家，」她終於開口說道，眼睛望向窗外。

「家是一定要回的，但在那之前我們先去做點有趣的事。妳想做什麼？」

「不是，我是說我家。回去找潔瑪，找爸。」

「喏，妳是我的女兒，我是妳的母親。所以我們最好努力做得像樣點。」

我轉進一處加油站的停車場，停下車子。我不知道能帶她去哪裡。她背對我面向副駕駛座的車門、埋頭打字，而我這才發現我並不知道她已經擁有自己的手機了。

「妳在跟誰傳簡訊？」

「媽和爸。」

我沒有給她任何反應——我知道她想要我有所反應。

我只是為車加滿油，駛上公路。

兩小時後，我們在離交流道最近的速食店得來速買了餐點。我不知道她改吃素了——她只挑薯條吃。她沒問我們要去哪，整整兩小時都沒問。她只是手臂抵著窗玻璃，緩緩用手指爬梳一綹綹髮絲，壓平了再用手撫過絲滑的髮束——像小提琴的弓。這也是我小時候的習慣動作。

我駛進停車場，從機器取出票券，心頭一軟。我好久沒來了。我下車，在寒風中等待她加入我，但她不動。我拉開她的車門，把手放在她肩膀上。

「我想要妳見一個人。」

我們在櫃檯登記換證的時候，她沒有說話。我交出我的駕照，把來賓證別在我倆的外套上。她沉默地跟在我身後搭上電梯，然後沿四樓的廊廳走去。這裡頭的空氣凝滯無味，只有一絲尿騷味偶爾飄來。那氣味讓我不禁黯然。我輕輕敲上她的房門。

「請進。」

她叉腿坐在一張套著橘色椅套的椅子，大腿上放著一本空白的填字遊戲書。房裡的燈關上了，她手中的筆還套著筆蓋。她肩上披著一條稀疏的織毯。她張口欲言，卻只發出一記嘆息。

她忘了自己想說什麼。然後：

「妳來了！我一直在等妳！」

薇奧列忒看著我溫柔地擁抱她。我打開她背後的那盞檯燈，她抬頭瞥了一眼燈泡，似乎感到有些詫異。我作勢要薇奧列忒坐在床的一角。

「我好高興看到妳。」她朝我伸出一隻手，我握住，用拇指輕撫她薄如糯米紙的皮膚。我親吻她的手，嘴唇感覺到她血管的悸動。她聞起來像凡士林。

「妳今天看起來好漂亮。」她的口氣如此真誠，我突然感覺自己真的好漂亮。我謝謝她。她的嘴唇很乾，我把她床頭桌上的水杯端來，遞給她。「不了，謝謝妳，親愛的。妳喝吧。妳老是在喊渴。從妳還是小女孩的時候就是這樣。」

薇奧列忒看著我，我從她扭曲的嘴唇看得出來她並不開心。她很不自在，在這個奇怪的建築裡嗅聞這奇怪氣味，還有這個她從來沒見過的女人。她不安地蠕動身子，頻頻望向門口。

「我想要妳見一個人。這是薇奧列忒，我女兒。」薇奧列忒怏怏地看了椅子上的陌生人一眼，囁嚅打了招呼。

「噢。真是個可愛的孩子，不是嗎？」

「她是的。」

「我是怎麼到這裡的，妳知道嗎？」她問我。她面露憂色。

我再次握住她的手，點點頭。「是車子把妳載來的。妳以前住在離這裡不遠的地方，在唐寧頓街的一幢房子裡。妳記得嗎？」

「我不記得了。」

一名護士走進來，把手裡加蓋的托盤放在一張小小的活動桌上。「晚餐時間！」

「麗妲，過來見我女兒。」她拉拉我的手，對護士綻開一臉燦笑。「她很漂亮吧？」

薇奧列忒第一次看著我的臉。她站起來朝門口走去，兩手抱肘、低下頭，我以為她要哭了。護士對我微笑，把床放平、再把薄枕拍得蓬鬆。她在床頭桌的紙杯裡放了兩顆藥，然後掀開晚餐托盤的蓋子。房間裡霎時瀰漫一般加熱罐頭蔬菜的氣味。薇奧列忒把頭轉開。

「噢，我得吃晚餐準備休息了。」她緩緩起身，試著摺好剛剛披在肩上的毯子。她走進廁所，關上門。我為她把晚餐與餐具擺好，把填字遊戲書放到櫃子上。薇奧列忒靜靜地打量我。廁所傳來馬桶的沖水聲，然後我們看著她再次把自己安頓在椅子上。

「我們走了。」我彎下腰去親吻她的臉頰。「耶誕節的時候我會再來看妳。妳最近有看到丹尼爾或湯瑪斯嗎？他們最近來過嗎？」

「他們是誰？」

「是妳的兒子。」我很久以前就和他們斷了聯繫。

「我沒有兒子。我只有妳。」

我再次親吻她。她望著刀叉，似乎不知道要拿它們怎麼辦。我把叉子放到她手裡，幫忙她叉起一顆青豆。她點點頭，把豆子送進口中。

我們上車，發動引擎稍待片刻。我等著薇奧列忒掏出手機開始打簡訊。她沒有。她只是直視前方，看著我們在黑暗的天色中找到方向回到公路上。我以為她睡著了。半路上她終於開口。

「那個女人是誰？她不是妳母親。她是黑人。」她語帶嘲諷。彷彿我是想唬弄她。彷彿我想讓她自覺愚蠢。

「對我，她是最接近母親的人。」

「妳為什麼不去找妳真正的母親？」

我頓住，思考要怎麼如實回答。

「因為我害怕知道她成了什麼樣的人。」

我的視線暫時從路面轉移到她的側影上。一股感傷湧上喉頭。將近十四年來，我不斷地想在我們之間找到某個並不存在的東西。她來自於我。我生養了她。我身邊這個美麗的人兒，我生養了她。我曾經好想要她，曾經以為她會是我的世界。眼前的她儼然是個女人了。她眼中蘊藏著萌芽中的女性智慧，她即將在沒有我的狀況下成長蛻變茁壯。她即將選擇一個不包括我的人生。我將要被拋下。

一九七五

瑟西莉雅很早就知道自己不適合當母親。她感覺得到，這認知深植於她的骨頭裡。在路上看到孩子讓母親牽著手、拖著腳步走在路上時，她會撇開頭。這對她而言是一種生理反應，就像碰到太燙的水時會縮手皺臉一樣。就她所知，她並沒有其他女人擁有的那種東西——她沒有呵護養育的本能，看到肥嘟嘟的嬰孩大腿也毫無喜悅感。她尤其不想在另一個人身上看到自己。

她從十二歲起月經便每個月固定報到，像個忠實友人提醒著她：妳流血。妳排出。妳不需要寶寶在妳體內。不要讓世界告訴妳妳有這個需要。

她擁有夢想與自由。然而她放棄了一切。

寶寶進駐她的體內後，瑟西莉雅有時也會懷疑自己的感覺是不是正在改變。一回，她裸身站在鏡前，看著肚裡寶寶的腿劃過她的肚皮，彷彿一道彎月。她大聲笑了，寶寶隨之再動。她再笑。她們分享了這歡笑的一刻，就她們倆。

他們為她上了麻醉。寶寶不肯出來，他們於是在瑟西莉雅身上畫了三刀，用產鉗把寶寶夾出來。寶寶的頭給夾成了三角形。瑟西莉雅醒來時，寶寶已經被裹在法蘭絨包巾裡，推進了嬰兒室。

「是個女孩，」護士對她說道，彷彿這正是瑟西莉雅最想聽到的話。

賽柏用輪椅把她推到嬰兒室的大窗前，敲敲玻璃吸引護士注意。

「她在那裡。」瑟西莉雅指著第三排左邊算來第四個寶寶。

「妳怎麼知道？」

「我就是知道。」

護士抱起寶寶，舉高讓他們看。寶寶睜大眼睛，靜靜不動。瑟西莉雅覺得她長得就像她以前的洋娃娃，貝絲安。

護士隔著玻璃問她要不要親餵母乳。瑟西莉雅抬眼望向賽柏，問說他們可不可以去外頭透個氣。他推著穿著睡衣拖鞋的她通過醫院的大門，點滴桿在水泥人行道路面上被震得搖搖晃晃。他把瑟西莉雅的香菸遞給她，她一邊抽菸一邊凝望醫院停車場。

「我們可以上車走掉，就我們。」瑟西莉雅在大腿上按熄了菸。

賽柏露齒而笑，搖搖頭。「止痛藥顯然正在發揮藥效。」他推輪椅調頭回到醫院裡。「來吧，我們得挑個名字。」

他們把寶寶帶回家，放在他父母家餐桌上的搖籃裡。瑟西莉雅的母奶始終不曾湧現。寶寶很快便讓配方奶餵得胖嘟嘟的。瑟西莉雅覺得她長得很像艾塔。她很少哭，甚至不像其他寶寶那般夜哭。賽柏幾乎每天都會對瑟西莉雅說道，「我們真是走運了。」

八十三

她的梳子纏滿我潮濕的長髮。我母親坐在馬桶上，從鬃毛梳上扯下一綹又一綹的糾纏髮絲。我跟她說乾脆把我頭髮剪了吧——我十一歲，對自己的外表並不在意。但她堅持我不會喜歡剪短髮。我不知道她為什麼獨獨在乎這件事。我沉默地讓她扯動我的頭。收音機的聲音傳來，幾秒就被雜音干擾打斷一次。我看著自己睡衣上那道褪色的彩虹。

「妳外婆以前都留短髮。」

「妳長得像她嗎？」

「不算像。我們有些地方很像，但不包括外表。」

「我長大會像妳嗎？」

她暫停拉扯的動作。我伸手想摸摸纏滿頭髮的梳子，但她推開我的手。

「我不知道。希望不要。」

「我將來有一天也想當媽媽。」我母親再次停下動作，沉默不語。她把手放在我肩膀上不動。

我拱起背——她溫柔的撫觸讓我感到很不習慣。

「妳知道嗎，妳其實不必。妳不必成為母親。」
「妳希望妳不是母親嗎？」
「有時候我希望自己是完全不一樣的人。」
「妳希望妳是誰？」
「噢，我不知道。」她再次開始和我糾結的髮絲纏鬥。收音機傳來嘶嘶干擾的雜音，但她沒理會。「我年輕的時候曾經夢想成為詩人。」
「妳為什麼沒有變成詩人？」
「我寫不出什麼好作品。」她接著又說，「有妳之後我就沒再寫過一個字了。」
我想不通──我的存在竟從她身上奪走了詩句。「妳可以再試試看。」
她笑了。「不了。那些都離我很遠了。」
她停頓下來，手中還握著我的頭髮。我往後靠在她大腿上。「妳知道嗎，我們無法改變自己很多事情──我們生來如此。然而我們有些部分卻是來自於我們所見到的自己。或是別人對待我們的方式。或是我們對自己的感覺。」梳子終於解開糾結，一把頭髮被她梳理得平順光滑。她終於完成工作後我瑟縮了一下。她遞給我梳子，我打直盤坐的一雙瘦腿站了起來。
「布萊絲？」
「嗯哼？」我站在門口轉身。
「我不要妳學著變成我。但我也不知道要怎麼教妳變成不一樣的人。」

隔天她就離開了我們。

八十四

我們去看過艾靈頓太太的隔天早上，我聽到薇奧列忒躲進浴室裡打電話給潔瑪，還開了淋浴間的水龍頭想讓水聲遮去她的話聲。我沒有留在門外偷聽——我下樓去廚房為她做了早餐。我端來一杯咖啡，坐在她對面看著她吃。

「有事嗎？」她舉起湯匙，有些惱怒，牛奶滴落桌面。昨天下車後她就不曾跟我說過一句話。我看到她寬領毛衣底下露出一段纖細的胸罩肩帶。

「我很高興妳有潔瑪在妳的生活裡。我帶妳去見艾靈頓太太就是想讓妳明白我了解。我希望妳能感覺到為妳信任的人所愛。一個妳可以倚賴的人。而那個人不必是我，如果妳不想要是我的話。」

她放開湯匙，讓它掉進穀片碗裡，然後把椅子往後一推，震動了一桌碗盤。我的咖啡灑了。

我在門關上前抓住她。

「等等。妳忘了妳的外套。我開車送妳去。」我說道，試圖要她轉過身來。我沒預料到她有這種反應——我以為我對她遞去了求和的橄欖枝、以為我們達到了共識：我不是她想要的，而我終於認輸讓步。

「妳當然很高興把我丟給她。妳希望這輩子從來沒生過我，對不對？」

「妳知道這不是事實。」

「妳說謊。妳恨我。」她試圖抽回手臂，但我緊握住不放。我想起山姆。想起推車裡破碎的身體。想起發生或沒發生的事。想起痛苦。想起我有多想念我的寶寶。想起我曾經有多想念我的母親。想起那曾經癱瘓我多年的責難、恐懼與懷疑。我把她拉得更近，用上更多超出需要的力氣扭轉她的手臂。腎上腺素自我雙腿往上噴送，我又用力扯了她一下，把她拉到我面前。我之前從來不曾感受過這股想要傷害她的衝動，我發誓。

我這才發現她看來有多心滿意足。她痛得皺臉，嘴角卻不住上揚。**來啊，繼續傷害我。留下瘀痕。**我放開她。她立刻跑開。

我去接她放學的時候她不在階梯上。我車沒熄火，就跑進辦公室詢問她人在哪裡。他們告訴我她身體不舒服提早回家了。是你接走了她。

我傳訊給你。**我以為我們都同意這個新的時間分配表。**

你回我。**我不覺得這行得通。**

那晚門上傳來一記輕輕的敲門聲，輕到我幾乎不想下床查看。我套上睡袍，小心翼翼地摸黑下樓。我開門。門外沒人，只有地上一個用泡泡布包住的大包裹，上頭黏了一張紙條。我在冰冷的地板上拆開它。那幅畫。山姆的畫。紙條來自潔瑪。

這該是妳的。弗克斯把畫給了薇奧列忒，之後畫就一直掛在她的房間裡。但她今天下午把它拿了下來。畫框裂了，畫布也被她戳破了。我很抱歉。

我不知道這畫對妳意義這麼重大。

拜託妳，給她一點空間。

希望妳能了解。

耶誕快樂。

潔瑪

你還沒來得及回到車上。我到哪都認得出你的背影，你的肩頭、你走路時手肘提起的模樣。我不假思索喊了你的名字。你也不假思索回了頭。於是我們就站在那裡，對望著。陌生人，家人。我等著你轉身繼續往車子走去。但你往回走來。走向你重建的這座前廊，你愛過的家。這個我們在文件上還共有的家。你的視線越過我，望向門框飾條的接合處，一道木條如刀鋒般刺了出來。

「妳得找人來修一下。」

「謝謝你。把畫帶回來。」我指指門內拆到一半的包裹。

「謝謝潔瑪。」

我點點頭。

「妳不能再打電話給我太太了。妳必須繼續自己的人生。妳知道的。為了大家好。」

我知道。但我不想聽你告訴我。

你轉開頭，我以為你要走了。我凝望你的側臉，想要決定自己現在對你的感覺。我們已經這麼久不曾靠近彼此。你感覺好不真實，你像是來自一個從來就不屬於我的人生裡的角色。我想伸手摸摸你的下巴，想知道如今你在我指間的感覺——如今這個愛著別人的你，這個已經是別人孩子父親的你。

「怎麼？」你問我，感覺我的目光在你身上。

我搖搖頭。我們對彼此搖搖頭。然後你閉上眼睛，輕笑出聲。

「妳知道嗎，剛剛開車來的路上我想起一件事。」你在階梯頂上坐了下來，面向街道。我在你身邊坐下，拉緊我的家居袍。「有件事我一直沒跟妳說過。」你又笑了，肩膀終於弛放下來。

我完全不知道你要說什麼。

「妳記得山姆出生後不久，妳衣櫥裡的好衣服集體神祕失蹤的事嗎？妳後來怎麼找都找不到？」

「還不是你，找了那家什麼特價優惠的爛清潔公司。」我輕斥道。我記得。我還以為自己精神失常了；我所有上得了檯面的上衣和毛衣不知何時全都不見了。山姆出生後我連著幾個月只穿寬鬆衣物，所以也說不定事情是什麼時候發生的，但這事實在怪透了。我們那陣子試用了附近一家新開的清潔公司，而這是我唯一想得到的合理解釋。我當時累得無心追究。你要我別多想，反正再把衣服買回來就是。

你頭低下去，開始大笑。「喏，有一天」——你用兩隻手指捏住鼻樑，肩膀不停抖動——「有一天我去妳的衣櫥找一件妳要我去幫妳拿的毛衣，結果——」你話說不下去，笑得眼淚都流出來了。我好多年不曾看過任何人笑得這麼激烈。

「到底怎麼回事？你這樣實在很煩人，快告訴我！」

「我打開衣櫥門，看到所有衣服……全被割破了。」你幾乎說不出話來。你眼淚橫流。你搖頭，大聲喘氣。「袖子全部被剪，襯衫攔腰截斷。我一件一件查看，心想，搞什麼鬼啊？」你用手背擦掉眼淚。「然後一低頭，薇奧列忒就在那裡，躲在妳洋裝裙擺的底下，手裡握一把從我桌上拿來的模型刀。是她幹的。她變身愛德華他媽的剪刀手，海幹一票。後來我把衣服全丟了，沒有告訴妳。」

我下巴掉了。我的衣服。她對我的衣服大開殺戒。就在我坐在樓下沙發上餵奶的時候，她在樓上摧毀我擁有的每一件好衣服。而你為她掩護開脫。

「這他媽太扯。」這是我唯一想得到可以說的話。你看著我又笑了，已然錯亂。你的行為很難讓人不生氣。我搖搖頭，低聲咒你是個白癡。你不該覺得這事有什麼好笑。

但接下來我也忍不住輕笑。情不自禁。我也開始大笑出聲。真的太過荒謬。你對我依然有這種魔力，讓我也想要像你一樣。我們像深夜裡一對嗥笑的老狗。笑那個行為的莫名其妙。笑你不讓我知道的荒誕決定。笑我們在經歷過一切後竟然還能在那裡，在那個夜裡、在那個冰冷的前廊臺階上，在一起。

「你應該要告訴我的。」我用袍子擦掉鼻涕，讓笑意褪去。

「我知道。」你已經平靜下來，臉上的神情也變了。你多年來第一次直視我的眼睛。我們並肩坐在那裡，身上沉沉重壓著我們沒有說出口的一切。我不得不轉開頭。我闔上沉重的眼皮，想起我們的兒子。我們漂亮的兒子。我想起伊萊賈，那個公園遊樂場裡的男孩。我想起那些被她霸凌的孩子。想起那些她在黑暗中凝望沉睡的山姆的夜晚。想起她的疏離。想起刀片。想起她在從動物園回家路上扔出窗外的母獅。想起我母親的祕密與羞辱。想起我的期待。想起我麻痺身心的恐懼。想起那些正常的事物，想起那些讓我過度解讀的。我看到的。沒看到的。你知道的。

你清清喉嚨，站起身。

「她有時確實不是個容易的孩子。但她值得從妳這裡得到更多。」你沿街望向你停在路邊的車子，拉上外套拉鍊。你雙手插在口袋裡，往下走了一階，離我多了一步。「而妳值得從我這裡得到更多。」

我回到屋裡時，手機裡多了一則留言。是一個年長女人的聲音，她沒說她是誰。她的聲音有些不穩定，背景裡有悶沉的聲響。她打電話來通知我，我母親那天過世了。她沒有說明地點與死因。她停頓，然後掩住話筒，可能是有人打斷了她。然後她留下她的電話號碼。最後兩個數字被切掉了——她的留言超過了時間。

八十五

耶誕夜。她站在你屋子窗前探手正要拉上窗簾，我下車，手裡拿著這些紙頁。我站在昏黃路燈照亮的飄雪街道上，凝望著她。

我要她知道我很抱歉。

薇奧列忒雙手垂放在身側。她揚起下巴，我倆終於四目相對。我以為我看到她臉頰線條軟化了。我以為她會把手放在窗玻璃上，像是她需要我。她的母親。有那麼一閃而過的瞬間，我以為我們會好好的了。

她張嘴說了什麼，我看不清楚。我朝窗子走過去，聳肩搖頭——再說一次？我要求她。再說一次？她這回放慢速度，無聲地，緩緩再說一次。然後她突然撲向前。她的雙手抵在窗玻璃上，彷彿想穿窗而過，她的手就停留在那裡。我看得到她胸膛劇烈起伏。

我推了他。

我推了他。

我以為我聽到了這些字句。

「再說一次！」這回我叫出聲來。我急了慌了。但她沒有再說一次。她注意到我手中的紙頁。我也低頭望向它們。我們再次四目相對，我已經找不到她臉上那份柔軟了。

你的身影出現在客廳後方，她離開窗邊，離開了我。她是你的。你屋裡的燈暗了。

一年半後

自從她最後一次留意六月初的溫暖空氣充塞肺部的美好感覺，已經又過了好多個季節。她在自己的家門前停下腳步，一口氣深深吸入她柔軟的肚腹，就像她每回和她的治療師要結束一節療程前都要做的那樣。她吐氣，默數一、二、三，然後手伸進皮包裡尋找鑰匙。

星期六下午和週間其他日子並無二致。她為一小籃草莓去了頭、切成兩半，坐在廚房桌前當作午餐慢慢吃完。又一會，她帶著一小杯水上樓，走進那個曾經屬於她兒子的房間裡。她盤腿落坐在正對窗前的冥想墊上。她伸展背部，然後坐在午後的陽光中，接下來四十五分鐘裡什麼也不想。不想他。不想她。不想她身為母親犯過的錯誤。不想她為自己造成的傷害背負的罪惡感。不想她難忍的寂寞。

不，她什麼也不想。她付出這麼多努力想要放下那一切。

我有能力超越我的錯誤。

我有能力自我造成的傷害與痛苦中復原。

她會大聲說出這些正向話語，雙手放在胸前，然後彈指拂手、釋放一切。

晚餐時間，她闔上手提電腦，為自己做一盤沙拉。她允許自己放音樂，就三首歌——部分樂趣依然需要斟酌分量。但今晚她讓自己的肩膀微微隨樂聲擺動，讓腳輕輕打拍。她在嘗試，而嘗試變得比以前容易了。

晚餐後，一如她每晚都會做的，她會打開她屋前的燈。燈是為她女兒開的。說不定就是那晚，她女兒終於決定是來看她的時候了。

回到樓上，她哼唱一小段剛剛在廚房聆聽的樂曲。她脫衣。熱水蒸霧了鏡子。她靠在洗臉臺上抹去鏡面的霧氣，想要檢視自己的素顏，想拍撫眼下鬆弛的皮膚。就在這時候，手機響了。她嚇一跳，抓來毛巾遮掩乳房，彷彿隔壁房間有人闖入。手機在她床腳發出亮光。**我的女兒**，她想。**可能是我的女兒**，她在希望中漂浮片刻。

她手指畫過螢幕，把手機舉到耳邊。

女人歇斯底里。女人絕望地搜尋似乎永遠找不到的字句。她走向她臥房的另一頭再走向角落，彷彿在尋找更好的收訊、彷彿這樣就可以幫助女人開口說話。她對著電話發出安撫的噓聲，邊做邊領悟到自己正在安撫的人是誰。她閉上眼睛。是潔瑪。

「布萊絲，」她終於低語道。「杰特出事了。」

致謝

致Madeleine Milburn，謝謝妳作為一個如此出色的經紀人與人類，謝謝妳的熱情、遠見、溫暖、體貼。妳扭轉了我的生命。

感謝Medeleine Milburn文學電視電影經紀公司團隊，尤其是Anna Hogarty、Georgia McVeigh、Giles Milburn、Sophie Pélissier、Georgina Simmonds、Liane-Louise Smith、Hayley Steed、Rachel Yeoh，謝謝你們做的一切。

致Pamela Dorman，謝謝妳相信這部小說、相信我。以妳為學習榜樣既是榮幸也充滿樂趣，成為妳旗下作者我何其有幸。感謝Brian Tart與維京企鵝出版團隊，我感覺無比幸運能把這部作品交到你們手中：Bel Banta、Jane Cavolina、Tricia Conley、Andy Dudley、Tess Espinoza、Matt Giarratano、Rebecca Marsh、Randee Marullo、Nick Michal、Marie Michels、Lauren Monaco、Jeramie Orton、Lindsay Prevette、Andrea Schulz、Roseanne Serra、Kate Stark、Mary Stone、Claire Vaccaro。

致 愛子與我子Oscar有同名之緣的Maxine Hitchcock，謝謝妳的堅信不移，謝謝妳的細心與洞見讓這部小說變得更好，並且在過程中始終神懌氣愉。感謝Louis Moore與麥可約瑟夫出版團隊自始一路鼎力支持：Claire Bowren、Claire Bush、Zana Chaka、Anna Curvis、Christina Ellicott、Rebecca Hilsdon、Nick Lowndes、Laura Nicol、Clare Parker、Vicky Photiou、Lauren Wakefield。

致Nicole Winstanley，感謝妳身為出版者與母親所給予我的關鍵指引，以及一路以來的慷慨信任。妳對這部作品的信心對我意義重大。致Kristin Cochrane以及加拿大企鵝與加拿大企鵝藍燈書屋的出眾團隊，謝謝你們對這本書的強力宣傳支援，讓我這個前任宣傳公關的夢想成真，特別感謝：Beth Cockeram、Anthony de Ridder、Dan French、Charidy Johnston、Bonnie Maitland、Meredith Pal、David Ross。

致Beth Lockley，妳的才智無與倫比，妳的友情我珍惜超過十載，謝謝妳從這本書萌芽時期起不間斷的鼓勵，謝謝妳那讓我總是樂於採用的建議，也謝謝妳那我希望每個女人都能擁有的真誠支持。

致所有以無比熱誠參與本書的國際出版商，謝謝你們。

致Linda Preussen，謝謝妳協助我學習如何寫出更好的故事；致Amy Jones，謝謝妳的重要支持。

致Kristine Laderoute博士，謝謝妳在心理學專業上的不吝分享。

致Ashley Bennion，我們這兩人寫作小組的另一半，謝謝妳為我讀了無數草稿、來往無數電郵，以及多年來的紙頁裡外的各方支持。

我很幸運擁有幾位傑出女性的美好友誼。謝謝妳們的支持，也謝謝妳們鍥而不捨地探詢「書寫得怎麼樣了？」即便我常常顧左右而言他！尤其感謝Jenny（Gleed）Leroux、Jenny Emery、Ashley Thomson。致Jessica Berry，妳的洞見對我多有助益，妳的無比熱忱讓這段旅程甚至更棒了——謝謝妳！

致Fizzell一家，謝謝你們的愛與支持。

致Jackelyne Napilan，謝謝妳的忠誠與呵護。

致Sara Audrain與Samantha Audrain，謝謝妳們的熱情，讓漫漫夏日人手一書成為我們常態。

致Cathy Audrain，妳確立了我們一家對閱讀的喜愛，謝謝妳是這麼一位摯愛奉獻的母親。致Mark Audrain，謝謝你的寫作基因，你對我從不動搖的信任，以及你對我的引以為傲。擁有一雙像你們這樣，始終鼓勵孩子夢得遠大並踏實圓夢的父母，我心懷感激、不曾稍息。

我在兒子六個月大時開始著手這部小說。為人母與寫作生涯為我標註了新的開始，兩者對我而言既是愉悅的泉源，更是殊榮。Oscar與Waverly——你們從不曾停止啟發我，僅以此書獻給你們。最後，謝謝我的伴侶，Michael Fizzell，你讓一切有機會成真，也讓一切更好。

國家圖書館出版品預行編目（CIP）資料

在所有母親之間/艾希莉・歐娟（Ashley Audrain）著；
王娟娟譯. -- 初版. -- 臺北市：商周出版：英屬蓋曼群
島商家庭傳媒股份有限公司城邦分公司發行, 2021.06
　面；　公分
譯自：The Push
ISBN 978-986-0734-67-6（平裝）

885.357　　　　110008061

在所有母親之間
The Push

作　　者　艾希莉·歐娟（Ashley Audrain）
譯　　者　王娟娟
責任編輯　劉憶韶

版　　權　黃淑敏、吳亭儀
行銷業務　劉治良、黃崇華、賴晏汝、周佑潔、周丹蘋
總 編 輯　劉憶韶
總 經 理　彭之琬
事業群總經理　黃淑貞
發 行 人　何飛鵬
法律顧問　元禾法律事務所 王子文律師
出　　版　商周出版 台北市104民生東路二段141號9樓
電話：(02)25007008 傳真：(02)25007759
Email：bwp.service@cite.com.tw
發　　行　英屬蓋曼群島商家庭傳媒股份有限公司城邦分公司
台北市中山區民生東路二段141號2樓
書虫客服服務專線：02-25007718 02-25007719
24小時傳真專線：02-25001990 02-25001991
服務時間：週一至週五 9:30-12:00 13:30-17:00
劃撥帳號：19863813 戶名：書虫股份有限公司
讀者服務信箱Email：service@readingclub.com.tw
香港發行所　城邦（香港）出版集團有限公司 香港灣仔駱克道193號東超商業中心1樓
Email：hkcite@biznetvigator.com
電話：(852)25086231 傳真：(852)25789337
馬新發行所　城邦（馬新）出版集團 Cite(M)Sdn Bhd
41, Jalan Radin Anum, Bandar Baru Sri Petaling, 57000 Kuala Lumpur, Malaysia.
Tel :(603)90578822 Fax：(603)90576622 Email：cite@cite.com.my

設　　計　廖韡（日央設計）
排　　版　黃雅藍
印　　刷　卡樂彩色製版有限公司
總 經 銷　聯合發行股份有限公司 新北市231新店區寶橋路235巷6弄6號2樓

2021年6月3日初版
定價400元